DuMont's Kriminal-Bibliothek

Charlotte Matilde MacLeod wurde 1922 in Kanada geboren und wuchs in Massachusetts, USA, auf. Sie studierte am Boston Art Institute und arbeitete danach kurze Zeit als Bibliothekarin und Werbetexterin. 1964 begann sie, Detektivromane für Jugendliche zu veröffentlichen, 1978 erschien der erste »Balaclava«-Band, 1979 der erste aus der »Boston«-Serie, die begeisterte Zustimmung fanden und ihren Ruf als zeitgenössische große Dame des Kriminalromans festigten.

Von Charlotte MacLeod sind in dieser Reihe bereits erschienen: »Schlaf in himmlischer Ruh'« (Band 1001), »...freu dich des Lebens« (Band 1007), »Die Familiengruft« (Band 1012), »Über Stock und Runenstein« (Band 1019), »Der Rauchsalon« (Band 1022), »Der Kater läßt das Mausen nicht« (Band 1031), »Der Spiegel aus Bilbao« (Band 1037) und »Kabeljau und Kaviar« (Band 1041).

Herausgegeben von Volker Neuhaus

Charlotte MacLeod

Madam Wilkins' Palazzo

DuMont Buchverlag Köln

Zu der Zeit, als dieses Buch geschrieben wurde, existierten die Fenway-Studios noch in ihrer ursprünglichen Form; sie waren ein idealer Ort für Künstler zum Arbeiten. Schon wegen der engagierten Menschen, die versuchen, das Gebäude im Originalzustand zu erhalten, und wegen der Künstler, die sich über die Jahre bemüht haben, Bostons kulturelles Leben zu bereichern, hofft die Autorin sehr, daß die einzigartige Schönheit und der architektonische Wert der Fenway-Studios erkannt und gewürdigt werden. Die beiden Mieter, die im Buch auftauchen, sind natürlich frei erfunden. Dasselbe gilt für den Palazzo der Madam Wilkins, denn in Wirklichkeit wäre kein Mensch so tollkühn zu versuchen, die unvergleichliche Mrs. Jack auszustechen. Es gibt noch nicht einmal eine Tulip Street auf dem Hill. Sarah Kelling, ihre Mieter, ihre Freunde und ihre Widersacher existieren nur in der Vorstellung der Autorin. Eine Ähnlichkeit mit lebenden Personen oder Ereignissen ist nicht beabsichtigt, und jede Übereinstimmung ist zufällig.

Umschlagmotiv von Pellegrino Ritter
Aus dem Amerikanischen von Beate Felten

3. Auflage 1994

Editorische Betreuung: Petra Kruse
Die der Übersetzung zugrundeliegende englischsprachige Originalausgabe erschien 1982 unter dem Titel »The Palace Guard« bei Avon Books, Hearst Corporation, New York, N. Y.
Satz: Froitzheim Satzbetriebe, Bonn
Druck und buchbinderische Verarbeitung: Clausen & Bosse GmbH, Leck

Printed in Germany ISBN 3-7701-1884-7

Kapitel 1

Von dem anfänglich lebhaften, höflichen Applaus war nur noch das vereinzelte Klatschen der besonders wohlwollenden Verwandten der Cellistin zu hören, doch auch diese Beifallsbekundungen gingen schließlich endgültig im lauten Scharren der Stühle unter. Die Touristen schoben sich zum Ausgang am Ende des Konzertsaals, während sich die echten Kunstkenner nach vorn in den Tintoretto-Saal drängten, um sich dort an Wein und Käse gütlich zu tun, den Musikern Komplimente zu machen und den Wachstropfen auszuweichen, die von Madam Eugenia Wilkins' berühmten Kronleuchtern aus dem 16. Jahrhundert herunterfielen.

Mr. Max Bittersohn, der bekannte junge Kunstexperte, faßte nach dem Ellbogen seiner auffallend attraktiven Pensionswirtin Mrs. Sarah Kelling aus der Familie der Beacon-Hill-Kellings. »Am besten machen wir uns so schnell wie möglich aus dem Staub«, flüsterte er ihr zu. »Die Kleine, die da gerade Boccherini abgeschlachtet hat, hat offenbar mehr Schwestern, Cousinen und Tanten als ein ganzer Chor aus *Pinafore*.«

Sarah, die eine konservativere Erziehung genossen hatte als ihr Begleiter, zögerte noch. »Wir können doch nicht so einfach weggehen, ohne wenigstens mit Ihrem Freund Mr. Fieringer gesprochen zu haben. Sie wissen doch, daß es ihm jedesmal das Herz bricht, wenn Sie sich nicht zu seinem neuesten Wunderkind äußern.«

»Was gibt es denn hier Positives zu sagen? Aber gut, wenn Sie möchten, gehen wir so lange auf den Balkon, bis sich die Massen ein wenig verlaufen haben.«

»Ich finde, daß sich der Pianist ganz hervorragend gehalten hat, wenn man bedenkt, unter welchen Umständen er spielen mußte.«

»Oh ja, der gute alte Bernie ist immer noch ein verdammt guter Musiker, wenn er es erst einmal fertiggebracht hat, sich zum Flügel zu schleppen. Ich frage mich, wie Nick es angestellt hat, ihn bis zum Konzert nüchtern zu halten.«

»Mein Gott, was so ein Impresario nicht alles mitmacht!« Sarah legte ihre zarten Arme auf die Balkonbrüstung aus gemeißeltem Marmor und schaute in den Innenhof hinunter, in dem üppige Blumenteppiche zur Feier des Osterfestes oder, in Mr. Bittersohns Fall, zur Feier des Passahfestes, um die Wette blühten.

Am 1. Januar 1903 hatte Eugenia Callista Wilkins, die Witwe eines Eisenbahnbarons, der feierlichen Eröffnung von Fenway Court, in Boston besser bekannt unter dem Namen »Mrs. Jack Gardners Palast«, beigewohnt. Zutiefst aufgewühlt von einer Empfindung, die sie selbst für Verachtung hielt, gelobte sie sich, dieser Mrs. Jack ein für allemal klar und deutlich vorzuführen, wie man so etwas sehr viel besser machen konnte. Dann war sie dem Beispiel eben jener Dame gefolgt und hatte eine Schiffsreise nach Europa unternommen, ihren eigenen Kunstexperten im Schlepptau, und hatte den Laderaum eines Ozeanriesen der Cunard-Linie mit einer noch viel größeren und noch viel wahlloseren Sammlung von echten und falschen Kunstschätzen beladen. Damit war sie schließlich nach Boston zurückgekehrt und hatte am malerischen Ufer des romantischen Muddy River einen noch protzigeren Palazzo erbauen lassen als ihre Konkurrentin und ihre Schätze in einem noch wilderen Durcheinander darin aufgestellt.

Mrs. Wilkins hatte dem völlig sprachlosen Architekten erklärt, daß ihr Atrium einen Wasserfall haben müsse, der drei Stockwerke hoch sein und sich über mehrere Marmorbecken in ein Bassin ergießen sollte, in dem Seerosen wuchsen und sich exotische Fische tummelten.

Sie wollte auf jeden Fall mehr Blumenbeete haben als Mrs. Jack, in denen das ganze Jahr über Blumen blühten, die in Gewächshäusern eigens für sie gezüchtet würden. Sie ließ Wege mit Mosaiken anlegen, deren Bestandteile angeblich während der Ausgrabungen bei Herculaneum heimlich beiseite geschafft worden waren, und legte sich echte lebende weiße Pfauen zu, die nach allen Seiten herrliche Räder schlagen sollten, wie es ihnen gerade in den Sinn kam.

In Wirklichkeit allerdings neigten die Pfauen eher dazu, ständig in der Mauser zu sein, sich auf den Mosaiken unziemlich zu betragen, gereizt nach den Knöcheln der Besucher zu hacken oder mit diversen komplizierten Vogelkrankheiten aufzuwarten, woraufhin man sie jedesmal in Windeseile zur Behandlung ins Angell Memorial Hospital transportieren mußte. Trotz des widernatürlichen Verhaltens dieser Vögel galt Mrs. Wilkins' Palazzo jedoch im allgemeinen als überaus sehenswert und war sogar für Bostoner Verhältnisse etwas Besonderes.

Die Kellings, die zu den reichsten und am weitesten verzweigten Familien Bostons zählten, waren im Jahre 1911 in Scharen zur Eröffnung erschienen. Bei diesem denkwürdigen historischen Ereignis hatte eine damalige Mrs. Alexander Kelling mit dem den Kellings eigenen Takt- und Feingefühl die Bemerkung fallenlassen, daß der Palast eigentlich weniger wie ein italienischer Palazzo, sondern eher wie ein babylonisches Bordell aussehe. Ein anderer Spaßvogel hatte daraufhin Mrs. Wilkins als die »Madam« des Etablissements bezeichnet, und von diesem Augenblick an hatte Mrs. Wilkins ihren Namen weg. Eugenia Callista hatte jedoch das Beste aus diesem schlechten Scherz zu machen gewußt und prompt auf ihre Visitenkarten »Madam Wilkins« drucken lassen, jedoch niemals mehr eine dieser Karten in einem Kelling-Haus präsentiert.

Selbst nachdem sie gestorben war und ihren Palast der Stadt als Museum hinterlassen hatte, waren die Kellings dem Anwesen der Madam ferngeblieben. Daher betrachtete Sarah jetzt mit dem angenehmen Gefühl, das der Genuß verbotener Früchte mit sich zu bringen pflegt, einen sich mausernden Pfau im Innenhof. Aus unerfindlichen Gründen war der Hof gerade völlig leer, wenn man von den Vögeln, den Fischen im Seerosenteich und einem gelangweilt aussehenden Wächter, der an einen der Pfeiler gelehnt stand, einmal absah. Das Stimmengewirr aus dem Tintoretto-Saal klang wohltuend weit entfernt. Die Strahlen der frühen Aprilsonne fielen durch die riesigen Oberlichte. Sarah blinzelte und gähnte.

Bittersohn lächelte ihr zu. »Müde, Mrs. Kelling?«

Sie siezten sich immer noch, wie es sich für eine Dame, die gerade fünf Monate verwitwet war, und für einen Gentleman, der erst seit Januar in ihrer Pension wohnte, gehörte, doch irgendwie hatte Mr. Bittersohn inzwischen eine Art, sie mit »Mrs. Kelling«

anzureden, die Sarah jedesmal bewußt machte, daß sie eigentlich unverheiratet war. Außerdem schien er sehr viele Freikarten für Konzerte und Theaterveranstaltungen zu bekommen, von denen er annahm, daß sie vielleicht Lust hätte, ihn dorthin zu begleiten. Natürlich nur, wenn sie auch nichts anderes vorhatte, was rein zufällig tatsächlich nie der Fall war. Es machte ihr außerdem großen Spaß, endlich wieder auszugehen, nachdem sie mit einem Ehemann, der doppelt so alt wie sie gewesen war, ein derart zurückgezogenes Leben geführt hatte. Alexander wäre zudem der letzte gewesen, der ihr geraten hätte, eine Freikarte verfallen zu lassen. Also lächelte sie zurück, obwohl es eigentlich kein besonders gutes Konzert gewesen war.

»Das kommt wahrscheinlich von der warmen Sonne und dem Duft der Blumen. Es ist aber auch wirklich wunderschön hier, finde ich. Allerdings frage ich mich, warum Madam offensichtlich der Ansicht war, es sei kultivierter, derartig harte Stühle in den Musik – mein Gott, sehen Sie bloß!«

Plötzlich stürzte etwas Großes, Dunkles an ihnen vorbei in die Tiefe und schlug zwei Stockwerke tiefer dumpf in die rosa- und lilafarbenen Hyazinthen. Ein Pfau und ein Wächter schrien gleichzeitig. Bittersohn war bereits die Marmortreppe hinuntergerannt, bevor das Echo verklungen war.

Sarah eilte ihm nach, so schnell es ihre hohen Absätze und ihr enger Rock erlaubten. Jetzt konnte sie das zusammengekrümmte Etwas im Garten liegen sehen. Es handelte sich um ein Mitglied der Palastwache, dessen grüne Uniform merkwürdig gut mit den grünen Blättern im Blumenbeet harmonierte. Der Wächter im Hof geriet ins Schwitzen; völlig außer sich versuchte er verzweifelt, ganz allein die Menschenmenge abzuwehren, die im Handumdrehen dort aufgetaucht war, wo sich noch kurz zuvor niemand aufgehalten hatte.

»Treten Sie bitte zurück!« rief er. »Mein Herr, Sie können doch nicht so einfach –«

»Ich bin Doktor Bittersohn«, stellte sich Sarahs Begleiter vor. Er war zwar Doktor der Kunstgeschichte, doch der Trick verfehlte seine Wirkung nicht. Die Neugierigen traten zurück, und der Wächter atmete erleichtert auf. Bittersohn beugte sich über den leblosen Körper.

»Schädelfraktur und gebrochenes Genick«, verkündete er. »Wer ist der Mann, kennen Sie ihn?«

»Sicher.« Der noch lebende Wächter befeuchtete sich die Lippen mit der Zunge. »Ich kann ihn an seiner abgetragenen Uniform erkennen. Das ist Joe Witherspoon, der älteste Angestellte hier. Der war schon hier, als Curley noch Bürgermeister war.«

»Wieso ist er denn dann nicht vom Balkongeländer weggeblieben?« witzelte ein Spaßvogel in der Menge.

Der Wächter schüttelte den Kopf. »Versteh' ich auch nicht. Joe hatte doch auf dem Balkon überhaupt nichts zu suchen. Sein Posten ist im Tizian-Saal im zweiten Stock. Eine Menge Treppen für einen alten Mann, aber Joe wollte es partout so. Wundert mich eigentlich, daß er seine Freundin auch nur für eine Minute alleingelassen hat, wo sich hier heute viele Besucher aufhalten.«

»Was für eine Freundin?« fragte Bittersohn.

Der Wächter stieß ein verlegenes Lachen aus. »Wir nennen es immer den großen Tizian, es stellt die Schändung der Lucretia dar. Wir ziehen Joe immer damit auf, daß er eine Schwäche für diese Lucretia hat, wissen Sie. Ich meine natürlich, wir haben ihn immer damit aufgezogen.«

Inzwischen waren noch mehr Wächter eingetroffen, und der erste wandte sich erleichtert von seinem toten Kollegen ab. »Ganz unter uns, Doktor, ich glaube, Joe war sowieso in vielen Dingen ein bißchen merkwürdig. Das werden Ihnen die anderen Jungs auch bestätigen können.«

Da die anderen Jungs jedoch wenig Lust zu haben schienen, sich zu diesem Punkt zu äußern, fuhr ihr Sprecher selbst fort. »Sehen Sie, wir haben unten im Keller einen Umkleideraum, wo wir unsere Sachen aufbewahren und uns ab und zu in der Kaffeepause eine Zigarette genehmigen. Gestern nachmittag bin ich also runtergegangen, und da sehe ich Joe dasitzen, den Kopf aufgestützt, und er sagt keinen Ton. Ich denke mir, vielleicht hält er bloß ein kleines Nickerchen, wie man das manchmal so macht. Ich trinke also meinen Kaffee und lege die Füße hoch. Als meine Pause vorbei ist und ich gehen will, sitzt Joe immer noch genauso da. Ich sage also: ›Was ist denn los, Joe? Wieso sitzt du denn immer noch hier? Ich denke, du kannst es kaum erwarten, zu deiner Freundin zurückzukommen?‹ Da sagt er doch glatt: ›Sie ist nicht mehr wie früher. Sie hat sich verändert. Sie ist nicht mehr da.‹ Können Sie sich da einen Reim drauf machen?«

Als Kunstexperte, dessen Spezialität Fälschungen und Diebstähle waren, konnte sich Bittersohn darauf sehr wohl einen Reim machen. »Ist das Gemälde denn irgendwie verändert?« fragte er vorsichtig.

»Natürlich nicht. Ich bin doch selbst hochgegangen und habe es mir angesehen.«

»Und Sie denken, Sie kennen diesen Tizian gut genug, um eine Veränderung feststellen zu können?«

»Klar, ich habe Joe oft genug vertreten. Außerdem ist es wirklich ein Bild, das sich ein Mann ganz genau ansieht, wenn Sie wissen, was ich meine.«

»Ich verstehe. Warum gehen Sie nicht und sehen nach, ob die Polizei schon benachrichtigt worden ist? Sagen Sie dem Wächter am Eingang, er soll keinen herein- oder herauslassen, bis die Polizei eingetroffen ist. Sie wird sicher viele Fragen stellen wollen.« Bittersohn ließ seinen Blick über die Menge schweifen, die sich inzwischen durch die Besucher aus dem Tintoretto-Saal beträchtlich vergrößert hatte. »Da kann man den Herren allerdings nur viel Glück wünschen.«

Er richtete sich auf und schaute sich nach Sarah um, der es mittlerweile gelungen war, sich einen Weg durch die Menschenmassen an seine Seite zu bahnen. »Meinen Sie, an der Sache ist irgend etwas faul?« flüsterte sie.

»Kann ich noch nicht sagen. Scheint mir ein etwas merkwürdiger Unfall zu sein für einen Wächter, es sei denn, er hat sich tatsächlich zu weit über die Brüstung gelehnt, um einen Blick auf irgend etwas hier unten zu werfen, und dabei das Gleichgewicht verloren. Er war ja nicht mehr der Jüngste, vielleicht litt er auch gelegentlich an Schwindelanfällen.«

»Aber es gab doch gar nichts Besonderes zu sehen. Erinnern Sie sich nicht, wie leer der Garten gerade war? Er ist genau über uns vom Balkon gefallen, also kann er nichts gesehen haben, was wir nicht auch gesehen haben.«

»Stimmt auch wieder. Aber er hat geschrien, oder irre ich mich da?«

»Nein, ich glaube, das war der Pfau. Und der andere Wächter hat im selben Moment auch geschrien. Ich glaube nicht, daß Witherspoon einen Ton von sich gegeben hat.«

Der Wächter im Hof bestätigte Sarahs Beobachtung. Er habe nicht gesehen, wie Joe über die Brüstung gestürzt sei, doch er habe hochgeschaut, als der Pfau schrie, und gesehen, wie Joes Körper auf den Boden aufgeschlagen sei. Sehr wahrscheinlich habe er daraufhin tatsächlich einen Schrei ausgestoßen. Er könne sich nicht daran erinnern, daß Joe irgendeinen Laut von sich gegeben habe – was ihn allerdings nicht verwundere, denn Joe sei sowieso nie sehr gesprächig gewesen.

»Kommen Sie, Mrs. Kelling«, Bittersohn hatte offensichtlich inzwischen eine Art offizielle Funktion übernommen, jedenfalls versuchten die Wächter nicht einmal, ihn und Sarah aufzuhalten, ließen jedoch sonst niemanden auf die Treppe. Es strömten immer noch Nachzügler aus dem Tintoretto-Saal, aber als die beiden schließlich den zweiten Stock erreichten, waren sie ganz allein in dem geräumigen Marmortreppenhaus. Selbst die Wachen vom ersten Stock hatten ihre Posten verlassen, um unten im Hof bei der Bändigung der Massen zu helfen.

»Verdammt gute Gelegenheit zum Klauen«, bemerkte Bittersohn. »Alles völlig unbewacht. Nein, doch nicht, ich habe mich offenbar geirrt. Eine treue Seele hat das sinkende Schiff noch nicht verlassen.«

»Wer denn?« fragte Sarah, die froh war, daß sie sich einen Moment ausruhen und Atem schöpfen konnte, und sah sich um. »Oh, Sie meinen den goldigen kleinen Wächter da unter dem falschen Romney? Herrje, das ist ja mein Cousin Brooks!«

Sie stürzte durch die Halle, die Madam Wilkins den Großen Salon getauft hatte und die mit Sänften und alten Rüstungen vollgestellt war, in die unmöglich einmal irgend jemand hineingepaßt haben konnte.

»Cousin Brooks, was machst du denn hier?«

»Guten Tag, Sarah.« Der ältere Herr begrüßte sie herzlich, behielt jedoch weiterhin seine Umgebung im Blick. »Wie nett du in dem blauen Kleid aussiehst! Deiner Mutter hat es auch immer hervorragend gestanden. Du entwickelst dich ja allmählich zu einer bildhübschen jungen Dame.«

»Wird ja auch langsam Zeit, findest du nicht? Nächsten Monat werde ich immerhin 27.«

»Ach du liebe Zeit. Jem hat mir übrigens erzählt, daß du dein Haus in eine Pension verwandelt hast. Das mit dem armen Alex hat mir wirklich leid getan. Ich kann mich gar nicht erinnern, ob ich dir überhaupt schon kondoliert habe.«

»Hast du, und zwar in einem sehr lieben Brief aus Süd-Dakota, glaube ich. Du hast dort Vorträge über deine Indianerfunde gehalten.«

»Stimmt. Jetzt trete ich als Vogelstimmenimitator auf Kinderfesten auf. Für den Fall, daß – eh –« Er blickte auf Bittersohn.

Sarah errötete. »Oh, Verzeihung. Darf ich dir einen meiner Pensionsgäste, Mr. Max Bittersohn, vorstellen? Daß Brooks auch ein Kelling ist, brauche ich sicher nicht zu sagen. Ich weiß allerdings nicht genau, um wieviel Ecken herum wir verwandt sind, und ich habe keine Ahnung, was Brooks hier macht.«

»Ich bin genau genommen dein Onkel siebten Grades, und ich bin hier, weil ich einer Freundin einen Gefallen tue. Haben Sie eben Bittersohn gesagt?«

»Ich nicht, aber Ihre Nichte. Ja, Sie haben ganz richtig gehört.«

»Nicht etwa der Max Bittersohn, der dem alten Thaddeus damals seine Corots zurückgebracht hat? Ich wußte doch, ich habe Sie irgendwo schon mal getroffen. Eine Zeitlang war ich Ihr Hauptverdächtiger, erinnern Sie sich? Nett, Sie wiederzusehen, Sir.« Brooks drückte Bittersohns Hand genauso herzlich, als wären sie in derselben Freimaurerloge.

»Meine Güte, das ist wirklich die schönste Überraschung, seit ich eine Hudson-Uferschnepfe über die Hatch Memorial Shell zwei Grad nordöstlich von Harry Ellis Dickson habe fliegen sehen. Darf ich mir die neugierige Frage erlauben, ob Sie mir wieder auf den Fersen sind? Gibt es etwa irgendwelche Unstimmigkeiten bei den Murillos?«

»Wenn ich das nur wüßte.« Bittersohn genoß das Wiedersehen ebenfalls. »Alles, was ich Ihnen sagen kann, ist, daß ein Wächter namens Joe Witherspoon vor etwa drei Minuten einen Kopfsprung vom Balkon gemacht hat und in den Hyazinthen gelandet ist. Wissen Sie irgend etwas darüber?«

»Deshalb also der ganze Tumult im Hof? Hatte mich schon gewundert.«

»Sie sind nicht hingegangen und haben nachgesehen?«

»Wo denken Sie hin? Woher soll ich wissen, daß nicht alles absichtlich inszeniert wurde, um mich hier von meinem Posten wegzulocken? Natürlich habe ich Witherspoon gekannt. Er hätte eigentlich dort drüben im Tizian-Saal sein sollen.« Kelling zeigte auf die gegenüberliegende Seite des Großen Salons. »Was hat er denn auf dem Balkon gewollt?«

»Ich hatte gehofft, Sie könnten mir diese Frage beantworten.«

»Sie können mir glauben, daß ich nichts lieber täte, als Ihnen zu helfen, soweit es in meiner Macht steht, aber ich weiß leider gar nichts. Ich habe Joe das letzte Mal gesehen, als er heute zum Dienst erschien, kurz bevor das Museum aufmachte, und das ist sonntags um ein Uhr, wie Sie vielleicht wissen. Ich habe meinen Kopf zu ihm reingesteckt und ihm gesagt, daß ich heute für Jimmy Agnew einspringe, der sonst normalerweise hier ist. Joe schien mir genauso zu sein wie immer.«

»Sie haben nicht gesehen, wie er aus dem Tizian-Saal gekommen ist?«

»Nein, habe ich nicht. Wie Sie wohl schon festgestellt haben, ist meine Sicht von all den schäbigen, alten, zusammengebrochenen Sänften, mit denen Mrs. Wilkins ihr Heim vollzustopfen beliebte, völlig blockiert.«

»Sah er denn irgendwie deprimiert aus, als Sie mit ihm gesprochen haben?«

»Joe sah immer deprimiert aus.«

»Hat er zufällig den großen Tizian erwähnt? Hat er Ihnen vielleicht erzählt, daß irgend etwas damit nicht stimmte?«

»Mein lieber Mr. Bittersohn«, sagte Brooks Kelling herzlich, »mit Lucretia stimmt alles. Ich bedaure allerdings aus tiefstem Herzen, daß mir noch nie eine Dame mit diesen Proportionen über den Weg gelaufen ist, sonst wäre ich heute mit Sicherheit kein einsamer Junggeselle. Hätte Joe irgendeine Bemerkung in dieser Hinsicht fallenlassen, hätte ich ihm natürlich heftigst widersprochen, aber er hat kein Wort gesagt. Er hat nie sehr viel mit mir geredet. Wenn er überhaupt mit jemandem gesprochen hat, dann wohl eher mit Brown, dessen Aufgabe darin besteht, die Korridore abzugehen und dabei ein möglichst dienstliches Gesicht aufzusetzen. Wenn jemand Joe hat fallen sehen, ist es Brown gewesen. Wenn es einer von uns gesehen hat, dann war es sicher Brown.« Er sprach lauter. »Brown? Brown?«

Niemand antwortete.

»Vielleicht ist er nach unten gegangen«, vermutete Sarah. »Oder vielleicht – wartet mal, ich glaube, da kommt jemand.«

»Das ist nicht Brown«, sagte ihr Cousin verärgert, als ein anderer Wächter sich zwischen den Sänften hindurchschlängelte. »Das ist Vieuxchamp, und der sollte eigentlich jetzt bei den Uccellos sein. Warum bist du nicht auf deinem Posten, Vieuxchamp?«

»Immer mit der Ruhe, Kelling. Keiner hat das Stockwerk verlassen, und die Polizei läßt niemanden hoch. Wer sind denn diese Leute hier, und warum brüllst du nach Brownie?«

»Das ist Mr. Bittersohn, und er möchte gern Brown fragen, wer Joe Witherspoon über die Balkonbrüstung gestoßen hat.«

»Gestoßen? Gott im Himmel, wer hätte das gedacht?« Vieuxchamp drehte sich auf dem Absatz um und steuerte auf die Bogengänge zu. »Ich suche in den Korridoren. Du schaust in der Kapelle nach. Brownie? He, Brownie, wo bist du?«

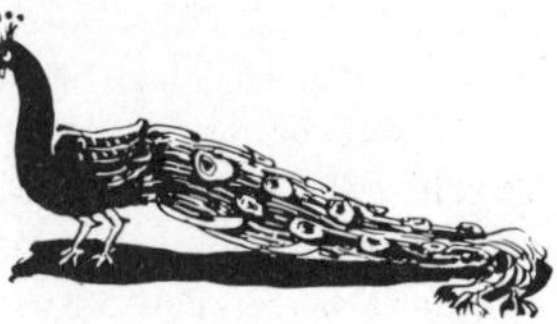

Kapitel 2

Es war Sarah, die schließlich den vermißten Wächter fand. Er lag völlig bewegungslos in einem Chorgestühl aus dem zwölften Jahrhundert, hatte die Augen geschlossen und jammerte leise. Cousin Brooks zog eine Ammoniakampulle hervor und zerbrach sie unter der Nase des Mannes. Brown würgte, spuckte und versuchte sich aufzusetzen, was ihm jedoch nicht gelang, denn er war recht beleibt und zu sehr eingeklemmt. Brooks und Max Bittersohn mußten die wuchtige, mit Schnitzereien verzierte Eichenbank hochhieven, um ihn zu befreien. Vieuxchamp, der behauptete, er habe einen beidseitigen Leistenbruch, trug zur Rettungsaktion nur insofern bei, indem er fragte: »Wie zum Teufel bist du bloß unter das Ding gekommen?«

»Weiß ich auch nicht«, erwiderte Brown benommen. »Ich machte gerade meine Runde, und irgend jemand hat mich von hinten überfallen. Fehlt denn irgendwas?«

»Ja, Joe Witherspoon. Er ist vom Balkon gestürzt und hat sich den Schädel aufgeschlagen. Das Gehirn ist über den ganzen Hof verspritzt«, erläuterte Vieuxchamp mit einer Begeisterung, die Sarah entschieden fehl am Platze fand.

»Was du nicht sagst! Was hatte Joe denn? Ist ihm etwa schwindelig geworden oder – ach herrje.« Brown kam mühsam wieder auf die Beine. »Ich verstehe.«

Die Kapelle wurde nur vom Schein einiger Votivkerzen auf einem Kerzenständer erhellt. Es dauerte einen Moment, bis die anderen das Durcheinander von Silbergerätschaften neben dem Altar entdeckt hatten.

»Schaut euch das mal an! Die haben versucht, das Kirchensilber zu stehlen. Ich kam in ihre Nähe, und da haben sie mich einfach niedergeschlagen und unter die Kirchenbank verfrachtet. Joe hat den Krach gehört und ist gekommen, um nachzusehen, was passiert ist, also haben sie ihn über die Balkonbrüstung gestoßen, damit er den Mund hält. Dann ist ihnen bewußt geworden, was sie getan haben, und sie haben beschlossen, daß es besser wäre, abzuhauen und die Beute liegenzulassen.«

»Das klingt mir aber nicht besonders logisch«, meinte Sarah. »Warum sollte jemand all diese unhandlichen Kelche und das ganze Zeug mitten am hellichten Tag aus einem Gebäude herausschmuggeln wollen, in dem es vor Besuchern nur so wimmelt? Die hätten doch wissen müssen, daß so etwas nie gutgehen würde.«

»Sie hätten es einschmelzen können.«

»Und wo? Vielleicht über den kleinen Votivkerzen?«

»Ja, woher soll ich denn das wissen? Ich habe nur das gesagt, was wohl auch passiert ist.«

»Sehr freundlich von Ihnen«, knurrte Bittersohn. »Vieuxchamp, sind Sie bitte so nett und gehen nach unten in den Hof und bitten jemanden von der Polizei, zu uns hochzukommen? Brown, warum sind Sie übrigens so sicher, daß Witherspoon den Krach in der Kapelle gehört hat? Der Tizian-Saal ist immerhin genau auf der anderen Seite des Großen Salons und außerdem ein ganzes Stück entfernt, oder nicht?«

»Das ist richtig, aber –«

»Haben Sie ihn denn gesehen?«

»Nicht, daß ich mich erinnere.«

»Ist er denn öfter herumgewandert?«

»Joe? Eigentlich nicht, aber es ist durchaus möglich, oder? Vielleicht sind die Diebe ja auch zu ihm hineingerannt, nachdem sie mich niedergeschlagen haben, und Joe hat ihre Gesichter gesehen, und sie haben es mit der Angst bekommen und ihn umgebracht. Woher soll ich das schließlich wissen? Ich war doch völlig weg vom Fenster.«

»Sie sagen immer ›sie‹, Brown. Wie viele Silberdiebe waren es denn?«

»Gott im Himmel, das weiß ich nicht. Vielleicht zwei oder drei.«

»Warum sind Sie so sicher, daß es nicht nur einer war? Sie haben doch schließlich niemanden gesehen, oder irre ich mich?«

»Ich habe wahrscheinlich Schritte hinter mir gehört.«

»Und warum haben Sie sich nicht umgedreht?«

»Allmählich reicht es mir aber. Wer sind Sie überhaupt? Lassen Sie mich in Ruhe. Ich habe Kopfschmerzen. Ich sage kein Wort mehr, bis die Polizei da ist.«

Der verletzte Wächter pflanzte sich auf die wurmstichige Bank, setzte seine beiden großen Füße fest auf den Mosaikfußboden und preßte seine fleischigen Lippen zu einem erstaunlich schmalen Strich zusammen. Die anderen standen um ihn herum und beobachteten ihn, bis ein genervt aussehender junger Mann in einem verknitterten Regenmantel mühsam die drei langen Treppen des großen Treppenhauses heraufkam.

»Du liebe Zeit, Bittersohn, was machen Sie denn hier?« stieß er freundlich hervor. »Ich wußte doch genau, daß ich heute morgen besser im Bett geblieben wäre. Wieder mal die Aktbilder angestarrt, was?«

»Ich möchte Ihre Aufmerksamkeit darauf lenken, daß eine Dame anwesend ist«, sagte Bittersohn äußerst würdevoll. »Mrs. Kelling, darf ich Ihnen Lieutenant Davies vorstellen?«

»Guten Tag.« Sarah reichte ihm die Hand. »Erstaunlich, daß wir uns noch nicht kennen. Ich dachte schon, ich hätte inzwischen jeden einzelnen Polizisten hier kennengelernt.«

»Oh, diese Mrs. Kelling sind Sie also?« Lieutenant Davies schüttelte ihre kleine Hand so vorsichtig, als habe er Angst, sie könnte abbrechen. Wenn man bedachte, was den Kellings in der letzten Zeit alles zugestoßen war, konnte man nicht behutsam genug sein. »Jetzt verstehe ich auch endlich, warum die ganzen Jungs in Sie verliebt sind.«

»Tatsächlich? Das finde ich aber sehr schmeichelhaft. Zum Glück bin ich diesmal nur eine unschuldige Zuschauerin. Mr. Bittersohn hatte Freikarten für das Konzert und hat mich eingeladen mitzukommen.«

»Nicht schlecht, Bittersohn, wenn man bedenkt, daß die Konzerte sowieso frei sind und es deshalb so etwas wie Freikarten überhaupt nicht gibt.«

»Herzlichen Dank für die freundliche Aufklärung, Davies. Erinnern Sie mich daran, daß ich Ihnen bei Gelegenheit auch mal einen Gefallen tue. Wo wir gerade von Konzerten sprechen, dieser Gentleman auf der Bank hat ein Lied auf den Lippen, aber er möchte nur für Sie singen. Mich kann er offenbar nicht leiden.«

»Wer kann das schon? Aber bleiben Sie ruhig noch ein bißchen hier.«

»Selbstverständlich. Stört es Sie, wenn der Cousin von Mrs. Kelling uns ein paar von den unbezahlbaren Kunstschätzen vorführt? Ich würde mir gern mal den großen Tizian ansehen.«

»Das dachte ich mir schon«, sagte Brooks und führte sie bereitwillig zu dem Bild. Vielleicht war es wirklich Tizian gewesen, der dieses beliebte Motiv auf die Leinwand gebannt hatte, vielleicht aber auch nicht. Jedenfalls ertrug Lucretia offenbar ihre Schändung mit großer Fassung. Selbst durch eine dicke Schicht aus Staub und altem Firnis war die Dame übrigens eine beträchtliche Augenweide.

»Wenn man eine Vorliebe für dicke Frauen hat, mag sie ja ganz nett sein«, bemerkte Sarah verächtlich. »Aber jetzt verraten Sie mir mal, warum Sie zu diesem Wächter Brown so unfreundlich waren.«

»Weil Brown ein Lügner ist und noch dazu ein verdammt schlechter. Er behauptet, jemand hätte ihn von hinten niedergeschlagen, dabei lag er auf dem Rücken, als wir ihn gefunden haben. Er war so fest unter der Bank eingeklemmt, daß wir sie hochheben mußten, um ihn zu befreien. Die angeblichen Diebe, die doch so sehr in Eile waren, daß sie ihre ganze Beute zurückließen, hätten sich demnach also die Zeit genommen, ihn umzudrehen, das schwere Chorgestühl hochzuheben und auf ihn draufzusetzen. Oder sollen wir glauben, er hätte seinen fetten Wanst eingezogen und sich selbst mit seinen eigenen Händen unter die Bank bugsiert, ohne daß ihm jemand geholfen hat?«

»Aber warum sollte er so etwas denn tun?«

»Vielleicht hat er gesehen, wie Witherspoon über das Geländer gestoßen wurde, es mit der Angst zu tun bekommen und sich versteckt? Vielleicht hat er es auch selbst getan und sich so ein Alibi zu verschaffen versucht? Vielleicht war der Mörder zufällig ein Freund von ihm und hat ihm geraten, sich dünne zu machen, damit er nicht mit in die Sache hineingezogen wurde?«

Brooks Kelling bewegte zustimmend sein gepflegtes graues Haupt. »Genau die Art von scharfsinniger Analyse, die ich von Ihnen erwartet habe, Bittersohn. Natürlich erzählt Brown Märchen. Sogar Sarah hat darauf hingewiesen, daß es absolut unsinnig ist, an einem Sonntagnachmittag mit so viel Publikumsverkehr Kirchensilber zu stehlen. Todsicher hat Brown das ganze Zeug selbst dort hingelegt. Todsicher sind seine Fingerabdrücke darauf, aber die zählen schließlich nicht, weil er immer behaupten kann, er habe das Silber während des Dienstes angefaßt.«

»Wie würden Sie Brown beschreiben, Kelling?«

»Schwammig. Schwammiger Körper und noch viel schwammigeres Gehirn. Dämlich genug, um sich von jemandem mißbrauchen zu lassen. Aber zu dämlich, um einen guten Komplizen abzugeben. Ich nehme an, dieser Jemand hat ihm gesagt, er soll einen Überfall vortäuschen, hat aber vergessen, ihn darüber aufzuklären, daß man meist nach vorn fällt, wenn man von hinten eins über den Schädel bekommt.«

»Ist irgendwer hier besonders intelligent?«

»Mr. Fitzroy, der Hausverwalter, verfügt über einen äußerst scharfen Verstand. Zufällig hat er aber die ganze Woche Urlaub, ein Umstand, dem man Bedeutung beimessen kann oder aber auch nicht. Vieuxchamp zeigt gelegentlich Anflüge von Intelligenz. Was man von Jimmy Agnew, dem Mann, den ich hier vertrete, allerdings nicht behaupten kann. Und Melanson würde nicht mal wagen, ohne Erlaubnis von oben zu denken.«

»Wer ist Melanson?«

»Ein absoluter Hasenfuß. Er hat seinen Posten am Ende des Flurs hier auf dieser Etage bei der italienischen Keramik. Keine Menschenseele, die auch nur halbwegs normal ist, würde zwar auf die Idee kommen, diese abscheulichen Dinger zu klauen, aber Melanson lebt in ständiger Angst, daß irgendein militanter Ästhet mit einem Knüppel zu ihm hereinstürmt und die ganze Sammlung zertrümmert, um Boston zu verschönern. Ich bin sicher, daß er immer noch auf seinem Posten steht. Der rührt sich erst von der Stelle, wenn es ihm jemand erlaubt.«

»Dann wollen wir ihm mal kurz einen Besuch abstatten. Was fehlt Agnew eigentlich?«

»Angeblich irgendein Bazillus, aber wahrscheinlich hat er die Nachwirkungen von einer Überdosis Whiskey zu verkraften.«

»Wieso hat man denn gerade Sie dazu auserkoren, ihn zu vertreten?«

»Jimmys Schwester Dolores hat mich gefragt. Dolores und ich sind alte Freunde.«

»Was hat Dolores Agnew denn mit der Einstellung von Wachen zu tun?«

»Ihr richtiger Name ist Dolores Agnew Tawne, verwitwet seit Gott weiß wie lange. Sie ist hier sozusagen das Öl auf den quietschenden Türangeln. Sie macht die Bilder sauber, staubt die Statuen ab, poliert das Silber, verarztet die Pfauen, schikaniert die Gärtner, arrangiert die Blumen, macht die Kerzen in der Kapelle an und weiß der Kuckuck was sonst alles. Ich vermute, daß Jimmy es einzig und allein ihr zu verdanken hat, daß er noch hier arbeitet. Er ist ein sehr netter Kerl, aber weiß Gott kein besonders fleißiger Mensch. Dolores allerdings ist das Salz der Erde.«

Sarah wußte sofort, was er meinte: eine laute Stimme und eine massige Erscheinung. Brooks war zeitlebens das geborene Opfer für dominante Frauen gewesen.

Sie informierten Davies darüber, was sie vorhatten, und er beschloß, sie zu begleiten.

Den völlig verstörten Melanson fanden sie zusammengesunken zwischen seinem grotesken Nippes. Als er sie sah, sprang er hastig auf.

»Gott sei Dank, daß Sie es sind, Mr. Kelling. Ist es nicht furchtbar? Vieuxchamp hat es mir gerade erzählt.« Er stammelte noch ein- oder zweimal »furchtbar«, dann versagte ihm wieder die Stimme.

»Haben Sie irgend etwas bemerkt, Mr. Melanson?« fragte Davies.

»Um Gottes willen, natürlich nicht. Überhaupt nichts. Bis Vieuxchamp es mir erzählt hat, hatte ich keine Ahnung.«

»Haben Sie von dem ganzen Lärm im Hof denn nichts mitbekommen?«

»Doch schon, aber was konnte ich schon groß tun? Ich wußte gleich, daß irgend etwas Furchtbares passiert sein mußte.«

»Aber Sie sind nicht hingelaufen und haben nachgesehen, was los war?«

»Das ging doch nicht, wir dürfen doch unseren Posten nicht verlassen. Darin ist Mr. Fitzroy sehr streng. Vieuxchamp hätte auch gar nicht kommen dürfen. Ich hoffe, Sie glauben nicht etwa, daß ich ihn hergelockt habe?«

»Das war schon in Ordnung, Mr. Melanson. Die Polizei hat das ganze Stockwerk abgeriegelt. Haben Sie irgendeine Vorstellung, warum jemand Joe Witherspoon hätte töten sollen?« wollte Davies wissen.

Die Frage versetzte das ängstliche Gemüt in schiere Panik. »Die- Diebe«, stotterte Melanson. »Vieuxchamp hat gesagt, es waren Diebe. Es können nur Diebe gewesen sein. Oder etwa nicht?«

»Und warum? Nicht unbedingt. Ich kann mich nicht erinnern, daß im Museum je etwas gestohlen worden ist.«

»Oh nein, gestohlen wurde hier nichts. Jedenfalls nicht«, korrigierte er sich schnell, »soviel ich weiß.«

»Vermuten Sie denn, daß es möglicherweise einen Diebstahl gegeben hat, der nie aufgedeckt worden ist?«

»Um Himmels willen, nein! Ich würde nicht im Traum daran denken, so etwas zu vermuten. Aber wenn sich jemals herausstellen sollte, daß es doch der Fall war, und ich gesagt habe, daß es nicht so war, denkt vielleicht irgend jemand, daß ich –«

»Mr. Melanson«, unterbrach ihn Bittersohn, »können Sie sich daran erinnern, daß sich Witherspoon jemals darüber beklagt hat, daß sich irgend etwas verändert hat?«

»An den beiden Uccellos, meinen Sie? Nein, ich glaube, das war Mr. Fitzroy. Vielleicht irre ich mich auch, aber ich bin mir ziemlich sicher, daß es Mr. Fitzroy war, der mit Mrs. Tawne gesprochen hat. Fast sicher, meine ich natürlich. Nun ja, relativ sicher.«

»Und was genau hat Mr. Fitzroy zu Mrs. Tawne gesagt?«

»Sie dürfen bitte nicht denken, daß ich absichtlich zugehört habe. Aber Mr. Fitzroy hat kein Blatt vor den Mund genommen, das kann ich Ihnen sagen. Ich glaube, darüber darf ich ruhig sprechen. Ich meine, das bedeutet nicht, daß er – das heißt, eigentlich war es doch Mrs. Tawne, die –«

»Die was?«

»Die Bilder umgehängt hat, weil sie dachte, daß sie so besser aussehen würden. Obwohl Madam Wilkins es ausdrücklich anders angeordnet hatte! Es war – es war –« Er suchte verzweifelt nach Worten.

»Sie müssen wissen, Bittersohn, daß in Madams Testament ausdrücklich festgelegt ist, daß alles genauso zu bleiben hat, wie sie es bestimmmt hat.«

Brooks Kelling nahm es auf sich, die Erklärung für Melansons unverständliches Gestammel zu liefern. »Madam Wilkins besaß einen unglaublich schlechten Geschmack.«

»Stimmt«, pflichtete ihm Melanson erleichtert bei. »Und da hingen sie sich also auf einmal gegenüber, wo sie sich doch vorher immer den Rücken zugekehrt hatten. Ich habe es selbst gesehen.«

»Wann war das?«

»Tja – da muß ich mal nachdenken –, ich glaube, das war, als ich den Karbunkel hatte. Vielleicht vor drei, nein vier – meine Güte, es ist so schwer, sich zu erinnern. Ich würde sagen, letzten Oktober vor etwa vier Jahren, aber ganz genau kann ich es auch nicht mehr sagen.«

Bittersohn seufzte. »Können Sie sich an nichts erinnern, was weniger lang zurückliegt?«

»Ich hoffe doch sehr, daß derartige Zwischenfälle nicht sehr häufig sind!«

Glücklicherweise tauchte in diesem Moment Vieuxchamp wieder auf und bewahrte Sarah davor, sich durch einen Kicheranfall zu blamieren.

»Ich habe mich umgeschaut«, erklärte er. »Soweit ich sagen kann, scheint nichts zu fehlen. Doch um ganz sicher zu sein, müßten wir die Inventarliste dazunehmen.«

»Wer ist für die Liste zuständig?« fragte Lieutenant Davies.

»Mr. Fitzroy. Aber er ist erst morgen früh wieder hier.«

»Wer ist der Verantwortliche, wenn er nicht da ist?«

»Man könnte sagen, wir alle. Jeder Wächter ist für seinen eigenen Posten verantwortlich.«

»Mr. Fitzroy ist ein sehr ungewöhnlicher Mann«, warf Brooks ein. »Er glaubt fest an die Würde des Individuums.«

»Außerdem«, sagte Vieuxchamp, »haben wir alle viel zuviel Angst vor ihm, um Mist zu bauen. Stimmt's, Hasenfuß?«

»Wir haben alle den größten Respekt vor Mr. Fitzroy«, sagte Melanson steif.

»Der Herr stehe Brown bei, wenn Fitzy rausfindet, daß er beinahe jemanden mit der Hostienschale hätte durchbrennen lassen!« fuhr Vieuxchamp fort. »Brownie hat Glück, daß er eins über den Schädel gekriegt hat. Das könnte möglicherweise zusammen mit der Tatsache, daß der arme Joe umgebracht worden ist, als mildernder Umstand angesehen werden.«

»Dann glauben Sie an Browns Hypothese, daß Witherspoon ermordet wurde, damit er die angeblichen Diebe nicht identifizieren konnte?« fragte Bittersohn.

»Tja, ich denke schon. Das klingt doch auch logisch, oder nicht?«

Bittersohn machte sich nicht die Mühe, darauf hinzuweisen, daß es lediglich dann logisch klang, wenn man Browns plumper

Vortäuschung eines Überfalls Glauben schenkte. Wenn Vieuxchamp wirklich gelegentliche Anflüge von Intelligenz hatte, wie Brooks Kelling behauptete, warum schluckte er diese Geschichte so bereitwillig?

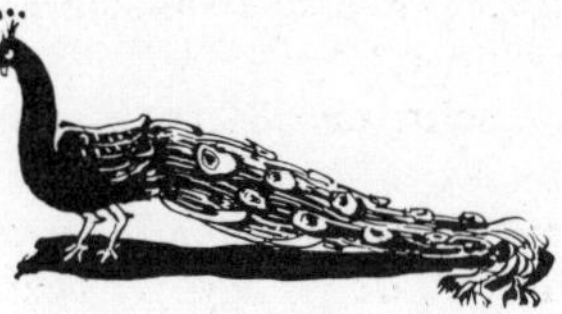

Kapitel 3

»Sie glauben also nicht, daß Witherspoon gefallen oder gesprungen ist?«

Bittersohns Frage schien Vieuxchamp offensichtlich Schwierigkeiten zu bereiten. »Warum hätte er denn springen sollen?«

»Der Wächter unten im Hof sagt, daß Witherspoon sich aufgeregt hat, weil sich an dem großen Tizian, den er so liebte, etwas verändert hat oder er das meinte.«

»An dem Bild? Meine Güte, welcher Mann bringt sich denn schon wegen eines Gemäldes um? Er könnte allerdings auch gefallen sein, jetzt, wo Sie es sagen. Sehen Sie, über dem Hauptausgang hängt die große Uhr. Vom zweiten Stock aus kann man sie nicht sehen, wenn man sich nicht über die Brüstung lehnt. Manchmal tun wir das, um zu sehen, ob schon Kaffeepause ist oder so. Vielleicht hat Joe das auch gerade gemacht, und dabei ist ihm schwindelig geworden. Und dann hat er das Gleichgewicht verloren.«

»Ich wußte gar nicht, daß Joe Schwindelanfälle hatte«, warf Melanson interessiert ein.

»Na klar hatte er die, die ganze Zeit. Vermutlich Arterienverkalkung. Er war ja schließlich kein Jüngling mehr.«

»Wo wir gerade davon reden, wie die Zeit vergeht, fällt mir ein, daß Mrs. Kelling und ich nachschauen sollten, wo Nick Fieringer ist. Er fragt sich bestimmt schon, warum wir uns nach dem Konzert nicht im Tintoretto-Saal haben blicken lassen.« Bittersohn stellte sich hinter Brooks Kelling und veranstaltete eine regelrechte Pantomime, aus der Sarah schließlich »Laden Sie ihn zum Abendessen ein« zu lesen glaubte.

Sie konnte sich zwar den Grund dafür nicht vorstellen, tat ihm jedoch den Gefallen. »Cousin Brooks, es ist schon eine Ewigkeit her, daß wir uns getroffen haben, so daß ich es schade finde, mich jetzt schon verabschieden zu müssen. Magst du nicht nach Dienstschluß bei uns vorbeischauen? Sonntags abends gibt es immer ein informelles Buffet, weil ich nie genau weiß, wer kommt und wer nicht.«

»Das ist aber wirklich nett von dir, Sarah, und ich würde auch gern kommen. Aber ich habe leider schon eine Verabredung. Ich habe nämlich Dolores Tawne eingeladen, mit mir zu essen. In dem kleinen Café drüben an der Kensington Avenue beim Museum of Fine Arts«, fügte er schnell hinzu.

»Warum bringst du sie denn nicht einfach mit? Ich bin sicher, daß wir uns alle freuen würden, sie kennenzulernen.«

Sarah war sich zwar nicht so sicher, aber sie dachte, daß sie das Richtige gesagt haben mußte, weil Mr. Bittersohn sehr zufrieden aussah. Cousin Brooks jedoch zögerte. Er befürchtete, daß Dolores eine Einladung, seine Familie kennenzulernen, als ernste Absicht seinerseits mißverstehen könnte. Sarah setzte ihm jedoch auseinander, daß eine Großnichte um sieben Ecken und eine zusammengewürfelte Gruppe von Pensionsgästen wohl kaum als ernste Absicht interpretiert werden konnten. Brooks sah sowohl die Logik ihres Arguments als auch die günstige Gelegenheit, ein paar Dollars zu sparen – immerhin war er ja ein Kelling –, und sagte schließlich zu.

»Ich hoffe, daß war in Ihrem Sinne«, erkundigte sie sich bei Bittersohn, als sie die Gruppe verließen und sich auf den Weg in den ersten Stock machten, wo Nick Fieringer möglicherweise immer noch auf sie wartete.

»Sie waren großartig«, sagte er etwas geistesabwesend und starrte dabei auf den Kopf eines verdrießlich blickenden Herakles.

»Woran denken Sie?« versuchte sie herauszufinden.

»Ich denke gerade an die Worte, die Diamond Jim Brady zum Floradora Girl sagt: ›Hinter dieser Büste steckt Betrug.‹ Woher wissen Sie, daß der Romney eine Fälschung ist?«

»Weil meine Tante Emma draußen in Longmeadow das Originalporträt besitzt. Es stellt eine unserer Vorfahrinnen dar, und angeblich soll ich ihr ähneln, obwohl ich das selbst nicht ganz so sehe.«

»Wußte Madam Wilkins, daß Ihrer Familie das Original gehört?«

»Das wage ich zu bezweifeln. Sie haben sich nicht besonders gut verstanden, vor allem nicht nach der Katastrophe bei der Eröffnungsfeier. Wenn darüber überhaupt ein Wort verloren wurde, dann hat sie bestimmt behauptet, sie hätte das Original, und wir hätten die Kopie, was unmöglich ist, es sei denn, Romney hätte zwei identische Bilder gemalt. Und ich bin überzeugt davon, daß er das nicht getan hat. Darüber hätte Tante Emma bestimmt Bescheid gewußt. Ich könnte Sie ja mal mitnehmen, damit Sie sich das Bild zum Vergleich ansehen können, wenn Sie mögen.«

Um Bittersohns Mund zuckte es, und Sarah wußte genau, warum. Wenn Cousin Brooks schon befürchtete, man könnte ihm romantische Absichten unterstellen, wenn er mit einer Dame ein Stückchen mit der U-Bahn fahren mußte und ein Abendessen mit kaltem Roastbeef und Tapioka-Pudding in einer gemischten Gesellschaft verbringen sollte, was würde dann Tante Emma davon halten, wenn Sarah den ganzen weiten Weg nach Longmeadow zu zweit zurücklegte, und das auch noch mit einem auffallend attraktiven Mann im besten Alter und mit einem beachtlichen Monatseinkommen?

»Ich würde mir das Original gern gelegentlich einmal ansehen«, sagte er, »doch ich glaube es Ihnen auch so. Soviel ich gesehen habe, ist fast alles hier in diesem Haus gefälscht. Entweder war Madam Wilkins die gutgläubigste Käuferin aller Zeiten, oder aber hier liegt irgendwo ein dicker Hund begraben.«

»Der wahrscheinlich ebenfalls eine Fälschung ist, vermute ich. Haben Sie mich deshalb gebeten, Cousin Brooks einzuladen? Sie glauben doch nicht etwa, daß er mit irgendwelchen Kunstfälschungen etwas zu tun hat? Haben Sie ihn wirklich damals wegen Onkel Thaddeus' Corots verdächtigt?«

»Die Antworten auf Ihre Fragen lauten nein, nein und nochmals nein, und zwar genau in dieser Reihenfolge. Ihr Cousin ist zwar in manchen Punkten ein bißchen exzentrisch, wenn Sie mir die Bemerkung nicht übelnehmen –«

»Warum sollte ich das? Schließlich ist er ja ein Kelling.«

»Allerdings läßt er sich, wie ich gerade weiter bemerken wollte, nichts vormachen, dazu hat er Humor und ist, soweit ich weiß, so ehrlich, daß es schon peinlich ist. Ich möchte einfach gern mit ihm reden. Für das Essen für ihn und seine Freundin werde ich mich natürlich bei Ihnen noch revanchieren, indem ich Sie zum Essen einlade.«

»Das werden Sie nicht! Sich revanchieren, meine ich. Es sei denn, man gibt Ihnen einen Gutschein fürs Ritz.« Sarah zeigte ein Grübchen, das in ihrem ein klein wenig eckigen, klaren, aber blassen Gesicht überraschte, und Bittersohn lachte.

»Aha!« Eine tiefe Stimme, die so ölig wie Rindertalg klang, ertönte hinter ihnen. »Hier finde ich dich also, Bittersohn! Knutschend unter den Liebesengeln mit einer hübschen Dame! Dabei solltest du eigentlich im Tintoretto-Saal sein und meinem talentierten kleinen Schützling schonend beibringen, daß sie vielleicht besser daran tut, erst die Tonleiter richtig zu lernen, bevor sie anfängt, von Carnegie Hall zu träumen.«

»Hallo, Nick. Mrs. Kelling und ich wollten dich gerade suchen.«

»Was ich dir natürlich glaube«, sagte der beleibte Impresario schelmisch. »Vielleicht könnt Ihr mir erklären, was all die Bullen im Hof zu suchen haben? Bei meinem kleinen Wunderkind mögen zwar die Kadenzen wie Keuchhustenanfälle klingen, aber deshalb muß man sie ja nicht gerade wegen Ruhestörung festnehmen, oder?«

»Nick, das Mädchen war gut. Sie braucht nur etwas mehr Übung. Sag mal, wie genau kennst du eigentlich die Wächter hier?«

»Ich kenne jeden.« Eine entschiedene Feststellung, die bei Nick Fieringer sogar fast der Wahrheit entsprach.

»Was für ein Mann war Joe Witherspoon?«

»Sagtest du war? Warum war? Ist Joe etwas passiert?«

»Er ist mit dem Kopf zuerst in den Hof gefallen, ungefähr zu dem Zeitpunkt, als dein kleines Genie bestimmt gerade vor Mrs. Forbot knickste.«

»Der alte Joe?«

Der Impresario gehörte zu jener Gattung von großen, korpulenten, kahlköpfigen Männern, die sehr leicht sentimental werden. Er verzog den Mund wie ein Baby, und es hätte Sarah nicht überrascht, wenn er auch noch laut zu schluchzen begonnen hätte. Nach kurzer Zeit hatte er sich jedoch wieder gefangen und sprach ruhig weiter. »Etwas Unwahrscheinlicheres kann ich mir kaum vorstellen. Wie konnte das nur passieren?«

»Der Wächter im Flur im zweiten Stock behauptet, jemand habe versucht, die Kapelle auszurauben. Brown heißt er. Ich vermute, daß du ihn auch kennst. Jedenfalls fand Mrs. Kelling ihn ins

Chorgestühl eingeklemmt neben einem Haufen Silberkelchen und anderem Zeug am Altar. Seiner Geschichte zufolge haben zwei oder drei Kerle ihn während eines versuchten Raubüberfalls zusammengeschlagen und Witherspoon über die Balkonbrüstung gestoßen, damit er sie später nicht identifizieren konnte.«

»Dieser Brown ist ein Lügner und Betrüger. Im Konzertsaal waren 87 Leute. Ich zähle immer zuerst die Anwesenden, bevor sie sich auf Zehenspitzen aus dem Staub machen. In den anderen Räumen waren bestimmt weitere 100 Personen. Die Kapelle befindet sich im zweiten Stock. Das große Treppenhaus ist der einzige Weg, den man nehmen kann, um das Gebäude zu verlassen, es sei denn, man läßt mitten am hellichten Tag ein Seil vom Fenster herab und klettert vor den Augen all der stolzen Hundebesitzer herunter, die gerade ihre Lieblinge spazierenführen, ihre kleinen Schäufelchen in der Hand, um den Hundedreck vom Bürgersteig zu entfernen. Quod erat absurdum. Daß jemand das große Treppenhaus hinunterläuft und für jeden gut sichtbar einen Sack voll Silber hinter sich herzerrt, ist ja wohl kaum zu glauben. Wer könnte einem Lügner wie Brown das schon abkaufen, selbst wenn er auf eine echte Gutenberg-Bibel schwören würde, ein Gegenstand, den man, ganz entre nous, hier in diesem Etablissement sicher nicht finden kann. Brown macht sich während des Konzerts aus dem Staub und hält ein Nickerchen in der Kapelle, c'est tout. Er legt das Silber neben den Altar, für den Fall, daß jemand ihn erwischt. Als man ihm die Sache mit Joe erzählt, kommt das dem Kerl als Zuckerguß für seinen Kuchen gerade recht. Diese Laus!«

»Weißt du, Nick«, sagte Bittersohn, »diese Erklärung ist mir noch gar nicht in den Sinn gekommen.«

»Weil du das Ekel nicht so gut kennst wie ich, Max. Er würde alles, aber auch wirklich alles tun, um sich vor einer Stunde ehrlicher Arbeit zu drücken. Ich –« Nick blickte grimmig zu Sarah herüber, »– ich mag zwar fett sein, aber ich bin kein Ekel. Und ich bin ein hart arbeitender Mann. Mein Gott, ich schufte wirklich wie ein Pferd. Joe Witherspoon stirbt, und Brown schnarcht wie ein Bär in der Kapelle.«

»Vieuxchamp sagt, Witherspoon hätte manchmal Schwindelanfälle gehabt? Kannst du das bestätigen?«

»Bestätigen nicht, aber sehr wohl glauben. Joe war nicht mehr der Jüngste, und er hat sich nicht geschont. Immer diese mörderischen Treppen rauf und runter, vier, fünf Mal am Tag. Lehnt sich zu weit vor, kleiner Schwindelanfall vielleicht, schon stürzt er runter.«

»Aber warum hätte er sich auf dem Balkon aufhalten sollen? Sein Posten war doch im Tizian-Saal.«

»Lieber Freund, wie soll ich das wissen? Während des Konzerts waren vielleicht nur sehr wenige Leute im zweiten Stock. Vielleicht ist Joe auf den Balkon getreten und hat seine Beine ein bißchen ausgestreckt und die hübschen Pfauen beguckt oder ein wenig in den Wasserfall gepinkelt, weil es hier in diesem verrückten Palazzo nur eine einzige Toilette gibt, und die ist im Kellergeschoß. Denkst du etwa, die Wächter gehen jedesmal den weiten Weg nach unten?«

Bittersohn blickte zu Sarah herüber und wechselte das Thema. »Hast du jemals Witherspoon über den großen Tizian reden hören?«

»Nicht mehr als über andere Dinge. Lucretia war sein ganz besonderer Liebling. Wer könnte es ihm auch verdenken? Wie schon bei Shelley: Er wird sie immer lieben, und sie wird immer dick bleiben. Er konnte sie allerdings bloß anschauen, wovon man wohl kaum etwas hat. Aber was soll's. In seinem Alter konnte er wahrscheinlich eh nichts anderes mehr als schauen, und dafür wurde er auch noch bezahlt. Joe war ein glücklicher Mensch!«

»Du bist ja ein richtiger Philosoph, Nick. Siehst du den Wächter da unten an der Säule im Hof?«

»Den nennen die anderen Sonny. Was ist denn mit ihm?«

»Er behauptet, Witherspoon habe sich in der letzten Zeit bei ihm darüber beklagt, daß Lucretia sich verändert habe.«

»Maxie, wie kann sich denn ein Gemälde verändern? Joe brauchte bestimmt nur eine neue Brille. Vielleicht hatte er ein Glaukom oder den grauen Star, vielleicht aber auch bloß im Alter eine weiche Birne. Vielleicht war er einfach reif für das Beet, in das er gefallen ist.«

»Glaubst du, daß Witherspoon depressiv genug war, selbst zu springen?«

»Wer weiß? Was für einen Unterschied macht es schon, ob er gefallen oder gesprungen ist? Tot bleibt tot. Mein lieber Freund, du machst alles viel geheimnisvoller, als es ist. Er war bloß ein alter Mann, der jetzt endlich seinen wohlverdienten Frieden gefunden hat.«

Kapitel 4

»Ich befürchte, Sie müssen schnellstens nach Hause, um das Abendessen vorzubereiten«, meinte Bittersohn, als er Sarah in den eleganten Wagen half, der am Fenway parkte.

»Falsch geraten.« Sarah schenkte ihm ein strahlendes Lächeln und lehnte ihren Kopf gegen das elegante beigefarbene Lederpolster des Sitzes. »Heute abend bin ich frei wie ein Vogel. Mrs. Sorpende macht das Abendessen.«

»Wie das?«

»Sie hat es mir angeboten, und ich habe sofort dankbar angenommen. Es ist ganz schön anstrengend, ständig am heißen Herd zu stehen und sich abzurackern.«

»Schon nach drei Monaten?«

»Eher seit acht Jahren. Ich war praktisch die ganze Zeit, die ich mit Alexander verheiratet war, fürs Kochen zuständig.«

»Sie denken wohl immer noch ständig an ihn, nicht wahr?«

Bittersohn schien Schwierigkeiten zu haben, den Schlüssel ins Zündschloß zu bekommen.

»Nein, eigentlich nicht. Das würde auch gar nicht gehen. Es passiert ja ständig irgend etwas Neues. Ein weiterer Mord zum Beispiel.«

»Bitte, glauben Sie mir, daß mir das mit heute schrecklich leid tut.«

»Das braucht Ihnen doch nicht leid zu tun«, wunderte sich Sarah. »Sie konnten doch nicht ahnen, daß etwas Derartiges passieren würde. Jedenfalls findet den Statistiken zufolge die Hälfte aller Morde in Massachusetts eben in Boston statt, und ich komme aus Boston und bin hier aufgewachsen. Was kann ich also anderes erwarten? Jedenfalls bin ich heilfroh, daß dieser Fall auch nicht das Geringste mit mir zu tun hat. Es sei denn, Sie glauben, daß Brooks –«

Bittersohn startete seinen Wagen etwas weniger gefühlvoll als gewöhnlich. »Ich habe Ihnen doch erklärt, warum ich Ihren Cousin heute abend sehen möchte. Bis jetzt habe ich Sie schließlich noch nie angelogen, oder? Vielleicht wäre es allerdings klüger von mir gewesen, ihn irgendwo ganz allein zu treffen, statt Sie mit in die Sache hineinzuziehen.«

»Warum sollten Sie mich nicht mit hineinziehen? Kann ich nicht endlich wie ein richtiger Mensch behandelt werden?«

»Was meinen Sie denn damit? Habe ich Sie denn nicht immer wie –«

»Oh, Sie haben damit überhaupt nichts zu tun. Mein ganzes Leben lang ist es immer dasselbe gewesen. Für meine Eltern war ich bloß ein Kind, für das sie sich nicht wirklich interessiert haben, jemand, für den man sorgte, der ernährt und erzogen werden mußte, wie es den Erwachsenen richtig erschien, auf meine Gefühle hat dabei keiner Rücksicht genommen. Für Tante Caroline war ich nur ein notwendiges Übel. Alexander hat mich zwar geliebt, aber er hätte mich nie geheiratet, wenn er sich nicht dazu verpflichtet gefühlt hätte, und er hat sich mir gegenüber immer verhalten wie –«, sie lächelte schmerzlich, »– nun ja, was kann man schon erwarten, wenn ein Mann einem kleinen Mädchen das erste Eishörnchen gekauft hat und es zum ersten Mal mit auf die Schwanenboote im Park genommen hat? Wie soll er da auch andere als väterliche Gefühle empfinden? Für meine Verwandtschaft bin ich lediglich eine von vielen Kellings, für meine Pensionsgäste die Pensionswirtin, und bei Ihnen frage ich mich manchmal, ob Sie mich nicht im Grunde bedauern. Heute nachmittag allerdings haben Sie mich behandelt wie – ich nehme an, man könnte sagen, wie eine Freundin, die Sie gut genug kennen, um sie um einen Gefallen zu bitten, ohne lange zu überlegen, ob sie auch reif genug ist, mit der Situation fertig zu werden. Also verderben Sie jetzt nicht alles, indem Sie sich entschuldigen.«

Er zuckte mit den Achseln. »Ich weiß nicht, was ich dazu sagen soll. Keine Ahnung, wie Sie darauf kommen, daß ich Sie bedauere. Nichts könnte mir ferner liegen. Sollen wir jetzt ein paar höfliche Bemerkungen über die schöne Landschaft machen, oder wollen wir lieber anhalten und irgendwo zusammen etwas trinken?«

»Ich würde schrecklich gern etwas trinken. Warum lassen wir das Auto nicht einfach hier stehen und spazieren hinunter zum

Hampshire House? Natürlich nur, wenn das nicht zu teuer ist«, fügte sie aus alter Gewohnheit hinzu.

»Oh, ich glaube, einen oder zwei Scotch können wir uns ruhig erlauben. Haben Sie in der letzten Zeit noch etwas von unserem frischvermählten Paar gehört?«

Sie plauderten über Sarahs würdevollen Cousin Adolphus Kelling und seine zwar ungewöhnliche, doch bisher glückliche Ehe mit einer ehemaligen, inzwischen pensionierten Verkäuferin, die ihr eigenes Recycling-Programm für die Abfalltonnen auf dem Boston Common entwickelt hatte. Sie ließen den Wagen in der riesigen Betonhöhle unter ebendiesem Common stehen und schlenderten die Beacon Street hinunter zu dem recht luxuriösen Restaurant, in dem Bittersohn Sarah an jenem Tag, den sie nie in ihrem Leben vergessen würde, ein Mittagessen spendiert hatte. Sie fragte sich, ob er sich wohl auch noch daran erinnerte, dachte aber nicht im Traum daran, nur ein Sterbenswort darüber zu verlieren, nachdem sie derart unerwartet ihr Innenleben vor ihm ausgebreitet hatte.

Für ein frühes Abendessen war es schon zu spät, für ein spätes noch zu früh, daher hatten sie die Bar mehr oder weniger für sich allein.

Die Kellnerin war zufrieden, sie mit ihren Drinks allein lassen zu können. Sarah fühlte sich hervorragend, bis sie zufällig einen Blick auf Bittersohns Uhr warf.

»Ich glaube, ich sollte mich besser auf den Heimweg machen. Mrs. Sorpende wäre bestimmt schrecklich verletzt, wenn ich heute nicht rechtzeitig erschiene.«

»In Ordnung. Dann sind Sie jetzt also wieder die Pensionswirtin, und ich bin Ihr Pensionsgast.« Bittersohn kümmerte sich um die Rechnung, und sie gingen den Hügel zur Tulip Street hinauf. Sie kamen gerade noch rechtzeitig. Cousin Brooks und seine Bekannte betraten bereits die Eingangshalle, als Sarah und ihr Begleiter von Charles in aller Form begrüßt und hereingebeten wurden.

Cousin Brooks hatte offensichtlich keine Mühe gescheut, Sarah vor ihren Pensionsgästen, die er nie zuvor gesehen hatte, alle Ehre zu machen. Sein spärliches graues Haar war aufs sorgfältigste pomadisiert. Sein etwas bejahrter graugrüner Tweedanzug war so akurat gebügelt, daß man sich an den messerscharfen Bügelfalten schneiden konnte. Die Schwanzfeder eines Haubentauchers zierte das Band seines Strohhutes, den er stets beim Treffen der ehemaligen Harvard-Studenten zu tragen pflegte.

Dolores Tawne sah genauso aus, wie Sarah es sich vorgestellt hatte: eine tonnenförmige Dame mittleren Alters mit rotem Gesicht, rotem Haar, auf kampflustige Weise gutgelaunt, begeistert über die unerwartete Einladung, aber auch bereit, jederzeit lautstark zu protestieren, sobald ihr irgend etwas nicht passen sollte. Sie trug einen soliden beigefarbenen Tweedmantel, ein solides, bügelfreies beigefarbenes Hemdblusenkleid und solide braune Wanderschuhe aus Leder. Ihre Handschuhe waren aus beigefarbenem Nylon, ihre Handtasche war aus handverarbeitetem Rindsleder. Handverarbeiteter emaillierter Kupferschmuck zierte in Mengen ihren Hals und klirrte an ihren Handgelenken. Sie war erfreut, hier sein zu dürfen, und sagte dies, bevor sie Brooks auch nur die Gelegenheit gegeben hatte, sie vorzustellen.

»Und wir freuen uns auch sehr, Sie kennenzulernen«, erwiderte Sarah, wie es der Anstand erforderte. »Sollen wir zu den anderen hineingehen, Brooks?«

»Wie bitte? Oh ja, natürlich«, erwiderte er, ohne dabei seine Augen von einer Stelle links über Sarahs Kopf abzuwenden. Was ihn derart faszinierte, war natürlich die zauberhafte Gastgeberin des heutigen Abends, Mrs. Theonia Sorpende.

Sarah hatte Mrs. Sorpende vor einiger Zeit einen Armvoll Dessous geschenkt, die zur Aussteuer ihrer Schwiegermutter gehört hatten und aus einer Zeit stammten, als Georgette und Crêpe de Chine noch als der letzte Schrei gegolten hatten und alles mit mindestens 15 Zentimeter breiten, teuren Spitzen verziert gewesen war. Aus den diversen Negligés, Morgenröcken, Dessous und sogar French Knickers hatte sich Mrs. Sorpende seitdem eine Garderobe kreiert, in der selbst ein verhutzeltes altes Mütterchen wie die göttliche Greta Garbo persönlich ausgesehen hätte. Da heute abend keine Abendkleidung getragen wurde, hatte sie etwas angezogen, was Sarahs Großmutter höchstwahrscheinlich als »Kleid zum Tee« bezeichnet hätte.

Theonia Sorpendes Formen entsprachen in etwa denen der Venus von Milo, mit dem Unterschied, daß sie zarte weiße Arme und auffallend schöngeformte Hände besaß und ihre Oberweite weit üppiger ausfiel. Ihr Alter verbarg sie hinter einem Mona-Lisa-Lächeln. Ihr Haar, das früher rabenschwarz gewesen war, glänzte jetzt an einigen Stellen, wo böswillige Personen sicher graue Strähnen vermutet hätten, in schönem Kastanienbraun. Was sie von Kosmetik verstand, ging schließlich niemanden etwas an. In ihrem enganliegenden malvenfarbenen Georgettekleid mit Volantbesätzen aus Ekrüspitze erinnerte sie ein wenig an Joe Witherspoons Lucretia, allerdings war sie bedeutend frischer, lebendiger und auf viel üppigere Weise sexy.

Glücklicherweise war Dolores Tawnes Fell so dick wie ihre Fesseln. Ohne zu bemerken, daß ihr Begleiter ihr gerade den Laufpaß gegeben hatte, grüßte sie die alterslose Schönheit mit einem freundlichen Wortschwall, wobei ihr völlig entging, wie lange Brooks Kellings Hand Mrs. Sorpendes Finger mit den rosafarbenen Nägeln umklammert hielt. Sarah allerdings bemerkte es sehr wohl und hielt es für das Beste, Mrs. Tawnes Aufmerksamkeit für alle Fälle auf etwas anderes zu lenken.

»Mein Cousin hat mir erzählt, daß Sie sich so hervorragend um die Gemälde von Madam Wilkins kümmern.«

Erstaunlicherweise schien sie ausgerechnet mit dieser Bemerkung einen wunden Punkt getroffen zu haben. »Ich bin selbst Malerin«, brauste die Angesprochene nämlich auf, »hat Brooks Ihnen das etwa nicht erzählt?«

»Nun ja, ich glaube –«

»Ich habe die Porträts von vielen Prominenten gemalt. Alle Präsidenten des Vereinigten Handelshauses – vom Gründer des Unternehmens bis hin zum jetzigen Vorstandsvorsitzenden. Sechs Generationen.«

»Meine Güte! Aber Sie können sie doch sicher nicht alle persönlich gekannt haben?«

»Nein, so alt bin ich nun doch nicht, auch wenn ich vielleicht so aussehe.« Mrs. Tawne klatschte sich vor Freude über den eigenen Witz auf ihren fleischigen Oberschenkel. »Ich arbeite dabei natürlich nach Fotografien.«

»Ach so. Das ist aber bestimmt sehr schwierig.«

»Einfacher als bei richtigen Modellen. Fotografien wibbeln nämlich nicht ständig auf ihrem Stuhl herum.« Auch diesen Ausspruch schien Mrs. Tawne äußerst lustig zu finden. »Ich arbeite ausschließlich nach Fotografien.«

Zweifellos hatte auch Mrs. Tawne wie alle übrigen Sterblichen ihre Schwächen, doch übertriebene Bescheidenheit gehörte ganz sicher nicht dazu. Als sie sich in die Bibliothek begaben, um vor dem Essen ihren Sherry einzunehmen, eine Gewohnheit, die aus

Sarahs Haushalt inzwischen nicht mehr wegzudenken war, ließ sich Dolores weiterhin über alles aus, worüber sie Bescheid wußte und was sie tatsächlich gemacht hatte, und beschrieb, welche Höhen sie hätte erklimmen können, wenn ihr nicht die neidische Konkurrenz Steine in den Weg gelegt und Verleumdungskampagnen gegen sie angezettelt hätte.

Während ihres Monologes trudelten allmählich auch die anderen Pensionsgäste ein. Mr. Eugene Porter-Smith erschien in einem marineblauen Anzug mit Nadelstreifen und einem zitronengelben Hemd mit zitronengelber Krawatte, Jennifer LaValliere in etwas, das man kaum noch als Kleid bezeichnen konnte, Professor Ormsby in einem neuen grünen Rollkragenpullover, der seinem alten grünen Rollkragenpullover zum Verwechseln ähnlich sah, und Mrs. Gates, die neue Bewohnerin des ehemaligen Rauchsalons im Erdgeschoß, in einem wunderbar geschmackvollen, hauchdünnen Wollkleid in zartem Korallenrot, was ihre rosafarbenen Bäckchen hervorragend zur Geltung brachte und auf das Charmanteste mit ihrem silbergrauen Haar kontrastierte.

Zufällig hatten Mrs. Gates und Mrs. Tawne früher einmal im selben Komitee für eine Kunstausstellung gesessen, deren Erlös dem Kinderkrankenhaus zugeflossen war. Die beiden Damen begannen ihre alte Bekanntschaft aufzufrischen, so daß Sarah sich diskret zurückziehen konnte. Sie fragte sich allmählich, wohin denn Mr. Bittersohn so plötzlich verschwunden war.

Mariposa, Sarahs Vertraute, Managerin und gute Freundin, die außerdem die Rolle des Zimmermädchens spielte, hatte sich den Tag freigenommen, um ihn mit ihrer riesigen Verwandtschaft zu verbringen. Charles, Mariposas Mentor, Zimmergenosse und vieles andere mehr, reichte gerade Sherry und Horsd'œuvres. Als er mit dem silbernen Tablett zu Sarah kam, flüsterte sie ihm zu: »Wo ist denn bloß Mr. Bittersohn hingegangen? Er hatte mich doch ausdrücklich gebeten, Mr. Brooks und Mrs. Tawne einzuladen.«

»Er telefoniert gerade mit London, Madam. Scotland Yard hat seit Stunden versucht, ihn zu erreichen.«

»Großer Gott! Ich hoffe, er hat daran gedacht, ein R-Gespräch anzumelden!«

Charles schenkte ihr die winzige Andeutung eines mitleidigen Lächelns und entfernte sich mit seinem Tablett. Kurz darauf gesellte sich Mr. Bittersohn wieder zu ihnen und sah dabei eher aus wie jemand aus einer Anzeige im Wirtschaftsmagazin *Fortune* als jemand, der Kontakte mit Scotland Yard pflegte. Charles riß die Flügeltüren zum Eßzimmer auf, und die ganze Gesellschaft schwärmte hinein. Wie an Sonntagabenden üblich, war das Abendessen auf dem Buffet auf großen Silberplatten angerichtet, und die Herren servierten den Damen, mit Ausnahme von Professor Ormsby, der viel zu sehr damit beschäftigt war, sich selbst zu bedienen.

Mrs. Sorpende machte ihnen wirklich alle Ehre. Sarah hatte zwar keinen Schimmer, was sie genau zubereitet hatte, doch alles sah ganz köstlich aus. Brooks schaufelte galant Essen auf Mrs. Sorpendes Teller. Seine Augen befanden sich dabei auf derselben Höhe wie ihr herrliches spitzenverziertes Dekolleté, ein Anblick, den er offenbar sehr genoß. Glücklicherweise hatte Max Bittersohn sich daran gemacht, Mrs. Tawne die Sprache zu verschlagen, so daß diese viel zu betört war, um den schnöden Verrat ihres Begleiters zu bemerken. Charles widmete sich Mrs. Gates, und Mr. Porter-Smith versorgte Miss LaValliere. Sarah zuckte die Achseln und nahm sich selbst etwas.

Mrs. Sorpende war wirklich eine hervorragende Köchin. Sie fielen wie ein ausgehungerter Heuschreckenschwarm über das Buffet her, dann räumte Charles die Teller ab und brachte eine Schichttorte, die mit Schokolade, Rum und Gott weiß was für anderen Köstlichkeiten zubereitet war. Dazu tranken sie ihren Kaffee. Während der Sättigungsgrad allmählich zunahm, wurde die Unterhaltung immer lebhafter. Mrs. Tawne begann damit, ihre Theorie darüber zu verbreiten, was alles mit der modernen Kunst nicht stimmte, und das war offenbar eine ganze Menge, während Mr. Porter-Smith, ein junger Herr von grenzenloser Belesenheit und reizbarem Temperament, Einwände dagegen erhob. Mr. Bittersohn stachelte sie an, Cousin Brooks dagegen ignorierte sie und teilte dafür Mrs. Sorpende alles Wissenswerte über den weißen Silberreiher mit. Sie lächelte ihr Mona-Lisa-Lächeln und machte passende Bemerkungen, wobei ihre Stimme, wie Sarah hören konnte, von Brooks charmant mit dem Ruf einer Weißflügeltaube oder Zenaida asiatica verglichen wurde.

Miss LaValliere, die trotz ihrer Kleidung beziehungsweise ihres auffallenden Mangels an Kleidung ein wohlerzogenes Mädchen war, hörte höflich demjenigen der Älteren zu, der gerade am lautesten redete. Mrs. Gates nippte an ihrem Tee, da sie abends keinen Kaffee mehr trinken durfte, und glättete die Wogen. Professor Ormsby lud sich ein weiteres Stück Torte auf den Teller.

Schließlich gelang es Mr. Bittersohn, das Gespräch auf die Gemälde in Madam Wilkins' Palazzo zu bringen. »Mrs. Tawne, was halten Sie eigentlich von dem Romney, der an der Treppenhausseite im Großen Salon hängt?«

»Konventioneller Kitsch!« schnaubte Mr. Porter-Smith, den niemand nach seiner Meinung gefragt hatte, verächtlich. »Scheußliche Farbgebung, geschmacklose Bildanlage, lebloser Pinselduktus –«

»Der Herr hat nicht Sie, sondern mich nach meiner Meinung gefragt«, wies ihn Mrs. Tawne zornig zurecht. »Und zu Ihrer Information –«, dabei betonte sie jedes einzelne Wort, »ich halte diesen Romney für eines der schönsten Werke der gesamten Sammlung. Es repräsentiert die Kunst der Porträtmalerei auf ihrem absoluten Höhepunkt von Subtilität und Anmut. Romneys poetische Bildsprache bei der Darstellung des Modells als Venus mit Rosen und Liebesengeln –«

»Theatralischer Quatsch! Die Frau war doch schon 57 Jahre alt, als sie mit dem Modellsitzen anfing.«

»56. Und was stört Sie daran? Venus selbst wäre noch verdammt viel älter gewesen, oder etwa nicht?«

»Ah, aber Venus war doch unsterblich«, sagte Cousin Brooks mit einem schmachtenden Blick auf Mrs. Sorpende.

»War unsterblich ist ja wohl ein Widerspruch in sich.« Als vereidigter Buchhalter mochte es Mr. Porter-Smith ganz und gar nicht, wenn man ihn bei einem arithmetischen Fehler erwischte.

»Ich habe Ihnen die Frage deswegen gestellt, Mrs. Tawne«, sagte Bittersohn laut genug, um von allen deutlich gehört zu werden, »weil jemand, dessen Urteil ich sehr schätze, mir gegenüber angedeutet hat, daß der Romney in Madam Wilkins' Palazzo möglicherweise nur eine Kopie ist. Was halten Sie davon?«

»Ich dachte, Sie sind hier der Kunstexperte«, sagte Miss LaValliere, die auf Mr. Bittersohn sehr viel Mühe verschwendet hatte, aber abgeblitzt war und ihm daher gern bei jeder Gelegenheit eins auswischte.

»Ach, sind Sie das?« Mrs. Tawne zog eine ihrer sandfarbenen Augenbrauen bis in die Falten ihrer sommersprossigen Stirn hoch. »Wenn sogar ein Kenner wie Sie den Unterschied nicht feststellen kann, dann ist es doch wohl ziemlich egal, oder?«

Miss LaValliere ließ ein höchst ungehöriges Kichern vernehmen, und Mr. Porter-Smith beschloß, den Mund zu halten und eine überlegene Miene zur Schau zu stellen. Sarah entschied, daß es höchste Zeit sei, das Thema Romney wieder zu verlassen.

»Wo befindet sich eigentlich Ihr Atelier, Mrs. Tawne?« fragte sie. »Arbeiten Sie direkt im Museum?«

»Nein, ich lebe seit fast 40 Jahren in den Fenway-Studios. Da werde ich wohl auch bis zu meinem Tod bleiben, es sei denn, sie werden vorher abgerissen.«

»Wissen Sie, daß ich so etwas wie eine professionelle Illustratorin bin? Aber ich habe noch nie in meinem Leben ein richtiges Künstleratelier betreten«, sprudelte Sarah hervor, »ich würde schrecklich gern einmal Ihr Atelier sehen!«

Darauf blieb Mrs. Tawne natürlich nicht viel anderes übrig, als höflich »Ich würde mich jederzeit sehr über Ihren Besuch freuen« zu erwidern.

»Könnte ich denn nicht vielleicht schon morgen vorbeischauen, oder dränge ich Sie jetzt zu sehr? Ich muß nur zufällig in Ihrer Gegend etwas erledigen, und es ist immer so schwierig, das Haus zu verlassen, daß ich jedesmal versuche, möglichst viel auf einmal zu erledigen. Wenn Sie nicht gerade im Museum zu tun haben, könnte ich doch auf einen Sprung zu Ihnen hereinschauen.«

»Wann würden Sie denn kommen wollen?«

»Irgendwann zwischen zehn und vier. Wann es Ihnen am besten paßt.«

Sie vereinbarten, daß Sarah um drei Uhr zum Tee kommen sollte. Mr. Bittersohn überraschte Sarah außerordentlich, indem er ihr im Schutz der Stühle einen verstohlenen Klaps auf ihr hübsches kleines Hinterteil verabreichte und dann ihren Cousin fragte: »Na, Kelling, haben Sie inzwischen noch etwas mehr über die Witherspoon-Sache herausbekommen?«

»Bloß, daß man Mr. Fitzroy inzwischen erreicht und benachrichtigt hat und er die ganze Angelegenheit sehr merkwürdig findet.«

»Fitzroy ist ein altes Weib«, schnaubte Dolores Tawne, die ein Zuckerstückchen nach dem anderen in ihre dritte Tasse Kaffee warf.

»Nun mal langsam, Dolores«, sagte Brooks, »sei nicht unfair, bloß weil du nicht immer einer Meinung mit ihm bist. Mr. Fitzroy ist ein äußerst fähiger Verwalter.«

»Ach, tatsächlich?« Sie nippte an ihrem sirupartigen Muntermacher und verkündete sibyllinisch: »Da könnte ich aber ganz andere Sachen erzählen.«

»Was denn zum Beispiel, Mrs. Tawne?« fragte Bittersohn interessiert.

»Bloß interne Angelegenheiten. Einen Experten wie Sie würde das gar nicht interessieren.«

»Also gut.« Cousin Brooks plusterte seine Federn auf wie ein munterer alter Zaunkönig. »Sehr bald werde ich selbst in der Lage sein, Ihnen diese Informationen zu übermitteln, Mr. Bittersohn. Mr. Fitzroy hat mich nämlich gebeten, Joes Stelle zu übernehmen, bis der Treuhandausschuß einen neuen Wächter eingestellt hat.«

Das ohnehin schon rote Gesicht von Dolores Tawne verfärbte sich noch einige Nuancen dunkler. »Das hat er tatsächlich getan? Er hätte wenigstens den Anstand haben können, mit mir darüber vorher zu reden.«

»Aber du selbst warst es doch, die mich schon mehrfach als Ersatz für deinen Bruder engagiert hat«, wies Brooks sie zurecht. »Sonst wäre Mr. Fitzroy nie im Leben auf mich gekommen, da bin ich mir ganz sicher.«

»Ich will damit ja auch nicht sagen, daß du deine Arbeit nicht gut machen wirst, Brooks. Mich bringt bloß die hochnäsige Art, mit der er immer alles erledigt, zur Weißglut.«

»Ich wußte gar nicht, daß Sie auch im Treuhandausschuß sind, Mrs. Tawne«, bemerkte Mrs. Gates.

»Das bin ich strenggenommen auch nicht«, gab Dolores zu. »Aber ich darf mit einem gewissen Stolz behaupten, daß ich seit über 25 Jahren das unbedingte Vertrauen von Mr. Palmerston genieße.«

»Ich kannte einmal einen gewissen Mr. Palmerston, der uns immer besuchte, als Tante Caroline und Leila Lackridge mit dem Kunstfestival zu tun hatten«, erinnerte sich Sarah. »Ob das wohl derselbe Mann ist? C. Edwald Palmerston hieß er. Ich habe allerdings nie gewußt, wofür das C. stand.«

»Cadwallader«, sagte Mr. Porter-Smith, der in Fragen wie dieser stets bestens Bescheid wußte.

»Ganz genau.« Mrs. Tawne nickte dabei so stolz, als habe sie gerade einen Gewinnpunkt verzeichnet, obwohl Sarah sich beim besten Willen nicht erklären konnte, warum.

»Mr. Palmerston ist seit über 30 Jahren Vorsitzender unseres Treuhandausschusses. Er verläßt sich ganz auf mich, wenn es um Informationen über das Tagesgeschehen im Museum geht.«

»Mr. Palmerston scheint in sehr vielen Ausschüssen zu sitzen«, konstatierte Mrs. Gates.

»Das stimmt. Ich habe niemals einen Menschen mit einem ausgeprägteren Pflichtgefühl als Staatsbürger getroffen.«

Sarah erinnerte sich daran, daß Cousin Dolph ihn immer als lästigen alten Trottel bezeichnet hatte. Wenigstens war das die höflichste Bezeichnung, an die sie sich erinnern konnte. Fairerweise mußte man allerdings zugeben, daß man genau dasselbe auch über Dolph hätte sagen können, bevor die ehemalige Miss Mary Smith sich seiner angenommen hatte.

»Ich frage mich, was Palmerston wohl über den versuchten Raubüberfall sagen wird«, bemerkte Bittersohn mit Unschuldsmiene.

Dolores Tawne stutzte. »Raubüberfall? Was für ein Raubüberfall? Davon habe ich ja noch gar nichts gehört! Brooks, warum hast du mir davon denn nichts erzählt? Was ist passiert?«

»Nichts. Sarah hat Brown, den feisten Küster der Kapelle, im Chorgestühl eingeklemmt gefunden. Das ganze Silber war vom Altar verschwunden und lag auf dem Boden. Brown hat uns eine Geschichte aufgetischt, nach der er angeblich von irgendwelchen Räubern niedergeschlagen wurde, die dann, so behauptet er jedenfalls, Witherspoon vom Balkon gestoßen hätten, damit er sie nicht identifizieren konnte. Das Ganze ist natürlich absoluter Schwachsinn.«

»Und ich habe von gar nichts – niemand hat mir – wartet nur, bis ich –«

Sarah schenkte Mrs. Tawne rasch frischen Kaffee ein und beobachtete ängstlich, wie sie ihn hastig in sich hineingoß. Inzwischen hatte sich ihr Gesicht auf höchst besorgniserregende Weise verfärbt.

»Mrs. Tawne, regen Sie sich doch bitte nicht so schrecklich auf!«

»Ich mich aufregen? Dieser verdammte Idiot!« Der Künstlerin gelang es mit viel Mühe, die Beherrschung wiederzufinden, und ihr Gesicht nahm allmählich wieder einen weniger apoplektischen Rotton an. »So einen lächerlichen Dummejungenstreich anzuzetteln, während der arme Joe tot im Garten lag. Räuber? Daß ich nicht lache! Das kauft ihm doch niemand ab! Joe hat das Gleichgewicht verloren und ist vom Balkon gestürzt, das ist alles. Das wundert mich gar nicht. Ich habe meinen Bruder Jimmy mehr als nur einmal gerade noch festhalten können, als er über dieser rutschigen Balkonbrüstung hing, um einen Blick auf die Uhr zu werfen, und ihm anschließend ordentlich den Marsch geblasen, das kann ich Ihnen sagen. Wehe, wenn ich dich bei so etwas erwische, Brooks.«

»Ich bin schließlich Museumswächter und kein Uhrwächter«, sagte Brooks recht förmlich. »Und das war Witherspoon auch nicht.«

»Ich habe ja auch überhaupt nicht gesagt, daß Witherspoon die Uhr bewacht hat«, fuhr sie ihn an, »ich habe lediglich gemeint, daß er einen Blick darauf geworfen hat. Ich wünschte nur, es hätte statt seiner diesen schwachsinnigen Brown erwischt.«

Mrs. Sorpende brachte es auf ihre unsagbar taktvolle Weise fertig, das Gespräch in gemäßigtere Bahnen zu lenken. »Sie sind beide sehr darum zu beneiden, daß man Ihnen den Schutz und die Erhaltung dieser unbezahlbaren Kunstschätze anvertraut hat«, gurrte sie.

»Ich bin mir der Verantwortung zutiefst bewußt«, versicherte ihr Brooks.

Mrs. Sorpende zupfte den Spitzenbesatz über ihrem wohlgeformten, ansehnlichen Handgelenk zurecht. »Mr. Fitzroy muß wirklich ein hervorragender Menschenkenner sein.«

Cousin Brooks schob sich noch näher an die Wogen aus malvenfarbenem Georgette. Jetzt endlich erkannte auch Dolores Tawne, was die Stunde geschlagen hatte.

»So, ich muß jetzt nach Hause«, fuhr sie ihn an. »Wir berufstätigen Frauen gehen früh zu Bett. Vielen Dank für das Abendessen, Mrs. Kelling. Kommst du, Brooks?«

Brooks fiel die Entscheidung offensichtlich sehr schwer, doch der Ehrenkodex der Kellings siegte schließlich. Sarah belohnte Brooks für sein nobles Verhalten, indem sie mit aller Herzlichkeit zum Ausdruck brachte, er möge doch in Zukunft öfter vorbeischauen. Mrs. Sorpende ließ anklingen, sie sei abends immer zu Hause. Brooks gab sein heiliges Ehrenwort, von nun an wirklich öfter zu kommen, und keiner der Anwesenden bezweifelte auch nur im geringsten, daß es ihm damit ernst war.

»Es war wirklich sehr nett von Ihnen, uns zu besuchen, Mrs. Tawne«, sagte Sarah. »Wir sehen uns dann also morgen um drei.«

»Wie bitte? Ach ja, morgen um drei.«

Dolores und Brooks sahen beide recht niedergeschlagen aus, als sie fortgingen, wenn auch zweifellos aus unterschiedlichen Gründen.

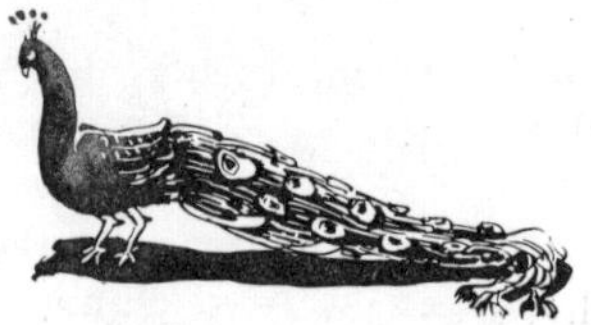

Kapitel 5

»Ich persönlich«, sagte Sarah, »finde das Salz der Erde eine Spur zu gepfeffert.«

Sie war mit dem Abwasch beschäftigt, nachdem sie Mrs. Sorpende mit Komplimenten für das äußerst gelungene Abendessen überhäuft und sie zu Professor Ormsby in die Bibliothek geschickt hatte, um ihn zu unterhalten. Mariposa war noch nicht zurück von ihrem Familientreffen, und Charles hielt sich unten im Souterrain auf und hörte eine Platte von Bach, denn er war ein junger Mann von anspruchsvollem Geschmack. Max Bittersohn befand sich offiziell ebenfalls in seinem Zimmer im Souterrain, stand in Wirklichkeit jedoch neben Sarah in der Küche und half ihr beim Abtrocknen.

»Eine höchst jähzornige Dame«, stimmte er ihr zu. »Ich möchte gern wissen, warum sie sich derart aufgeregt hat, als ich ihr von der Sache mit Brown erzählt habe.«

»Vielleicht ist sie der Auffassung, daß ein richtiger Einbrecher oder Räuber sie erst um Erlaubnis fragen sollte, bevor er einen Wächter überfällt, obwohl ich den Eindruck hatte, daß sie seine Lügengeschichte ebensowenig glaubt wie Sie.«

»Ganz richtig. Wahrscheinlich kennt sie ihren lieben Brown besser als ihre Romneys. Es sei denn, sie weiß genau, daß es sich bei dem Bild um eine Fälschung handelt, und will es bloß nicht zugeben, weil es dem Ruf des Museums schaden könnte. Wie kommt es eigentlich, daß Ihre Familie diese kleine Unstimmigkeit nicht schon vor Jahren geklärt hat?«

»Die Kellings und Madam haben sich nicht besonders gut verstanden.« Sarah berichtete ihm von dem Fiasko bei der Eröffnung. »Wenn also irgend jemand nach dem Vorfall etwas über das Bild gesagt hätte, wäre es bloß wieder als Bosheit ausgelegt worden. Jedenfalls ist keiner von uns je wieder dort gewesen. Mit Ausnahme von Brooks war ich bestimmt die erste Kelling, die seit der Eröffnung erneut einen Fuß in den Palazzo gesetzt hat. Und Brooks kann eigentlich von dem Romney nichts wissen, weil seine Mutter 1928 mit Tante Emma Krach wegen Rudy Vallee, dem berühmten Sänger, hatte, und sie danach kein Wort mehr miteinander gesprochen haben. Deshalb hat er natürlich Tante Emma nie besucht. Sie hätte ihn aber sicher auch sonst nicht eingeladen, denn Brooks gilt in der Familie als eine Art Abtrünniger.«

»Ich habe mich auch schon gefragt, was denn ein Kelling auf einem Kindergeburtstag als Vogelstimmenimitator macht.«

»Bestimmt bringt er sie alle dazu, daß sie sich vor Lachen kugeln. Brooks kann ungeheuer lustig sein, vor allem, wenn er mit Kindern zusammen ist. Er ist wirklich ein rastloser Geist. Rollende Steine setzen zwar bekannterweise kein Moos an, aber ich nehme an, daß dies wenigstens in finanzieller Hinsicht bei ihm nicht zutrifft. Als er sich nach dem College geweigert hat, in das Familienunternehmen, eine Wollspinnerei, einzusteigen, hat ihn sein Vater enterbt, und er stand ohne einen einzigen Penny da. Aber Brooks hatte von irgendeiner Großtante oder sonst jemandem Geld geerbt. Die Kellings erben ständig hier und da eine Kleinigkeit. Jedenfalls starb Brooks' Vater an dem Tag, an dem Roosevelt für die vierte Amtsperiode nominiert wurde, an einem Schlaganfall, und Brooks' Mutter beschloß, ein weiblicher Tycoon zu werden. Sie hat dann die Firma innerhalb von sechs Monaten völlig zugrunde gerichtet und sich mit allem, was sie noch retten konnte, bevor die Konkursverwalter auftauchten, nach Zürich abgesetzt. Für Brooks war es natürlich ein Heidenglück, daß er mit dem Erbe nichts zu schaffen hatte, denn sonst hätte er mit allem, was er zu dem Zeitpunkt besaß, dafür geradestehen müssen. Bisher hat Brooks also immer genauso gelebt, wie es ihm gerade gefiel. Ich habe es stets sehr schade gefunden, daß ich keinen engeren Kontakt zu ihm hatte, aber mein Vater hat ihm damals nicht verziehen, daß er nicht eingegriffen hat, um die Firma seines Vaters zu retten, und ich glaube, Dolph trägt ihm das auch heute noch nach, obwohl Brooks wirklich überhaupt nichts hätte tun können. Nach allem, was ich gehört habe, muß seine Mutter eine Art Dolores Tawne gewesen sein, was vielleicht seine Schwäche für weibliche Tyrannen erklärt. Jedenfalls hat Brooks Tante Caroline nie gemocht, und ich fürchte, daß er Alexander immer für einen Mann ohne Rückgrat gehalten hat. Trotzdem ist er ab und zu bei uns aufgetaucht, um Geld für Nistkästen für notleidende Blaukehlchen oder ähnliches zu sammeln. Ich habe den Verdacht, daß Brooks mich nach Alexanders Tod nicht besucht hat, weil er nicht in der Stadt war und keine Lokalzeitungen gelesen hat, so daß er sich in dem Glauben befand, ich sei eine reiche Witwe. Jetzt, wo er weiß, daß ich absolut pleite bin, wird er sicher ständig auf der Matte stehen und mir anbieten, die Fliegenfenster anzubringen oder die tropfenden Wasserhähne zu reparieren.«

»Dann lassen Sie ihn doch. Wo wohnt er eigentlich?«

»Ich habe vergessen, ihn zu fragen. In irgendeiner Pension, nehme ich an. Er zieht ziemlich oft um. Seine Vermieterinnen sind immer notleidende Witwen wie ich, und er hat den Verdacht, daß sie es auf ihn abgesehen haben, womit er sicher nicht unrecht hat.«

»Ich hoffe, er zieht nicht etwa um, bevor er für mich herausgefunden hat, ob der Reißverschluß an Joe Witherspoons Hose offen oder zu war, als er vom Balkon fiel.«

»Also wirklich, Mr. Bittersohn, Sie kommen aber auch auf die merkwürdigsten Themen.«

»Ich dachte, Sie wollten mit zur Verschwörerbande gehören?«

»Das möchte ich tatsächlich, und ich verstehe auch genau, worauf Sie aus sind. Sie wollen also dieser Angelegenheit bei Madam nachgehen, obwohl Sie dazu weder angeheuert noch eingestellt wurden oder wie das richtige Wort auch heißen mag.«

»Versuchen Sie es mal mit engagiert. Sicher, und warum sollte ich das nicht? Die Treuhandverwalter können mich doch erst auf den Fall ansetzen, wenn sie wissen, daß sie ein Problem haben, nicht wahr? Ich bin wie einer dieser Anwälte, die Krankenwagen hinterherjagen, um Unfallopfer als Klienten zu gewinnen. Sie wissen nie genau, ob sie sich eine blutige Nase holen oder ein schönes, fettes Honorar von der Versicherung für sie herausspringt, aber versuchen tun sie es auf jeden Fall. Wo kommen eigentlich diese Tassen hin?«

»Lassen Sie sie ruhig auf der Ablage stehen. Wir brauchen sie zum Frühstück. Ach herrje, da klingelt jemand an der Tür! Ich mache wohl besser auf.«

Doch Charles eilte bereits die Kellertreppe hoch, wobei er sich im Laufen seine fertig gebundene Krawatte zuhakte und sein

Jackett zuknöpfte. Als er die Tür erreicht hatte, war er wieder Mr. Hudson vom Eaton Place persönlich. Eine Sekunde später trat er in die Küche, steif wie ein Zelluloidkragen. »Ein gewisser Mr. Fieringer möchte gern Mr. Bittersohn und seine – eh – wunderschöne Freundin sprechen.«

»Ich vermute, damit meint er mich«, sagte Sarah und errötete ein wenig. »Mr. Bittersohn und ich haben uns heute nachmittag Mr. Fieringers Konzert zusammen angehört. Wie hat er es denn bloß geschafft, uns zu finden, wenn er sich noch nicht einmal meinen Namen hat merken können?«

»Er hat jemanden gefragt. Ich habe Ihnen doch schon gesagt, Nick kennt jeden.«

»Ich würde gern wissen, was er von uns will. Charles, sind Mrs. Sorpende und die anderen noch in der Bibliothek?«

»Ja, Madam.«

»Dann führen Sie Mr. Fieringer am besten nach oben in mein Arbeitszimmer. Bringen Sie ihm einen Likör, wenn er möchte, und sagen Sie ihm, wir wären gleich oben.«

Sarah hatte eigentlich vorgehabt, Tante Carolines ehemaliges Boudoir im ersten Stock als Atelier zu benutzen, doch sie hatte schon sehr bald erkennen müssen, daß sie ein privates kleines Wohnzimmer brauchte, da Mrs. Gates jetzt den Rauchsalon bewohnte und die Pensionsgäste die Bibliothek als Gemeinschaftsraum benutzten. Sie konnte wohl kaum Besucher in ihrem Schlafzimmer empfangen, ohne daß es Gerede geben würde.

Mary und Dolph hatten ihr zwei wunderschöne gepolsterte Lehnsessel und ein kleines Sofa überlassen, Sammlerstücke aus Großonkel Fredericks vollgestopftem Herrenhaus in Chestnut Hill, wo die beiden jetzt wohnten. Anora Protheroe hatte ihr eine Tiffany-Lampe geschenkt und dazu, was Sarah sehr gerührt hatte, ein von Charlotte Hannewell Lamson gemaltes wunderschönes Pastellporträt von Anora selbst in jüngeren und schöneren Jahren. Ein dankbarer Klient hatte Max Bittersohn eine von Philip Hales Beacon-Hill-Teegesellschaften verehrt, und er hatte das Gemälde an Sarah mit der Bemerkung weitergegeben, daß es wohl besser zu ihr passe als zu ihm, was natürlich stimmte, so daß sie es nicht einmal hätte ablehnen können, auch wenn sie wirklich gewollt hätte, was natürlich nicht der Fall war. Sarahs Zeichentisch stand am Fenster. Ihre Malutensilien, Lieblingsbücher und einige besondere Schätze waren ordentlich in weißgestrichenen

Schränken und Regalen untergebracht, die ein Cousin von Mariposa, der Schreiner war, selbst gebaut hatte, und ein anderer Cousin von Mariposa, der Anstreicher war, lackiert hatte. Jetzt war aus dem Raum ein hübsches kleines Wohnzimmer geworden, wie es sich eine Dame nur wünschen konnte. Der Impresario allerdings schien darin völlig fehl am Platz.

Als die beiden den Raum betraten, sprang er sofort auf. »Ich hoffe, ich störe nicht bei etwas.« Aus seinem Mund klang die Bemerkung zweideutig.

»Überhaupt nicht«, sagte Sarah. »Mein Butler hat mir mitgeteilt, daß Sie sowohl Mr. Bittersohn als auch mich sprechen möchten. Sonst hätte er Sie in Mr. Bittersohns Zimmer führen können. Unten im Souterrain«, fügte sie mit soviel Nachdruck hinzu, daß Bittersohns Lippen zuckten.

»Wenn Sie vielleicht lieber mit ihm unter vier Augen reden möchten, ziehe ich mich gern zurück.«

»Welcher Mann würde schon freiwillig auf die Gesellschaft einer so schönen Frau verzichten! Stimmt's, oder hab' ich recht, Bittersohn?«

»Was willst du denn eigentlich von mir, Nick?« erwiderte Bittersohn gereizt. »Ich habe im Moment wirklich eine Menge zu tun.«

»Maxie, nennt man das etwa einen freundlichen Empfang? Ich komme extra vorbei, um meinem alten Freund und seiner wunderschönen Herzensdame Gesundheit und ein langes Leben zu wünschen, und du willst mich rauswerfen?«

»Setz dich schon, und halt den Mund, Nick«, seufzte Bittersohn. »Mrs. Kelling ist meine Pensionswirtin, und wenn ich anfange, sie mir genauer anzusehen, stellt sie mir das in Rechnung. Merkwürdigerweise haben wir übrigens heute abend noch über dich gesprochen. Nicht wahr, Mrs. Kelling?«

Sarah konnte sich zwar nicht daran erinnern, nickte aber trotzdem. »Ja, mit Mrs. Tawne.«

»Mrs. Tawne? Ihr kennt Dolores?« Fieringer war überrascht, allerdings alles andere als angenehm.

»Sie hat mit uns zu Abend gegessen. Mein Cousin hat sie mitgebracht.«

»So? Die Welt ist wirklich klein. Eine wunderbare Frau, diese Dolores, das Salz der Erde. Aber ziemlich dicke Fesseln.«

»Wie steht es mit ihrem Kopf?« fragte Bittersohn.

Der beleibte Mann blinzelte verständnislos. »Nein, da ist sie völlig in Ordnung. Dolores ist ein kluges Mädchen. Sehr fähige Frau.«

»Warum sagst du das?«

»Warum? Woher soll ich denn wissen, warum ich das sage? Der liebe Herrgott hat ihr wahrscheinlich so viel Verstand gegeben, um sie für ihr Gesicht zu entschädigen. Ist es erlaubt, hier zu rauchen, verehrte Pensionswirtin?«

»Der kleine Porzellanteller auf dem Tisch neben Ihnen ist ein Aschenbecher«, erwiderte Sarah, die sich fragte, warum der Impresario wohl so schwitzte.

»Was macht Mrs. Tawne denn eigentlich in Madams Museum?« bohrte Bittersohn weiter.

»Sie hat überall ihre Finger im Spiel. Sie entstaubt die kostbaren – entschuldigt den Ausdruck – Kunstwerke. Sie bringt kleinere Schäden in Ordnung, wenn alles auseinanderfällt, weil es überall so feucht ist. Das kommt durch den verteufelten Wasserfall. Sie meckert mit ihrem schwachsinnigen Bruder herum, bis er kein Auge mehr von den Motten in den Wandbehängen läßt, statt sich in seiner geistigen Heimat, Pat O'Malleys Bar, zu vergnügen.«

»Ich hoffe, sie wird nicht versuchen, Cousin Brooks das Leben schwerzumachen«, sagte Sarah.

»Brooks? Brooks Kelling? Ist das vielleicht der Cousin, den Sie meinen? Der kleine Rahmenmacher?«

»Brooks soll Rahmen machen? Davon habe ich ja gar nichts gewußt.«

»Klar. Tawne malt, Kelling macht die Rahmen. Zwei Herzen im Dreivierteltakt. Warum also sollte Dolores Kelling Schwierigkeiten machen? Er ist sowieso nur selten da.«

»Er wird eine Weile regelmäßig im Museum sein. Er hat sich bereit erklärt, den Wächter zu vertreten, der heute im zweiten Stock vom Balkon gefallen ist, bis der Treuhandausschuß einen Ersatz gefunden hat. Mrs. Tawne war darüber nicht gerade hocherfreut.«

Mr. Fieringer schien dieses Gefühl merkwürdigerweise zu teilen. »Davon hat Dolores mir überhaupt nichts erzählt.«

»Sie hat es selbst nicht gewußt, bis Brooks es zufällig erwähnt hat, als wir noch beim Essen waren. Sie war wütend, weil Mr. Fitzroy ihn einfach gefragt hat, ohne sie vorher zu konsultieren.«

»Das sieht ihr ähnlich.« Nachdem er ein paarmal nervös an seiner Zigarette gezogen hatte, drückte Fieringer sie vorsichtig und umständlich aus. »Hat sie irgendwas zu Joe gesagt?«

»Sie war der Meinung, er sei über die Brüstung gestürzt, als er versuchte, einen Blick auf die große Uhr zu werfen, und sie glaubt, daß Brown den Raub nur vorgetäuscht hat, um Aufmerksamkeit zu erregen«, antwortete Bittersohn an Sarahs Stelle.

»Und du, mein lieber Freund, was denkst du?«

»Ich?« Max Bittersohn machte große graublaue Unschuldsaugen. »Du hast doch die Sache schon geklärt, Nick. Heute nachmittag hast du uns doch gesagt, was passiert ist.«

»Maxie, versuch bloß nicht, den alten Nick aufs Kreuz zu legen. Ich durchschaue dich. Jemand stirbt, also denkt Bittersohn sich, wer hat's denn diesmal getan?« Fieringer lachte, doch seine Augen wirkten wie wachsame, in Fett eingebettete Schlitze. »Stimmt's, oder hab' ich recht, allerliebste Pensionswirtin?«

»Sie kennen ihn länger als ich«, sagte Sarah in einem, wie sie hoffte, unverfänglichen Ton. »Haben Sie auch besondere Aufgaben in Madams Palazzo zu erfüllen, Mr. Fieringer?«

»Nennen Sie mich doch Nick, so nennen mich alle. Ja, in gewisser Weise habe ich das.« Der Impresario zündete sich eine neue Zigarette an und schwenkte sie umher wie einen Taktstock. »Ich organisiere alle Konzerte dort. Und zwar für ein Entgelt, von dem ich nur meine schlechte Angewohnheit, das Rauchen, bezahlen kann; aber zum Glück kriegt man die Streichhölzer gratis dazu, wenn ich Nachschub hole. Die Konzerte geben mir außerdem die Gelegenheit, meine begabten jungen Künstler einem kritischen Publikum vorzustellen. Sag mal ganz ehrlich, Max, glaubst du, daß die kleine Cellistin Zukunft hat?«

»Das Mädchen schafft es bestimmt, Nick. Gib ihr noch ein Jahr Zeit.« Bis dahin hatte sie vielleicht, wie er mit hoffnungsvollem Achselzucken andeutete, das Cellospielen aufgegeben und war auf das Kazoo umgestiegen. »Wie gut kennst du eigentlich C. Edwald Palmerston?«

»Sehen Sie, ich habe es ja gewußt!« Nick Fieringer drehte sich zu Sarah um und breitete seine Arme so weit aus, daß er mit seiner Zigarette beinahe ein Loch in die neuen Vorhänge gebrannt hätte, die Sarah sich vom Haushaltsgeld abgespart hatte. »Schon stellt er wieder Nachforschungen an. Egal, ob es etwas zum Nachforschen gibt oder nicht, Bittersohn ist schon dabei.

Max, lieber Freund, ich gestehe alles. Es war Fitzroy, er hat Joe vom Balkon gestoßen, weil Joe in den Brunnen Pipi macht. Wie Fitzroy das fertig bringt, wo er doch sonntags 40 kleinen Engelchen Bibelunterricht gibt? Du erklärst mir das, mein Freund. Du bist der Detektiv.«

»Ich habe dir eine Frage gestellt«, sagte Bittersohn.

Nick wedelte mit seinen fetten Händen. »Schon gut, ich sage alles. Ich habe es getan! Ich habe Joe umgebracht, weil er unmusikalisch war. Oder vielleicht hat es auch Bernie getan, weil Joe seinen Franzbranntwein ausgetrunken hat. Oder vielleicht hat Dolores Tawne recht, und Joe ist bloß ausgerutscht, und Max Bittersohn sollte lieber Nachforschungen darüber anstellen, wie schön seine Pensionswirtin ist, die er erst seit so kurzer Zeit kennt und die ihn vielleicht liebend gern besser kennen möchte? Hör schon auf damit, lieber Freund. Hier gibt es bloß ein paar alte Wächter und einen fetten Impresario, der versucht, sich mit Ach und Krach durchzuschlagen.«

»Sicher, Nick. Sicher. Kommst du mit zur Charles Street, einen trinken?«

»Ich könnte uns auch etwas hochbringen lassen«, bot Sarah an, doch Fieringer lehnte dankend ab.

»Nein, vielen Dank. Ich muß jetzt zu meiner kleinen Cellistin und ihr sagen, daß der große Max Bittersohn sie für ein Genie hält, und ihr raten, sie sollte vielleicht schon damit anfangen, sich einen reichen Ehemann an Land zu ziehen. Ich muß außerdem auch Bernie finden und ihm was zu essen geben, damit er erst nach dem Konzert am Mittwoch sein Delirium tremens bekommt. Und morgen früh um halb acht muß ich mir ein Vorspiel auf der Tuba anhören. Mein Gott, was für ein Leben.«

Er küßte Sarah die Hand bis hoch zum Ellenbogen, schlug Bittersohn dröhnend zwischen die Schulterblätter und watschelte von dannen.

»Ich würde gern wissen«, sagte Bittersohn nachdenklich, »warum er meine Frage nach C. Edwald Palmerston nicht beantworten wollte.«

Kapitel 6

Pünktlich um drei Uhr Montag nachmittag klopfte Sarah Kelling an Dolores Tawnes Tür in den Fenway-Studios, jenem wunderbaren Bostoner Anachronismus. Dolores begrüßte ihren Gast derart überschwenglich, daß Sarah ziemlich deutlich wurde, daß sie im Grunde alles andere als willkommen war, und veranstaltete ein Riesentheater bei der Suche nach einer Sitzgelegenheit für ihre Besucherin.

Sarah fand das Äußere des Gebäudes architektonisch recht aufregend und konnte die Bemühungen um seine Erhaltung zum Zweck seiner eigentlichen Bestimmung gut verstehen. Abgesehen von der kleinen Galerie und den Treppenstufen, die nach unten führten, war Dolores Tawnes Atelier ein wenig enttäuschend: Es handelte sich lediglich um einen großen quadratischen Raum, in dem nur die hohen Decken und die enorm großen Fenster ungewöhnlich waren. Ein halbfertiges Stilleben mit Gemüse und einem toten Fasan stand ostentativ auf einer schweren Staffelei. Der ganze Raum roch nach Terpentin.

Sarah, der von dem Geruch ein wenig übel wurde, teilte ihrer Gastgeberin mit, daß das Gemälde sicher sehr schön aussehen werde, wenn es erst einmal fertig sei. Mrs. Tawne stimmte ihr zu und führte ihr die möglicherweise besten Stellen mit einem Malstock vor. Sarah erkundigte sich, ob Mrs. Tawne gerade noch an anderen Werken arbeite, und Mrs. Tawne sagte, nein, das sei ihr einziges. Sarah sagte, sie selbst benutze hauptsächlich Feder und Tusche, und meinte, wie schön es doch sein müsse, mit Farben zu arbeiten. Mrs. Tawne hielt Sarah daraufhin einen Vortrag über Farbenlehre, die Sarah bereits im Alter von zwölf Jahren bekannt gewesen war. Dann reichte sie Sarah ein Buch mit Zeitungsausschnitten, das sie sich ansehen sollte, während Dolores Tee machte.

Keiner der Ausschnitte war neueren Datums. Die meisten berichteten in nach Sarahs Meinung unnötiger Länge über die Hundertjahrfeier einer Gesellschaft, für die Mrs. Dolores Agnew Tawne, die bekannte Bostoner Künstlerin, eine Reihe von Präsidentenporträts gemalt hatte. Es gab ein verschwommenes Foto, auf dem Dolores sich von einem Geschäftsführer mit auffallend vorstehenden Zähnen vor einem Bild, das bedauerlicherweise haargenau so aussah wie er, die Hand schütteln ließ. Es existierten auch Fotografien von den anderen Porträts.

Sarah, die zwischen Kunstwerken aufgewachsen war, fand sie zwar technisch sehr gekonnt, vermißte allerdings den berühmten genialischen Funken Kreativität, der ein echtes Kunstwerk ausmacht.

Sie versuchte gerade verzweifelt, sich für die Geschichte des Vereinigten Handelshauses zu interessieren, als ihre Gastgeberin auch schon aus dem abgetrennten kleinen Raum zurückkehrte, der offenbar als Küche und Schlafzimmer diente. Sie konnte das schwere, übervolle Tablett kaum tragen.

»Gott sei Dank schmeckt es mir immer noch«, bemerkte Mrs. Tawne, als sie das Tablett absetzte. »Probieren Sie doch eins von meinen Sandwiches. Das hier ist Eiersalat, das hier Räucherschinken, und das –«, ihre Aufzählung der Speisekarte wurde von einem lauten Klopfen an der Tür unterbrochen, »– ist sicher auch schon mein Stargast. Ich schwöre Ihnen, daß sie mein Essen bis zum Kenmore Square riecht. Entschuldigen Sie mich bitte einen Moment.«

Sie hüpfte die Treppe hoch und riß die Tür auf. »Ach, Sie sind es, Mr. Palmerston!«

C. Edwald Palmerston, denn der war es höchstpersönlich, wie Sarah zu ihrer Bestürzung feststellen mußte, nahm den perlgrauen Filzhut ab, der mit geometrischer Präzision sein sich lichtendes Haar bedeckte. »Guten Tag, Mrs. Tawne. Ich war ganz zufällig in Ihrer Gegend, weil ich etwas Geschäftliches zu erledigen hatte, und habe mir deshalb die Freiheit genommen, kurz bei Ihnen vorbeizuschauen. Es gibt einige Fragen, zu denen ich gern Ihren Rat einholen würde. Haben Sie vielleicht zufällig ein wenig Zeit für mich?«

Sarah aß ein Sardinensandwich und verfluchte in Gedanken ihr Geschick. Mrs. Tawne schwirrte so leichtfüßig um ihn herum, wie es ihre soliden Körperformen erlaubten.

»Mr. Palmerston, Sie wissen doch, daß ich für Sie immer Zeit habe! Geben Sie mir doch Ihren Hut. Bitte, kommen Sie doch mit nach unten und leisten uns beim Tee Gesellschaft. Sie kennen doch sicher Mrs. Kelling?«

»Kelling? Ja, wieso –«

Sarah bekämpfte tapfer den Impuls, laut zu schreien, und sagte statt dessen höflich: »Guten Tag, Mr. Palmerston. Wir sind uns bei Mrs. Lackridge begegnet, und Sie haben uns auch zu Hause besucht, als Sie mit ihr und meiner Schwiegermutter im selben Festkomitee waren.«

»Ach ja. Genau. Was für ein unerwartetes Vergnügen, Mrs. – eh – Kelling.«

Seinem Gesicht nach zu urteilen, war es allerdings ein Vergnügen, auf das er ohne weiteres hätte verzichten können. Die verstorbene Caroline Kelling mochte zwar blind und stocktaub gewesen sein, doch sie war weder stumm noch dumm gewesen. Sie hatte Mr. Palmerston in aller Öffentlichkeit einen dummen alten Trottel genannt. Sarah war bei dem besagten Zwischenfall anwesend gewesen, und Mr. Palmerston erinnerte sich bestimmt daran. Das Schweigen wurde bleiern.

Dolores allerdings ließ sich die Stimmung so leicht nicht verderben. Sie eilte hin und her und überhäufte ihre Gäste mit Getränken und Köstlichkeiten, zupfte an den Gazevorhängen an ihren riesigen Atelierfenstern, um Mr. Palmerstons kostbare Augäpfel vor dem gleißenden Licht zu schützen, und plauderte in einem fort. Ausgerechnet als sie alles und alle zu ihrer Zufriedenheit versorgt hatte und sich gerade mit einem Teller und einer Tasse niedergelassen hatte, klopfte der nächste Besucher an der Tür.

»Diesmal ist sie es aber wirklich«, seufzte sie. »Wie unangenehm. Entschuldigen Sie mich für einen Augenblick, ich versuche schnell, sie abzuwimmeln.«

Mrs. Tawne hatte jedoch keinen Erfolg. Als sie wieder nach unten kam, folgte ihr eine geschmacklos herausgeputzte, völlig abgemagerte Frau, die einst sehr schön gewesen sein mußte.

»Darf ich Ihnen meine Nachbarin Gräfin Ouspenska vorstellen, Mrs. Kelling? Kennen Sie die Gräfin schon, Mr. Palmerston?«

Die Gräfin schenkte Sarah einen geistesabwesenden Blick, richtete dann ihre funkelnden Augen unter den grell geschminkten Lidern auf Palmerston und sagte mit starkem russischem Akzent: »Du willst mich wohl nicht mehr sehen.«

»Ich – eh – sehe Sie sehr deutlich. Das heißt, ich – eh – eigentlich – es ist schon eine gewisse Zeit her, daß – eh – möchten Sie sich nicht setzen?«

Mr. Palmerston sah noch lächerlicher aus als an jenem denkwürdigen Tag, als Tante Caroline ihn in der Mangel gehabt hatte, reckte seine hagere Gestalt und bot der Gräfin Ouspenska mechanisch seinen Stuhl an.

Sie blickte ihn nur verächtlich an und setzte sich statt dessen auf den Stuhl von Dolores. »Lieber nehme ich diesen hier. Wer ist denn hübsches Kind, hinter dem du jetzt her bist?«

Nach einem Augenblick der Verwirrung begriff Sarah, daß die Gräfin sie meinte. »Ich bin ganz allein hier«, sagte sie entschieden.

»Das ist Mrs. Alexander Kelling, die Cousine von Brooks Kelling«, fuhr die Gastgeberin ihre Nachbarin an.

»Kelling? Da gibt es doch Frau mit Namen Kelling, die alle umbringt und mit umwerfendem Max zusammenlebt! Könnten Sie das vielleicht sein? Ja, Sie sind es wirklich! Ich sehe es Ihrem Gesicht an. Abenteuer! Leidenschaft!« Sie biß kräftig in ein Sandwich mit Eiersalat. »Natürlich würde sich Grande amoureuse wie Sie nicht abgeben mit altem Trottel wie Palmerston hier. Erzählen Sie mal, ganz im Vertrauen unter uns Abenteuerinnen, wie haben Sie das eigentlich geschafft?«

Sarah wußte nicht, ob sie lachen oder weinen sollte. »Zunächst einmal möchte ich klarstellen, daß ich noch nie jemanden umgebracht habe. Und was Mr. Bittersohn betrifft, so lebe ich keineswegs mit ihm zusammen. Er wohnt nur bei mir. Das heißt« – sie spürte, wie ihr die Hitze ins Gesicht stieg –, »ich habe eine Pension, und er gehört zufällig zu meinen Pensionsgästen. Und ich kann Ihnen versichern, daß das Dasein einer Pensionswirtin wirklich nicht besonders abenteuerlich ist.«

»Na, na! Nur nicht aufregen, Kleine. Wenn ich wunderbaren Max dazu bringen könnte, bei mir zu wohnen, ich hätte bestimmt auch Geheimnisse. Wie schön! Und wie schrecklich traurig!«

»Was finden Sie daran traurig?«

»Daß er Sie hat gewählt und nicht mich. Des einen Freud ist des anderen Leid. Ich nehme noch etwas von deinem köstlichen Tee, Dolores, und eine Menge von diesen lustigen kleinen Kuchen. Dann werde ich sittsame kleine Verführerin in mein Atelier entführen und mich mit ihr über Liebe und Max Bittersohn unterhalten.«

»Was für eine großartige Idee«, sagte Mrs. Tawne kurzangebunden. »Möchten Sie noch eine Tasse Tee, bevor Sie gehen, Mrs. Kelling?«

Sarah sah keinen Grund abzulehnen, denn die Einladung der Gräfin war zu verlockend, und zudem schien diese gar nicht vorzuhaben, sehr bald zu gehen, wenn man danach urteilte, wie sie sich die Erfrischungen schmecken ließ. Als die Gräfin Ouspenska endlich satt war, wischte sie sich mit einer der ausgefallenen Papierservietten, mit denen Dolores sie alle bedacht hatte, die Lippen ab, packte vorsichtig die übriggebliebenen Sandwiches darin ein und erklärte: »Jetzt wir können gehen.«

Sarah nahm ihre Handtasche, dankte Mrs. Tawne für den reizenden Nachmittag – ungewöhnlich war er ja auf jeden Fall gewesen –, und folgte ihrer exotischen neuen Bekannten hinaus in den Flur. Das Atelier von Gräfin Ouspenska war zwar räumlich ähnlich aufgeteilt wie das Atelier, das sie gerade verlassen hatten, ansonsten jedoch völlig anders. Bei Dolores Tawne hatte es ausgesprochen aufgeräumt und ordentlich ausgesehen, während hier absolutes Chaos herrschte. Es gab eine Unmenge von Möbeln, die jedoch offenbar alle nicht viel wert waren und unbedingt staubgewischt werden mußten. Es gab Tischläufer und Vasen mit Papierblumen. In dem Raum standen allerdings auch mindestens ein Dutzend Ikonen, die zu Sarahs Erstaunen absolut echt aussahen.

Die Gräfin legte das Päckchen mit den Sandwiches vorsichtig auf das Regalbrett einer kaputten chinesischen Etagere. »Dolores ist zwar langweilig, aber sehr warmherzig«, bemerkte sie. »Diese Woche ich muß Miete bezahlen, also kann ich mir nichts zu essen leisten!«

Sarah schaute sie entgeistert an. Sie hatte bisher immer angenommen, daß sie selbst knapp bei Kasse sei, doch sie hatte noch nie hungern müssen. »Aber diese Ikonen hier«, stammelte sie, »sehen sehr wertvoll aus. Sie könnten sie doch vielleicht –«

»Verkaufen? Oh nein, niemals. Ohne meine Ikonen ich würde in Gosse liegen und verhungern«, sagte die Gräfin fröhlich. »Sehen Sie mal, was ich mache.«

Sie führte ihren Gast durch das Labyrinth von Möbeln zu einem Tisch, auf dem eine der Ikonen stand. Daneben lag mitten in einem Durcheinander von ausgedrückten Farbtuben, abgenutzten Pinseln und Stapeln schmutziger Baumwolläppchen das genaue Ebenbild, es fehlte nur noch das Goldblatt auf dem Heiligenschein des Jesuskindes.

»Morgen wird es fertig. Sehr schwer, jedes Detail originalgetreu zu kopieren. Erst ich verkaufe es, dann ich esse. Ich wollte, ich könnte schneller malen, dann ich könnte auch mehr essen. Für schöne falsche Ikonen es gibt immer Abnehmer, und keiner kann kopieren so gut wie ich. Ich bin einzigartig.«

»Das kann ich mir gut vorstellen«, sagte Sarah und hoffte, daß die Gräfin recht hatte. »Wo verkaufen Sie Ihre Ikonen denn?«

»Ah, das ist mein Geheimnis. Nicht mal unter Höllenqualen und Folter würde ich verraten. Nicht gut für Geschäft, verstehen Sie?«

»Natürlich. Bitte verzeihen Sie mir, daß ich diese dumme Frage überhaupt gestellt habe.«

»Ich bin wunderbare Geschäftsfrau«, sagte die Gräfin mit einer Selbstzufriedenheit, die so ganz im Gegensatz zu ihren Lebensumständen zu stehen schien. »Ist jetzt auch nötig, wo ich bin alt und häßlich.«

»Aber das sind Sie doch gar nicht!«

»Schöne Worte von Lippen von schöne Frau sind nett, aber ich sage, zur Hölle mit Emanzipation! Lieber Mann, der immer Rechnung bezahlt. Für Sie der wunderbare Max rückt Geld raus, nicht?«

»Er bezahlt seine Miete genau wie alle anderen Pensionsgäste auch«, erwiderte Sarah pikiert. »Ich war völlig mittellos, als mein Ehemann starb. Ich hatte nur die Wahl, entweder das Haus aufzugeben oder damit irgendwie Geld zu machen, also habe ich angefangen, Zimmer zu vermieten. Was die Morde betrifft, war Mr. Bittersohn sehr hilfreich. Er hat nämlich die Nachforschungen angestellt.«

»Und jetzt erforscht er Sie, nicht wahr? Ah, wenn ich nur wäre 20 Jahre jünger, vielleicht ich könnte auch von Ihrem wunderbaren Max erforscht werden statt von altem Truthahn, der bei Dolores sitzt und balzt.«

»Sie meinen doch nicht etwa – er kann doch unmöglich –«

»Mr. Moralapostel Palmerston? Ich glaube auch nicht, daß er jetzt noch kann, aber sicher er würde liebend gern. Ich habe ihn gekannt vor langer Zeit, als er noch war etwas weniger unattraktiv als jetzt. Er war Mann, das kann man sagen, der immer bekam, wofür er hat bezahlt. Das ich habe aus vielen Quellen gehört. Ich treffe Damen aus allen möglichen Berufen, einige sind nicht das, was man normalerweise unter Dame versteht, und machen mehr Beinarbeit als andere, wenn Sie mir können folgen, was Mr. Palmerston offenbar nicht mehr will. Er ist Philosoph. Er hat sie genommen, wo er sie hat gefunden, und bezahlt, was sie haben verlangt. Über Preis hat er nie diskutiert, nur über das, was Finanzier nennt Gegenleistung für harten Dollar.«

»Wenn das meine Großtante Mathilde gewußt hätte! Sie hat ihn meinem Cousin Dolph immer als leuchtendes Vorbild präsentiert!«

»Palmerston war nie etwas Besonderes«, sagte die Gräfin Ouspenska. »Was allerdings schönen flotten Max betrifft, können Sie sicher mir viel erzählen –«

Sarah ahnte, was die Gräfin zu hören wünschte, und sprang auf. »Es tut mir wirklich schrecklich leid, aber alles, was ich dazu sagen kann, ist, daß ich jetzt unbedingt nach Hause muß, um das Abendessen zu machen, sonst sucht sich der schöne Max sicher flott eine neue Pensionswirtin. Nochmals ganz herzlichen Dank, daß Sie mir Ihr Atelier gezeigt haben.«

»Kommen Sie doch wieder her, wenn ich habe meine Ikone verkauft, dann Sie bekommen Tee auf russische Art. Und bringen Sie mit Ihren wundervollen Max.« Die Gräfin küßte Sarah mehrfach auf beide Wangen.

»Ich bin sicher, er würde bestimmt liebend gern mitkommen.« Sarah hatte beschlossen, daß es absolut sinnlos war, nochmals lang und breit zu erklären, daß der wundervolle Max nicht ihr gehörte und sie ihn deshalb auch nicht mitbringen konnte. Den ganzen Weg zurück zur Tulip Street mußte sie immer wieder kichern.

Sie blieb vor einem der besonders schicken Lebensmittelgeschäfte stehen, ging hinein und bestellte einen Korb mit exotischen Delikatessen, den sie der Gräfin Ouspenska in die Fenway-Studios schicken ließ. Die Rechnung ließ sie an Mr. Adolphus Kelling gehen, denn sie konnte den Korb unmöglich selbst bezahlen, und sie wußte, daß Cousine Mary sie verstehen würde.

»Wir werden ihn morgen früh als erstes abliefern, Mrs. Kelling«, versprach der Verkäufer. »Möchten Sie vielleicht noch eine Karte dazulegen?«

»Warum nicht?« Sarah nahm den Füller, den er ihr anbot, überlegte einen Moment lang, schrieb »In dankbarer Erinnerung« in Druckbuchstaben auf das kleine weiße Kärtchen und versiegelte den Umschlag. Wenigstens würde die Gräfin in dieser Woche genug zu essen haben.

Kapitel 7

Der umwerfende Max erschien nicht zu dem von Sarah zubereiteten Abendessen, sondern tauchte erst gegen halb zehn auf, als sie gerade in der Bibliothek mit Mrs. Sorpende Rezepte austauschte. Sarah sah sofort, daß er etwas mitgenommen aussah.

»Mr. Bittersohn, haben Sie schon zu Abend gegessen? Kann ich Ihnen vielleicht eine Kleinigkeit zurechtmachen?«

»Das wäre großartig. Ich bin völlig ausgehungert.« Er folgte Sarah in die Küche. Mrs. Sorpende, die von Beruf Wahrsagerin war und möglicherweise die Zeichen so deutete, daß ihre Persona hier non grata war, ließ die beiden allein.

Mariposa und Charles waren in ihrer Kellerhöhle und erweiterten ihren kulturellen Horizont, indem sie sich alte Cab-Calloway-Platten anhörten. Bei *Minnie the Moocher* schloß Sarah die Tür zum Keller und bat Bittersohn mit einer Tasse Suppe als Vorspeise zu Tisch. »Und jetzt erzählen Sie mal, was passiert ist.«

»Brown, der Wächter, der den Raubüberfall in der Kapelle vorgetäuscht hat –«

»Ich weiß schon, wen Sie meinen. Essen Sie Ihre Suppe, solange sie noch schön heiß ist.«

»Brooks hat ihn heute nachmittag tot im Umkleideraum gefunden, den Magen voll Abbeizmittel. In seiner Tasche steckte ein Zettel, auf dem stand: ›Die Sache mit Joe tut mir leid.‹«

»Oh nein!«

»Lieutenant Davies weiß nicht, ob er glauben soll, daß Brown tatsächlich Witherspoon getötet und dann Selbstmord begangen hat, oder ob er Durst bekommen hat, als er gerade jemandem einen Kondolenzbrief schrieb.«

»Und was glauben Sie?«

»Ich glaube, daß der Zettel eine Fälschung ist. Ich denke, Brown hatte eine Whiskeyflasche in seinem Spind, und jemand hat sie vergiftet. Nachdem er die Besinnung verloren hatte, hat man die Flasche fortgenommen und durch eine halbe Flasche Abbeizmittel ersetzt, so daß man das Etikett gut sehen konnte, und seine Fingerabdrücke geschickt auf dem Glas verteilt. Sehr gute Arbeit. Allerdings auch ein sehr unangenehmer Abschied von dieser Welt, sollte man meinen. Es hat sicher eine ganze Weile gedauert, bis er wirklich tot war, es sei denn, das Abbeizmittel enthielt eine Prise Strychnin oder etwas Ähnliches.«

»Wird man eine Autopsie vornehmen?«

»Das wird man wohl müssen, denke ich. Wie ist denn Ihr Besuch bei Mrs. Tawne verlaufen?«

Sarah verstand nur zu gut, warum er das Thema wechseln wollte. »Eigentlich ganz interessant«, meinte sie. »C. Edwald Palmerston ist unerwartet hereingeschneit. Mrs. Tawne schien überglücklich, ihn zu sehen. Außerdem habe ich eine Ihrer Bewunderinnen getroffen.«

»Wie interessant. Welche denn?«

»Die Gräfin Ouspenska höchstpersönlich.«

»Ouspenska?« Er nahm noch einen Löffel Suppe. »Wie sieht sie denn aus?«

»Mit einem Wort: unglaublich. Slawisch und leidend. Obwohl ich glaube, daß sie bestimmt einmal atemberaubend schön gewesen sein muß, als sie noch sehr viel jünger und in besserer Verfassung war.«

»Oh, jetzt weiß ich, wen Sie meinen. Die gute alte Lydia. Sie war früher mal Nick Fieringers Freundin.«

»Sie war auch einmal C. Edwald Palmerstons Freundin.«

»Die Welt ist klein. Weiß Mrs. Tawne davon?«

»Schwer zu sagen. Die Gräfin begrüßte ihn wie einen alten Bekannten, gegen den sie einen Groll hegte, aber sie hat ihr Herz erst ausgeschüttet, als wir allein in ihrem Atelier waren. Und dann hat sie hauptsächlich über Sie geredet.«

»Was gibt es über mich schon zu sagen? Mein Gott, Mrs. Kelling, Sie glauben doch wohl hoffentlich nicht, daß Lydia und ich jemals –«

»Nein, das glaube ich nicht. Darin bestand ja ihr großer Kummer. Daß Sie nicht mit ihr, wollte ich sagen. Sie«, Sarah errötete, »schien zu denken, daß wir –«

Glücklicherweise steckte Charles genau in diesem Moment den Kopf in die Küche. »Oh, Mr. Bittersohn. Ich habe Geräusche in der Küche gehört und dachte, daß Sie vielleicht dabei wären, sich einen kleinen Imbiß zuzubereiten, da Sie ja beim Dinner nicht da waren. Ich wollte Ihnen nur meine Hilfe anbieten, aber ich sehe, daß bereits bestens für Sie gesorgt ist. Darf ich Ihnen vielleicht ein Gläschen Sherry holen? Oder ein kaltes Bier? Mariposa und ich haben immer ein oder zwei Sechserpackungen für unseren persönlichen Bedarf vorrätig.«

»Nein, danke, Charlie. Heute steht mir der Sinn irgendwie nicht nach Alkohol. Kennen Sie übrigens zufällig eine ehemalige Schauspielerin namens Lydia Ouspenska?«

Charles schloß vorsichtig die Tür zum Souterrain, spitzte die Ohren, um sicherzugehen, daß Mariposa nicht gerade auf dem Weg nach oben war, und murmelte dann: »Die Gräfin Ouspenska ist mir allerdings bekannt, Sir.«

»Sie ist leidenschaftlich in Mr. Bittersohn verliebt«, konnte sich Sarah nicht verkneifen zu sagen.

»Ich kenne sie nur als Dame von ausnehmend gutem Geschmack und ausgezeichnetem Urteilsvermögen, Mrs. Kelling. Sie stammt aus einer vornehmen russischen Familie.«

»Sie ist die Tochter eines polnischen Schildermalers aus Chelsea«, sagte Bittersohn. »Soweit ich gehört habe, hat sie diese Gräfin-Ouspenska-Masche aus einem Theaterstück, in dem sie mitgewirkt hat, das war damals während des Zweiten Weltkrieges, als alle richtigen Schauspielerinnen ihren Beitrag zur Truppenbetreuung an der Front leisteten. Lydia hat es im Theater nie sehr weit gebracht. Ihre eigentliche Stärke bestand darin, dafür zu sorgen, daß die Jungs im Hinterzimmer auf ihre Kosten kamen. Wie geht es ihr denn jetzt, Mrs. Kelling?«

»Nicht allzu gut. Alle ihre ehemaligen Einnahmequellen haben sie offenbar verlassen. Charles, wie konnten Sie bloß so ein Schuft sein?«

»Gnädige Frau, in diesem Punkt muß ich höflichst protestieren. Meine Verbindung mit Gräfin Ouspenska war auf eine kurze Spielzeit am Charles Street Playhouse beschränkt, wo wir beide Statistenrollen bekleideten, und seitdem haben wir höchstens Höflichkeiten über einem Drink bei Irving's ausgetauscht.«

»Ich wußte gar nicht, daß Sie sich in Coolidge Corner herumtreiben, Charlie«, sagte Bittersohn.

»Offiziell tue ich das auch nicht, Sir. Aber alle Verwandten von Mariposa wohnen in Jamaica Plain und Umgebung, und es gibt Momente, wo wir Theatermenschen die Freiheit brauchen, uns ungestört zu entfalten. Wenn ich für Sie hier nicht mehr von Nutzen sein kann, dürfte ich mich dann mit Ihrer Erlaubnis wieder in mein Quartier zurückziehen?«

»Sie haben unsere gnädige Erlaubnis, sich zurückzuziehen. Auf Ihrem Weg nach unten könnten Sie vielleicht versuchen, sich zu erinnern, ob Lydia jemals etwas über Madams Palazzo zu Ihnen gesagt hat?«

»Ich werde mein Bestes tun. Hasta la vista, Señor, Señora.«

»Mariposa bringt ihm neuerdings Spanisch bei, obwohl ich nicht verstehe, warum sie sich all die Mühe macht. Mir scheint es ganz so, als ob sie sowieso den größten Teil ihrer Konversation in Zeichensprache erledigen.« Sarah lachte und errötete. »Ich habe wohl ein wenig zu viel Zeit mit Gräfin Ouspenska verbracht. Um auf ihre finanzielle Situation zurückzukommen, Mr. Bittersohn, wußten Sie, daß sie sich heute über Wasser hält, indem sie antike Ikonen herstellt?«

»Sind sie gut?«

»Hervorragend, würde ich sagen. Sie hat mir eine gezeigt, die fast fertig war, und ich wette, sogar Sie hätten nur schwer den Unterschied zwischen Kopie und Original feststellen können.«

»Woher hat sie denn die Ikonen, die sie kopiert?«

»Sie besitzt ein Dutzend verschiedene Ikonen. Ich kann natürlich nicht sagen, ob sie alle echt sind, aber sie sahen alle schrecklich wertvoll aus. Sie sagte, sie würde sich unter keinen Umständen von ihnen trennen, denn sie bewahrten sie davor, in der Gosse zu landen und zu verhungern. Eins verstehe ich allerdings nicht. Wenn sie nämlich wirklich eine so hervorragende Kopistin ist, sollte man doch annehmen –«

»Sollte man, nicht wahr? Sie denken dabei sicher an den Romney und vielleicht ein paar Dutzend andere Bilder. Das erklärt allerdings weder Brown noch Witherspoon, oder? Ich kann mir irgendwie nicht vorstellen, daß Lydia einen Mann aus dem Weg räumt.«

»Sie würde sie höchstens durch zuviel Hingabe umbringen, nehme ich an.«

»Aber Mrs. Kelling! Für ein braves kleines Mädchen von Beacon Hill reden Sie plötzlich sehr freizügig.«

»Das muß an der ausschweifenden Gesellschaft liegen, mit der ich mich umgebe. Möchten Sie, daß ich die Gräfin Ouspenska nochmals aufsuche und sie nach Madam ausfrage?«

»Nein, ich möchte, daß Sie sich von ihr und auch vom Palazzo fernhalten. Ich werde morgen einen meiner Geheimagenten auf den Fall ansetzen.«

»Wie beeindruckend. Wer ist es denn?«

»Am liebsten läßt er sich Bill Jones nennen. Bill kennt jedes heiße Bild, das innerhalb der letzten 30 Jahre nach Boston und aus Boston heraus transportiert wurde.«

»Stiehlt er sie etwa selbst?«

»Nein, er weiß nur gern Bescheid. Man könnte es als sein Hobby bezeichnen. Bill ist ein sehr erfolgreicher kommerzieller Künstler. Sie würden ihn sicher mögen.«

»Warum bringen Sie ihn denn nicht einfach mal zum Abendessen mit?«

»Vielleicht werde ich das wirklich. Was gibt es denn jetzt schon wieder, Charles? Ich dachte, Sie hätten sich in Ihr Quartier zurückgezogen?«

Der Butler, der im Türrahmen erschienen war, stand stramm. »Mr. Brooks Kelling ist gerade eingetroffen. Er wünscht angemeldet zu werden.«

»Ist Mrs. Tawne bei ihm?« fragte Sarah ängstlich.

»Nein, gnädige Frau. Er ist bei Mrs. Sorpende in der Bibliothek.«

»Teufel auch! Dann gönnen wir ihm am besten noch ein paar Minuten Turtel- und Balzzeit, während Mr. Bittersohn sein Abendessen zu Ende ißt, und anschließend bringen Sie meinen Cousin nach oben in mein Arbeitszimmer. Ist das auch in Ihrem Sinne, Mr. Bittersohn?«

»Vollkommen.« Er verspeiste hastig die letzten Essensreste. »Darf ich bitten?«

Als sie die Hintertreppe hinaufstiegen, wurde Sarah bewußt, daß ihren anderen Pensionsgästen in der Zwischenzeit eigentlich hätte auffallen müssen, wieviel Zeit Mr. Bittersohn neuerdings in ihrem kleinen Wohnzimmer verbrachte.

Sie fragte sich, wo wohl die soi-disant Gräfin Ouspenska gehört hatte, daß sie und Bittersohn etwas miteinander verband, das man delikat umschrieben als eine vertrauliche Beziehung bezeichnen könnte.

Jennifer LaValliere und Eugene Porter-Smith gingen oft zusammen aus. Hatte möglicherweise einer von ihnen zufällig in einem der Cafés, die sie häufiger aufsuchten, eine Bemerkung fallengelassen, die der Gräfin irgendwie zugetragen worden war? Oder wurde über Sarah selbst mehr geklatscht, als sie wußte, besonders jetzt, wo sie so oft mit Mr. Bittersohn in der Öffentlichkeit erschien?

Doch wie konnte jemand, der Sarah kannte, gleichzeitig mit Lydia Ouspenska befreundet sein? Auf Mr. Palmerston etwa traf dies zu, doch er kannte Sarah nur flüchtig, und was für eine Art von Liaison ihn auch mit der Gräfin verbunden haben mochte, sie gehörte zweifellos längst der Vergangenheit an. Dolores Tawne hätte wohl kaum derart vorschnelle Schlüsse ziehen können, denn sie hatte Max und Sarah Sonntag nacht zum ersten Mal gesehen, und das in einem Rahmen, der schwerlich als kompromittierend bezeichnet werden konnte.

Aber Nick Fieringer hatte sie getroffen. Und er hatte gestern abend mit ihnen zusammen hier gesessen und vielsagende Bemerkungen über schöne Frauen gemacht. Außerdem konnte man kaum abstreiten, daß sie sich in einer gemütlichen Privatwohnung befunden hatten und Sarahs Schlafzimmer auf der anderen Seite einer Verbindungstür lag; vielleicht war diese Tür zufällig nicht ganz geschlossen gewesen. Und Nick hatte Lydia offenbar einmal recht nahe gestanden. Doch auch Nick war nicht mehr der Jüngste, und er hatte gesagt, daß er sich in aller Herrgottsfrühe ein Tubavorspiel anhören müßte. Sicher wäre er dann nicht gestern nacht danach noch zur Ipswich Street gehastet, um die Gräfin darüber zu informieren, daß Max Bittersohn, den sie offenbar hauptsächlich aus ihren Wunschträumen kannte, vielleicht oder vielleicht auch nicht ein kleines Techtelmechtel mit der Witwe Kelling hatte, die Lydia erst heute nachmittag kennengelernt hatte.

Natürlich hätte Nick Lydia auch irgendwann heute begegnen können. Und heute war ja auch Brown, der Wächter, gestorben, weil er ein Abbeizmittel getrunken hatte, das bestimmt kein normaler Mensch freiwillig zu sich genommen hätte. Und Lydia Ouspenska war Malerin. Und ein Abbeizmittel war etwas, was einem Künstler vertraut war. Und sie war außerdem eine hervorragende Kopistin. Und was hatte Brooks herausgefunden, das ihn veranlaßt hatte, sie schon so bald wieder aufzusuchen?

Vielleicht war es aber auch nichts so Dringendes, denn Brooks hatte es nicht besonders eilig, Mrs. Sorpende zu verlassen. Sarah und der umwerfende Max hatten jedenfalls genügend Zeit, sich in den beiden Lehnsesseln häuslich niederzulassen, bis die Stille reichlich ungemütlich wurde.

Schließlich sagte Bittersohn: »Ich mag dieses Zimmer.«

»Es ist aber ziemlich klein.«

»Vielleicht ist es deshalb so nett hier.«

Er hatte wirklich einen sensiblen, angenehm geschwungenen Mund für einen Mann, dessen Gesicht ihr zunächst im Vergleich mit dem ihres verstorbenen Mannes eher grob erschienen war. Sie versuchte, sich an Alexanders Gesicht zu erinnern, und stellte zu ihrem heimlichen Entsetzen fest, daß er ihr am deutlichsten als zwei lange Beine in makellosen grauen Flanellhosen präsent war, als er sie als kleines Mädchen zum Entenfüttern in den Park mitgenommen hatte. Aber sie hatte Alexander doch von ganzem Herzen geliebt. Nun ja, vielleicht nicht wirklich von ganzem Herzen, immerhin hatte sie ja auch noch ihre Eltern geliebt – so nahm sie jedenfalls an – und Tante Emma und die liebe alte Anora Protheroe, Onkel Jem und vielleicht auch ein ganz klein wenig seinen treuen alten Kammerdiener Egbert, und sie war gerade dabei, sehr zärtliche Gefühle für Cousine Mary zu entwickeln und sogar nach all der Zeit für Cousin Dolph. Sicher gab es verschiedene Arten von Liebe, und die Geheimnisse des Herzens ließen sich wohl kaum quantitativ erforschen. Und was um alles in der Welt hielt Brooks so lange auf?

Endlich kam er hereinkurbettiert, geschmeidig und schlank wie ein angegrautes Streifenhörnchen. »Schönen guten Abend, Kinder.«

»Hallo, Kelling«, sagte Bittersohn. »Haben Sie noch ein paar neue Leichen gefunden?«

»Noch nicht, aber zeigen Sie mir nur die genaue Richtung, und ich mache mich gern wieder auf die Suche. Ich wollte mir übrigens weitere Anweisungen von Ihnen holen.«

»Nett von Ihnen. Ich vermute, es besteht keine Möglichkeit, die Flasche zu finden, aus der Brown tatsächlich getrunken hat?«

»Ich habe natürlich die ganze Umgebung sorgfältig abgesucht, aber nichts finden können. Was wohl Bände spricht, finden Sie nicht? Ich glaube, die Flasche wurde in die Backbay Fens geworfen. Eine leere Whiskeyflasche mehr oder weniger fällt da nicht auf. Ich habe mich beim *Christian Science Monitor* schon häufiger schriftlich über das Abfallproblem beschwert.«

»Und es waren bestimmt sehr kluge Abhandlungen, nehme ich an. Was bestärkt Sie außerdem in dem Glauben, daß Brown ermordet wurde?«

»Ich kenne den Mann eben, wenn man ihn überhaupt als solchen bezeichnen konnte. Brown war ein Ekel. Widerliche Leute gehen nicht hin und begehen auf melodramatische Weise einen Selbstmord, der mit viel Schmerzen verbunden ist, aber sie lassen sich leicht dazu verleiten, vergiftete Köder zu schlucken.«

»Irgendeine Vorstellung, wer den vergifteten Köder ausgelegt haben könnte?«

»Wenn ich das hätte, wäre ich jetzt bei Lieutenant Davies und nicht hier bei Ihnen und würde den Betreffenden verpfeifen, wie es so schön heißt.«

»Einen Ihrer Kollegen vom Museum?«

»Ich denke, ein Wächter käme als Täter durchaus in Frage. Der Mörder muß gewußt haben, daß Brown Alkohol in seinem Spind hatte. Er hätte auch Zugang zum Umkleideraum gehabt, ohne daß es jemandem verdächtig erschienen wäre. Das ist um so leichter, als unsere einzige Toilette direkt neben dem Umkleideraum liegt und er jederzeit hätte vorgeben können, er wolle nur die sanitären Anlagen benutzen. Allerdings« – Cousin Brooks machte eine bedeutungsschwere Pause – »hätte er vorher wissen müssen, welche Flasche Brown gehörte.«

»Ein guter Punkt. Er mußte auch genau wissen, wann es ungefährlich für ihn war, hineinzugehen und den Whiskey gegen das Abbeizmittel auszutauschen und den Zettel in Browns Tasche zu stecken. Haben Sie übrigens irgendeine Ahnung, woher das Abbeizmittel stammt?«

»Ja, es gehörte mir. Ich repariere gerade ein paar Rahmen, wie Dolores Ihnen vielleicht schon erzählt hat, und erledige gelegentlich ähnliche Arbeiten, die so anfallen. Ich ziehe flüssiges Abbeizmittel dem leimartigen vor, weil es sich oft um sehr knifflige Arbeit handelt und es sich besser handhaben läßt. Man hat die Flasche einfach von meiner Werkbank genommen, die sich natürlich auch im Keller befindet.«

»Bedeutet das, daß jemand den Verdacht auf Sie lenken will?«

»Das glaube ich kaum. Das wäre doch wohl ein wenig zu deutlich, meinen Sie nicht? Obwohl ich froh wäre, wenn ich sicher sein könnte, daß keiner versuchen will, mich umzubringen. Deshalb hielt ich es auch für eine gute Idee, mich mit Ihnen ein bißchen zu unterhalten. Die Polizei will offenbar Browns Tod als Selbstmord zu den Akten legen. Und ich möchte nicht mit Brown ebenfalls zu den Akten gelegt werden.«

»Haben Sie einen bestimmten Grund für diese Befürchtung?«

»Nur daß Unwissenheit immer gefährlich ist. Da ich nicht weiß, warum Witherspoon und Brown umgebracht wurden, habe ich keine Ahnung, ob meine Anwesenheit im Palazzo bei beiden Zwischenfällen nicht etwa eine Bedrohung für den Mörder darstellt.«

»Cousin Brooks«, sagte Sarah, »du mußt den Job sofort aufgeben.«

»Warum das denn?«

»Weil ich mich ganz schrecklich fühlen würde, wenn dir etwas zustieße.«

»Dann werde ich aus Rücksicht auf deine zarten Gefühle eben versuchen, mich nicht umlegen zu lassen. Oder sagt man kaltmachen? Was den Job betrifft, halte ich es nicht für sehr angebracht, ausgerechnet in einem Moment wie diesem das Handtuch zu werfen. Ich bin sicher, Bittersohn versteht meine Entscheidung. Was ich übrigens noch fragen wollte, glaubt ihr, daß es in Ordnung ist, wenn ich Mrs. Sorpende frage, ob sie Lust hat, irgendwann in der nächsten Zeit einen kleinen Abendspaziergang mit mir zu machen? Ich dachte, daß sie sich vielleicht dafür interessiert, mit mir die Ziegenmelker zu beobachten?«

»Wenn du unbedingt den Helden spielen willst, Brooks, dann mußt du es wohl tun. Und was die Ziegenmelker betrifft, weiß ich, daß Mrs. Sorpende sehr gern spazierengeht, und ich bin sicher, daß sie absolut fasziniert sein wird.«

»Und was das Museum betrifft«, sagte Bittersohn, »bleiben Sie am besten so lange dort, bis wir absehen können, wie sich die Sache entwickelt. Ich schicke morgen jemanden hin, der sich alles ein bißchen näher ansehen soll. Halten Sie mich auf dem laufenden, und lassen Sie nichts Eß- oder Trinkbares in Ihrem Spind.«

Kapitel 8

Am folgenden Abend brachte Mr. Bittersohn zum Abendessen einen Gast mit. Der Besucher trug keine dem Anlaß entsprechende Kleidung, falls man seine Kleidung überhaupt als solche bezeichnen konnte. Außer einem schmuddeligen Regenmantel, aus dem er sich bei seiner Ankunft herausschälte, trug er ein undefinierbares Sporthemd, eine eingelaufene Hose und ein Paar abgelaufene leichte Slipper. Auf Krawatte, Socken und Unterhemd hatte er offenbar verzichtet. Sein Gesicht dagegen verhüllte taktvoll ein blauschwarzer Dreitagebart. Er war klein, dünn und hatte einen dunklen Teint. Seine Manieren entsprachen denen eines Herzogs, und er unterhielt sich während der ganzen Mahlzeit mit vertraulich leiser Stimme, wobei er sich über den Tisch lehnte und die Gabel oder ein Stückchen Brot in seiner gepflegten kleinen Hand hielt. Sarahs Pensionsgäste, allen voran Jennifer LaValliere, waren von ihm förmlich hingerissen.

Das also war Bill Jones, der Experte für heiße Gemälde. Sarah fragte sich, wie bald Bill sich wohl bei ihr erkundigen würde, ob sie an einem sehr günstigen Vuillard interessiert sei. Nach der rituellen halben Stunde, die für den Kaffee in der Bibliothek angesetzt war, ging sie nach oben in ihr Wohnzimmer in der heimlichen Erwartung, daß Bittersohn und sein Geheimagent ihr bald folgen würden, eine Erwartung, die sich jedoch zunächst nicht erfüllte. Sie hatte gerade beschlossen zu glauben, daß die beiden hinunter in Bittersohns Zimmer gegangen waren oder daß Jones sich mit Miss LaValliere davongemacht hatte, als sie schließlich doch noch bei ihr erschienen, wobei Bittersohn ihr geheimnisvoll zuzwinkerte, als er die Tür vorsichtig öffnete, und Jones draußen wie ein Schatten an der Wand entlangglitt und geräuschlos ins Zimmer schlüpfte. Sarah wartete atemlos darauf, daß einer von ihnen im nächsten Moment den Malteser Falken herausholen würde.

Doch Bill Jones suchte sich lediglich den Sitzplatz, der am weitesten vom Licht entfernt war, verschmolz mit dem Polster und murmelte fast unhörbar: »Genau wie du gesagt hast, Kumpel.«

Bittersohn nickte: »Wie viele hast du gezählt?«

»Ich habe 57 entdeckt. Die professionellste Arbeit, die ich je gesehen habe.«

»Ich vermute, du hast keine Lust, mir zu sagen, wer darin verwickelt ist?«

Bill schüttelte den Kopf. »Keiner, den ich kenne.«

»Bill, alter Junge, vergiß nicht, daß du hier mit deinem Freund Max redest.«

»Kumpel, dich würde ich doch nie anlügen! Ich weiß es wirklich nicht.«

»Gott im Himmel, Bill, du mußt doch irgendeinen Hinweis haben!«

Jones schüttelte seine kurzen schwarzen Locken. »Ich habe sogar« – er wedelte mit seinen zierlichen Händen in der Luft herum und schlug die Augen nieder, als wäre er im Begriff, jeden Moment etwas sehr Unschickliches zu sagen –, »na ja, herumgefragt. Alles, was ich sagen kann, ist, daß hier einer wunderbare Arbeit geleistet hat. Tonnenweise Kröten, Mann!«

Sarah konnte es nicht länger ertragen. »Würdet ihr beiden mir bitte mitteilen, worüber ihr die ganze Zeit sprecht?«

Die beiden Männer sahen sie an, als sei sie ein wenig schwer von Begriff. »Bill erklärte gerade«, sagte Bittersohn, »daß er ganz sicher ist, daß 57 Originale aus Madams Palazzo sich nicht mehr in Boston befinden und nach auswärts verkauft wurden, daß er keinen Schimmer hat, wer sie gestohlen hat, und daß der Verkauf Gewinne von mehreren Millionen Dollar eingebracht haben muß, es sei denn, der Dieb ist ein Idiot, was allerdings nicht so aussieht. Wo sind die Gemälde gelandet, Bill?«

»Überall. Du weißt, wie es ist.«

»Auch in New York?«

»Nein, das ist zu nah. Der Kerl ist ein wahrer Künstler«, sagte Jones mit unverhohlenem Respekt.

»Wenn wir schon von Künstlern sprechen, wer hat die Kopien gemacht?«

Bill zuckte die Achseln. »Keine Ahnung, aber sie sind alle von ein und demselben.«

»Bist du da sicher?«

Bill zuckte wieder die Achseln.

»Verzeihung«, entschuldigte sich Bittersohn. »Ich wollte dich nicht beleidigen.«

»Aber wie konnte eine einzige Person so viele Gemälde kopieren?« rief Sarah. »Ich habe eine Frau getroffen, die so etwas macht, und sie hat mir erzählt, daß es ewig dauert, weil man sorgfältig auf alle Details achten muß.«

»Praktisch ein Lebenswerk«, stimmte Bill zu. »Aber unser Künstler ist schon sehr lange damit beschäftigt. Der kleine Giotto, der rechts neben dem Kamin im Musikraum hängt, wurde am 1. Oktober 1959 an einen Schieber namens Mickey Brannigan aus den alten Kreisen verkauft.«

»Schieber nennt man jemanden, der Diebesgut kauft und wieder verkauft, Mrs. Kelling«, erklärte Bittersohn ihr, bevor sie ihn mit einer weiteren Frage blamieren konnte. »Mickey ist inzwischen sicher verstorben, nehme ich an?«

»Klaro. Schon vor einiger Zeit.«

Sonst hätte Bill wohl auch nichts verraten, dachte Sarah. Sie hätte gern gewußt, woran Brannigan wohl gestorben war, hielt es jedoch für besser, nicht zu fragen.

»Wie viele von Madams Bildern hat Brannigan illegal verkauft?« fragte Bittersohn.

»Bloß das eine. Mickey kannte sich mit Kunst nicht so gut aus. Er hat mehr mit allgemeinen Waren gehandelt. Ich kann keinen Schieber finden, der mehr als ein oder zwei Bilder verkauft hat.«

»Wer stellt die Kontakte her? Das muß doch eine Höllenarbeit sein, Bill.«

»Das brauchst du mir nicht zu sagen, Maxie. Ich wollte, ich wüßte es. Ich würde ihm gern gratulieren. Oder ihr.«

»Bist du sicher, daß es nur eine Person ist?«

»Denk mal nach, Kumpel. Dieses kleine Spiel läuft schon seit einigen Jahren, und bisher hat es noch keine undichte Stelle gegeben. Du kennst doch sicher den Satz, daß zwei Menschen ein Geheimnis nur dann bewahren können, wenn einer von beiden tot ist?«

Bittersohn nickte. »Also 57 Fälschungen?«

»Ich würde sagen, mehr als 57, aber das ist dein Gebiet. Madam hat sich bestimmt schon damals ein paar Fälschungen andrehen lassen. 57 Originale, die während der letzten 30 Jahre unter der Hand weiterverkauft worden sind, und 57 Kopien im Palazzo, die alle von demselben Künstler gefälscht worden sind. Mehr kann ich dazu nicht sagen, Max. So, ich muß mich jetzt aus dem Staub machen. Danke für das Abendessen, Mrs. Kelling. Hat mich sehr gefreut, Sie kennenzulernen.« Irgendwie schaffte er es, auf subtile Weise anklingen zu lassen, daß ihre Begegnung noch sehr viel mehr als nur nett gewesen war. »Wenn ich noch etwas herausbekomme, Maxie, sag' ich dir Bescheid.«

»Tu das. Bis dann, Bill.«

»Klaro.« Ihr Gast verschwand lautlos im Treppenhaus, wobei er sich ganz im Schatten hielt.

»Vermutlich begibt er sich jetzt in irgendeine Lasterhöhle«, bemerkte Sarah recht sehnsüchtig.

Bittersohn schüttelte den Kopf. »Er geht zu einer Lyriklesung am Wheelock College. Was würden Sie davon halten, C. Edwald Palmerston zu Tee und Plätzchen oder etwas Ähnlichem einzuladen?«

»Das kann doch unmöglich Ihr Ernst sein! Sie können sich gar nicht vorstellen, was das für ein Mensch ist!«

»Genau deshalb denke ich ja, daß es ganz nett wäre, ihn kennenzulernen.«

»Nett ist wohl kaum das richtige Wort. Wenn Sie allerdings hilfreich oder produktiv sagen würden –«

»In Ordnung, dann eben hilfreich oder produktiv, wie wär's also?«

»Wenn es denn unbedingt sein muß. Aber ich lade ihn nicht ein, ohne daß ich jemanden dabei habe, der mir hilft. Wie paßt Ihnen Mittwoch? Dann hat Mrs. Sorpende nämlich ihren freien Nachmittag.«

Bittersohn zog eine Augenbraue hoch. »Mrs. Sorpende ist hier inzwischen ja richtig unentbehrlich geworden, wie mir scheint. Sie haben ihr wohl nicht zufällig die Miete gesenkt?«

»Sie haben natürlich mal wieder ins Schwarze getroffen. Aber sie ist so lieb und nett, und sie hat so ein furchtbares Leben hinter sich und verdient so wenig in ihrer Teestube. Und sie wohnt doch so gern hier. Wenn ich sie gehen lasse, zieht Professor Ormsby wohlmöglich sofort mit aus.«

»Ormsby wird sowieso bald gehen. Er ist nur ein Gastprofessor, sein Jahr am Massachusetts Institute of Technology läuft im Mai aus, und er hat Frau und fünf Kinder in Michigan.«

»Um Gottes willen! Sollte ich da nicht besser Mrs. Sorpende vorwarnen, was meinen Sie?«

»Wenn sie es noch nicht weiß, sollte sie besser aufhören, anderen die Zukunft aus Teeblättern zu lesen. Machen Sie sich nur keine Sorgen, Mrs. Sorpende hat schon sehr viel länger als Sie allein auf sich aufpassen müssen. Die beiden haben doch nicht etwa ein Verhältnis miteinander oder so etwas?«

»Jedenfalls nicht hier im Haus. Soweit ich weiß, sitzt er immer nur da und starrt sie an.«

»Dafür kann man ihn ja wohl kaum bestrafen. Sie laden also Palmerston für Mittwoch nachmittag ein, in Ordnung?«

»Nur wenn Sie mir feierlich versprechen, auch hier zu sein, wenn er kommt.«

»Das ist schließlich der Zweck der ganzen Übung. Um es einmal ganz unverblümt zu sagen, ich will ihn dazu bringen, mich zu engagieren, um herauszufinden, wer bei Madam die ganzen Bilder geklaut hat. Dann habe ich auch eine gute Ausrede, ein bißchen auf Ihren Cousin Brooks aufzupassen.«

»Oh, unter diesen Umständen rufe ich ihn selbstverständlich auf der Stelle an.«

Sarah hatte inzwischen endlich Bittersohns wiederholtem Drängen nachgegeben, sich ein eigenes Telefon in ihrem Zimmer installieren zu lassen. Sie rief Palmerston von dort aus an, und er nahm die Einladung enthusiastisch auf, so daß sie sich allmählich wirklich fragte, ob Lydia Ouspenska nicht vielleicht doch recht gehabt hatte, was Palmerston und die Frauenwelt betraf. Bittersohn verließ sie und ging wieder seinen mysteriösen Geschäften nach, und Sarah begab sich nach unten, um nachzusehen, ob Mrs. Sorpende noch in der Bibliothek war und Lust hatte, ihr bei der Bewirtung von Brooks' neuem Chef zu helfen.

»Ich würde mich wirklich freuen, wenn ich etwas für Mr. Brooks Kellings beruflichen Werdegang tun könnte«, erwiderte die Dame freundlich. »Er ist ein äußerst gescheiter Mann und ein reizender Gesprächspartner. Seine Ausführungen über die Wasseramsel und das Goldhähnchen waren höchst lehrreich, fanden Sie nicht? Dürfte ich vielleicht die Sandwiches zum Tee vorbereiten? Wie Sie wissen, habe ich darin viel professionelle Erfahrung, und das kleine Abenteuer am Sonntag in der Küche habe ich wirklich genossen.«

»Und wir haben das Ergebnis auch sehr genossen. Selbstverständlich dürfen Sie! Am besten machen Sie recht viele Sandwiches. Mr. Palmerston verschlingt nämlich ungeheure Mengen. Und vielleicht«, fügte Sarah nachdenklich hinzu, »wäre es eine gute Idee, auch ein wenig gemahlenes Glas mit unter den Aufstrich zu mischen.«

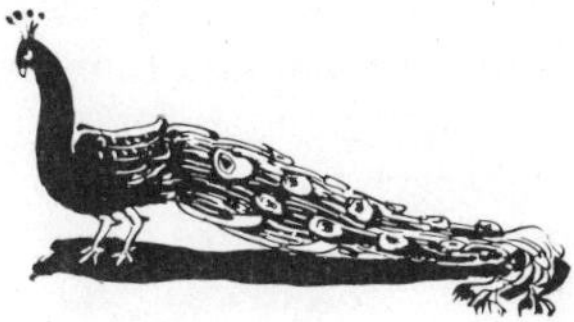

Kapitel 9

Unter normalen Umständen hätte Sarah wahrscheinlich alles mögliche auf sich genommen, nur um nicht mit Mr. C. Edwald Palmerston Tee trinken zu müssen, und selbst jetzt noch verspürte sie das Bedürfnis nach frischer Luft, um sich für das unangenehme Treffen zu wappnen. Gegen vier Uhr, als Mrs. Sorpende glücklich und zufrieden in der Küche herumhantierte und Mariposa oben dabei war, ihre poppige orangefarbene Dienstkleidung mit neuen gelb- und orangekarierten Häubchenbändern aufzufrischen, zog sich Sarah den Mantel über und schlenderte die Charles Street hinunter.

Charles Street, die Hauptverkehrsstraße, die unten am Beacon Hill am Fluß entlang verläuft, bevor man den Storrow Drive und den Esplanade-Park erreicht, ist bekannt für ihre Geschäfte – Blumenläden, Lebensmittelgeschäfte, Boutiquen aller Art und vor allem für ihre zahlreichen Antiquitätenläden. Im Schaufenster eines dieser Geschäfte befanden sich Möpse aus Porzellan, die allesamt den Betrachter anzuknurren schienen. Sarah blieb stehen, um zurückzuknurren, und bemerkte dabei eine Bewegung im Inneren des Geschäfts, die ihre Aufmerksamkeit erregte.

Was sie gesehen hatte, waren die feingliedrigen Hände von Bill Jones, die genauso unruhig wie am Abendbrottisch schienen. Sie spähte unauffällig hinein, wie Bill es wohl auch von ihr erwartet hätte. Sein Kopf befand sich direkt am Ohr eines Antiquitätenhändlers, seine Lippen bewegten sich kaum. Sarah hatte sich jedoch zu Lebzeiten von Tante Caroline so viel mit Gebärden- und Zeichensprache beschäftigt, daß es ihr leichtfiel, die beredten Gesten zu deuten. Bill sprach über Gemälde. Gestohlene Gemälde. Ganz konkret: über die Gemälde, die man aus Madam Wilkins' Palazzo entwendet hatte.

In dem vollgestopften Raum befand sich noch ein dritter Mann, der sich in einem Savonarola-Sessel räkelte. Sarah kannte auch ihn. Es war der Pianist, der es am Sonntag geschafft hatte, Nick Fieringers Konzert vor der totalen Katastrophe zu bewahren. Soweit sie feststellen konnte, war er relativ nüchtern.

Aber was hatte all das wohl zu bedeuten? Sarah kannte den Antiquitätenhändler flüchtig. In der harten Zeit nach Alexanders Tod, als sie festgestellt hatte, daß sie völlig mittellos war, und ihr eine Zwangsvollstreckung gedroht hatte, weil sie nicht in der Lage gewesen war, die Hypotheken zurückzuzahlen, von denen sie vorher nichts gewußt hatte, war sie in ihrer Verzweiflung zu ebendiesem Mr. Hayre gegangen und hatte ihm einige Familienerbstücke angeboten. Ob er wohl ein gestohlenes Gemälde kaufen würde? Sie erinnerte sich daran, was er ihr für ein chinesisches Teeservice bezahlt hatte und für welche Summe er es schließlich wieder verkauft hatte, und kam zu dem Schluß, daß es ihm durchaus zuzutrauen war. Sie eilte zurück nach Hause, in der Hoffnung, schnell mit Mr. Bittersohn ein kurzes Gespräch unter vier Augen führen zu können, aber sie kam zu spät. Er war schon mit Mrs. Sorpende in der Bibliothek, und Mariposa schwirrte in der Seitenkulisse umher, bereit für ihren Auftritt mit Tablett und Teekanne.

Pünktlich um fünf Uhr geleitete Mariposa C. Edwald Palmerston ins Haus. Um zwei nach fünf beugte er sich über die zarte Hand von Mrs. Sorpende. Um drei nach hielt er die besagte Hand immer noch in der seinen. Um vier nach hustete Max Bittersohn bedrohlich, und Mr. Palmerston ließ von seiner Beute ab.

»Ganz reizend von Ihnen, mich einzuladen, Mrs. Kelling. Ach je, als ich das letzte Mal dieses Haus betreten habe, war es, um Ihnen mein Beileid für den tragischen Verlust auszusprechen. Sie scheinen sich allerdings schnell wieder erholt zu haben«, fügte er hinzu und warf einen raschen Blick auf Sarahs geblümtes Kleid, das sie unter der fachkundigen Anleitung von Mariposa für sehr wenig Geld in Filene's Basement gekauft hatte, weil sie es mehr als leid war, die alten Kleider ihrer Mutter aufzutragen.

»Ich versuche mein Bestes«, erwiderte Sarah. »Sahne oder Zitrone?«

»Milch, bitte, und zwei Stückchen Zucker.« Palmerston rückte so nah wie möglich an Mrs. Sorpende heran und führte sich genießerisch sein Getränk zu Gemüte.

»Was macht Madams Palazzo?« fragte Bittersohn.

»Madams Palazzo? Ich mißbillige diese unglückselige Bezeichnung aufs schärfste, Mr. Bittersohn. Das Wilkins-Museum verdient den Respekt unserer Bürgerschaft als eine der ehrwürdigsten Einrichtungen von Boston. Ich betone absichtlich das Wort ehrwürdig, und natürlich meine ich es im Sinne von würdig der Verehrung. Was sein eigentliches Alter betrifft, muß ich gestehen, daß ich mich persönlich an die Einweihung erinnern kann, obwohl die Erinnerung sehr schwach ist, denn ich war damals noch ein kleines Kind. Ah, meine Verehrteste« – Palmerston nutzte die Gelegenheit, um die verführerische Hand seiner Nachbarin zu tätscheln –, »tempus fugit.«

»Wie recht Sie haben«, sagte Mrs. Sorpende und wand sich höchst geschickt aus seiner Reichweite. Sie mochte vielleicht nicht genau wissen, was »tempus fugit« bedeutete, aber sie wußte sehr wohl, daß es immer gut war, einem Mann zu sagen, daß er recht hatte.

»Können Sie sich zufällig noch daran erinnern, wie hoch zur Zeit der Eröffnung der Wert der Werke im Palazzo geschätzt wurde?«

»Madame Wilkins, um ihr einmal den Titel zu geben, den sie selbst zu Lebzeiten gewählt hat, soll gut über zehn Millionen Dollar für ihre Gemälde und andere Objets d'art ausgegeben haben. Heute liegt der Wert selbstverständlich unendlich höher.«

»Würden Sie darauf eine Wette abschließen?«

»Wie bitte?«

»Einer erst kürzlich erstellten unabhängigen Untersuchung zufolge« – Bittersohn hatte gerade einen Matisse für den Leiter einer Bostoner Werbeagentur aufgespürt und dabei einiges gelernt – »sind alle Kunstwerke des Palazzos zusammen nicht einmal 20000 Dollar wert.«

C. Edwald Palmerston biß beinahe ein Stück aus seiner Spode-Teetasse. »Aber – aber das ist doch einfach grotesk! Mit welchem Recht wagen Sie es – ?«

»Man könnte sagen, ich habe mich um die Angelegenheit gekümmert, weil ich ein engagierter Bürger bin, der daran interessiert ist, daß die Bostoner Kunstschätze für die Allgemeinheit bewahrt werden. Ich dachte, daß Sie als Vorsitzender des Treuhandausschusses über die tatsächliche Lage informiert werden müßten.«

»Mein Herr, wenn das ein Witz sein soll, finde ich ihn höchst geschmacklos. Wer hat diese Untersuchung durchgeführt?«

»Mrs. Kelling kann bestätigen, daß es sich keineswegs um einen Witz handelt, Mr. Palmerston. Ich bin zufällig promovierter Kunsthistoriker. Nachdem mir letzten Sonntag bei meinem Besuch im Museum mit Mrs. Kelling Verschiedenes aufgefallen war, habe ich einen Bekannten von mir, der auf gestohlene Gemälde spezialisiert ist, gebeten, sich den Palazzo einmal näher anzusehen. Er hat diese Liste für mich zusammengestellt.«

Bittersohn zog ein etwas angeschmutztes Blatt teures Schreibpapier hervor, das mit einer Schönschrift bedeckt war, die in jedem mittelalterlichen Kloster Zustimmung gefunden hätte. »Wie Sie sehen, ist hier aufgeführt, welche Ihrer Gemälde in den letzten 30 Jahren durch Kopien ersetzt wurden, und wann und wo jedes gestohlene Original über die Staatsgrenze gebracht wurde. Ziemlich beeindruckende Recherchen, finden Sie nicht?«

»Ich glaube kein Wort davon«, sagte Palmerston, dessen Gesicht die Farbe von verdorbenem Blumenkohl angenommen hatte.

»Heute morgen«, fuhr Bittersohn fort, »habe ich einem der Gemäldekuratoren des Metropolitan Museums in New York, der sich zufällig wegen einer anderen Angelegenheit in Boston aufhielt, eine Fotokopie dieser Liste gegeben. Er hat daraufhin mehrere Stunden im Wilkins-Palazzo verbracht und ist bereit zu bezeugen, daß mindestens 25 der aufgeführten Bilder moderne Kopien sind. Er hatte nicht genug Zeit, die ganze Liste durchzugehen, aber er sagte, er sei gern bereit, zurückzukommen und es noch einmal zu versuchen.«

»Aber – aber, um Gottes willen! Um Gottes willen!«

»Am besten, Sie trinken noch eine Tasse Tee, Mr. Palmerston«, meinte Sarah.

»Tee? Mein Gott, ich –«

»Vielleicht einen Brandy?« schlug Mrs. Sorpende vor.

»Ja, ja. Unbedingt einen Brandy. Normalerweise trinke ich nie, aber – ja, Brandy. Ja, bitte.«

Palmerstons Gesicht hatte inzwischen eine grauenvolle Farbe angenommen. Er lehnte sich zurück gegen die Sofapolster, als ob seine Wirbelsäule plötzlich nachgegeben hätte, und nippte an dem Drink, den Sarah ihm gereicht hatte. Nach etwa einer Minute hatte er sich wieder etwas erholt.

»Ein Kurator vom Metropolitan, sagten Sie?«

»Richtig«, erwiderte Bittersohn und nannte einen Namen. »Kennen Sie ihn vielleicht zufällig?«

»Nicht persönlich, aber seine Position weist ihn wohl als – eh – absolut zuverlässig aus. Ich werde unverzüglich den Treuhandausschuß einberufen müssen. Oder sollte ich es besser doch nicht tun? In einer derart delikaten Angelegenheit ist es vielleicht am angebrachtesten, möglichst Stillschweigen zu bewahren. Die Öffentlichkeit sollte vor dieser schrecklichen Behauptung geschützt werden. Wir dürfen keine Zeit verlieren. Wir müssen einander hier und jetzt höchste Verschwiegenheit geloben, und wir müssen vor allem davon absehen, die Polizei zu informieren, damit die Übeltäter nicht gewarnt werden. Was wir jetzt brauchen, ist ein Privatdetektiv! Jemanden mit absoluter Diskretion und vollendetem Takt. Wer war doch noch dieser Mann, von dem mir meine alte Freundin Mrs. Forbot neulich erzählt hat? Er hat sich als sehr fähig erwiesen, als es um den falschen Bellini im Cotman-Club ging. Lassen Sie mich nachdenken!«

Er schnippte verzweifelt mit seinen langen, knochigen Fingern. »Es war ein recht ungewöhnlicher, ausländisch klingender Name.«

»Bittersohn?« soufflierte Sarah.

»Das ist es. Mein Gott, das müssen demnach ja Sie gewesen sein, Doktor Bittersohn. Bei Philippi sahen sie sich wieder, um es frei nach Shakespeare zu sagen, was? Wunderbar! Kein Wunder, daß Sie sich so für die Sache interessiert haben, und wie recht Sie hatten, mich darauf aufmerksam zu machen. Ich lege die ganze Angelegenheit also in Ihre bewährten Hände. Sie werden sie rasch und, ich brauche es sicher nicht eigens hinzuzufügen, diskret erledigen, nicht wahr?«

Die alte Anora Protheroe hatte einmal von der hiesigen Bevölkerung gesagt: »Äußerlich mögen wir zwar im großen und ganzen nicht viel hermachen, aber dafür sind wir zäh.« Mit der Unverwüstlichkeit eines Bostoners, der mit Emerson, Porridge, Kabeljaupastete und Bohnen in Tomatensauce großgeworden war, sprang C. Edwald Palmerston auf die Füße, schüttelte allen Anwesenden die Hände, widmete sich dabei allerdings ganz besonders intensiv Mrs. Sorpende, dankte Sarah für ihre Gastfreundschaft, bat Bittersohn dringend, keine Mühe zu scheuen, und entfernte sich.

Mariposa trug die Tassen in die Küche. Mrs. Sorpende zog sich nach oben zurück, um ihr elegantes Nachmittagsgewand gegen ein noch eleganteres Dinnerkleid einzutauschen, und Sarah öffnete die Fenster der Bibliothek, um die letzten Spuren von C. Edwald Palmerston zu tilgen.

»Nun, Mr. Bittersohn, ich hoffe, es ist alles zu Ihrer Zufriedenheit verlaufen?«

Er kam zu ihr herüber, um ihr mit den Fenstern behilflich zu sein. »Das ist es allerdings. Wissen Sie was? Sie waren so ein artiges Mädchen, daß ich Sie heute abend ausführen und Ihnen draußen die Ziegenmelker zeigen möchte.«

»Die habe ich bereits gesehen, vielen Dank.«

»Dann kommen Sie doch aus rein sportlichen Gründen mit. Es wird Ihnen bestimmt guttun.«

»Vielleicht haben Sie recht.«

Sarah ging schließlich tatsächlich mit, obwohl ihr Mr. Bittersohns Vorstellungen von einem ruhigen Abendspaziergang reichlich ungewöhnlich erschienen. Er führte sie durch kleine Seitenstraßen hinter dem Park Square zu einem Lokal, in dem sie noch nie zuvor gewesen war. Dolph hätte es sicher als »Spelunke« bezeichnet, und soweit Sarah von diesen Dingen überhaupt etwas verstand, hätte er damit durchaus recht haben können. Sie saßen in einer Ecke und lauschten drei nicht mehr ganz jungen Damen, die sich mit großem Elan einem Saxophon, einem Schlagzeug und einem Kontrabaß widmeten, als sich jemand zu ihnen gesellte.

»Ach du lieber Gott, der schöne Max und sein anbetungswürdiges Liebchen!«

»Hallo, Lydia«, sagte der schöne Max. »Können wir dir einen Drink spendieren?«

»Aber gewiß doch.« Gräfin Ouspenska zwängte sich neben Sarah. »Ich setze mich neben Kleine hier, damit du uns beide kannst sehen. In so schummrigem Licht ich bin noch ganz passabel. Doppelten Wodka, bitte, Giovanni, von Flasche, die du nicht verwässert hast.«

Lydia bekam ihren Drink, nahm einen kräftigen Schluck und stöhnte: »Einfach toll! Heute ich habe mein echt antikes Meisterwerk beendet und wunderschönes Geschenk von einem alten Bock bekommen, und jetzt spendiert mir umwerfender Max doppelten Wodka. Steckt wohl immer noch Leben in alte Schlampe, was?«

»Ich finde Sie wunderbar«, erwiderte Sarah aufrichtig.

»Oh Darling, Sie sind einfach süß!« Gräfin Ouspenska umarmte ihre Tischnachbarin mit slawischer Inbrunst, wobei sie eine dicke Schicht Puder auf Sarahs makelloser Wange zurückließ. »Hören Sie bloß mal, was alter Bock Palmerston getan hat! Er hat mir Korb mit Köstlichkeiten geschickt, der war soo groß« – sie breitete ihre Arme aus, wobei ihre Armbänder wild klirrten –, »mit Kärtchen in freundlicher Erinnerung. Ist erstes Mal, daß alter Lustmolch je was geschrieben hat. Nur zu schade, daß er nicht hat unterschrieben.« Sie nahm noch einen Schluck von ihrem Drink. »Jedenfalls jetzt es gibt diese Woche zu essen.«

»Wie schön für Sie.«

»Du sagst es, mein Täubchen. Ich verhandele über Verkauf von meine wundervolle Ikone, und einen Monat lang ich kann gut leben. Ist wie in Lied, wo man in Himmel hineintanzt.«

»Was hast du denn da gerade über deine Ikone gesagt?« fragte Bittersohn so ganz nebenbei.

Die Gräfin kicherte. »Ist mein Geheimnis. Vielleicht du kommst in mein Atelier ohne hübschen kleinen Wachhund und fragst mich ganz nett, ja?«

»Klingt nicht schlecht. Möchtest du noch einen Drink?«

»Leider nicht. Ich muß behalten klaren Kopf und bleiben hellwach. Ist für wichtiges geschäftliches Treffen.« Die Gräfin unterdrückte einen kleinen Schluckauf mit einer aristokratischen Handbewegung und arrangierte ihre diversen Schals und Ketten. »Ich gehe jetzt.«

»Können wir dich irgendwo absetzen?«

»Nein, ist sicherer für mich, wenn ich gehe allein. Bitte kundschafte Kneipe aus, ob jemand mir folgt.«

Bittersohn zog seinen Mantelkragen höher ins Gesicht und schlich auf Zehenspitzen zur Tür. »Pst, Lydia!« Sein Flüstern übertönte mühelos das Saxophon, das Schlagzeug und den Kontrabaß. »Die Luft ist rein.«

»Gut. In meinem neuen Beruf man muß sehr vorsichtig sein. In altem Beruf man mußte auch. Au revoir, kleine Waldtaube. Kommen Sie mich doch besuchen. Ich kann Sie malen als Madonna mit Kind in echt byzantinischem Stil.«

Gräfin Ouspenska zog einen ihrer Schals tiefer ins Gesicht, setzte eine dunkle Sonnenbrille auf und glitt hinaus. Bittersohn kam zurück zum Tisch und half Sarah in den Mantel.

»Kommen Sie, wir folgen ihr still und heimlich. Sie wäre zu Tode beleidigt, wenn wir es nicht täten. Versuchen Sie, unauffällig auszusehen.«

Es war nicht schwierig, die Gräfin nicht aus den Augen zu verlieren. Sie mußte schon woanders getrunken haben, bevor sie zu ihnen gestoßen war, denn sie schwankte recht heftig und kam immer wieder von ihrem Kurs ab, steuerte jedoch mehr oder weniger in Richtung Charles Street und Beacon Street.

»Ich wette, sie will zu diesem Antiquitätenladen«, murmelte Sarah.

»Was für ein Antiquitätenladen?«

»Der, in dem ich heute nachmittag Ihren Freund Bill Jones gesehen habe.«

»Was? Welcher Laden war es denn?«

»Der mit den Porzellanhunden im Fenster. Er gehört einem gewissen Mr. Hayre, der mich mit dem chinesischen Teeservice so gemein übers Ohr gehauen hat.«

»Was hat Bill da gewollt?«

»Hat etwas über die Gemälde von Madam in Mr. Hayres Ohr geflüstert.«

»Woher wissen Sie das?«

»Das habe ich an seinen Handbewegungen ablesen können. Der Klavierspieler von Mr. Fieringer war auch da.«

»Bernie? Was zum Teufel wollte der denn dort? Hat man Sie gesehen?«

»Ich glaube nicht. Ich war draußen und habe durchs Fenster geguckt.«

»Warum?«

»Wohl aus Masochismus. Ich schaue immer hinein, wenn ich an dem Laden vorbeigehe, ob wieder irgend etwas von meinen Sachen zum 60fachen dessen angeboten wird, was er mir dafür gezahlt hat. Sehen Sie, jetzt geht sie in Richtung Charles Street.«

Gräfin Ouspenska war offensichtlich durch die Bewegung an der frischen Luft wiederbelebt worden. Sie hatte einen höheren Gang eingelegt und bewegte sich sehr viel schneller vorwärts. Es gelang ihr sogar, noch über die Beacon Street zu flitzen, als die Ampel gerade umsprang, während ihre beiden Verfolger warten mußten, bis die Autos wieder anhielten. Als sie endlich die Straße überqueren konnten, war die Gräfin verschwunden.

»Verdammt. Jetzt haben wir sie verloren.«

»Nein, das haben wir nicht.« Sarah nahm Max' Hand und drängte ihn in eine winzige Gasse und um eine Ecke.

»Wo sind wir?« flüsterte er.

»Hinter Mr. Hayres Antiquitätenladen natürlich.«

»Und was machen wir jetzt?«

»Wir legen uns auf die Lauer.«

Kapitel 10

Sarahs Ahnung war richtig gewesen. Sie hatten gerade erst zehn Minuten aus ihrem Versteck hinter den Mülltonnen die Gasse beobachtet, als sie die Gräfin wieder herauskommen sahen. Sie war in Begleitung eines Mannes. Als das Paar durch den Lichtkegel einer der nachgemachten altmodischen Gaslaternen schritt, die der Charles Street ihre nostalgische Atmosphäre verleihen, konnten die heimlichen Beobachter sehen, daß es sich bei dem Mann um Bernie den Klavierspieler handelte. Vielleicht hatte Lydia das Geld für ihre Ikone bekommen. Jedenfalls mußte entweder sie oder Bernie ziemlich flüssig sein, denn sie winkten sich ein Taxi heran.

»Kommen Sie.« Bittersohn zerrte Sarah mehr oder weniger hinunter zum Taxi-Halteplatz, wo glücklicherweise noch ein weiteres Taxi wartete.

»Würden Sie bitte dem anderen Taxi folgen, das gerade die beiden Fahrgäste aufgenommen hat?« sagte er zu dem Fahrer. »Wir waren nämlich mit dem Paar, das bei Ihrem Kollegen eingestiegen ist, verabredet, aber wahrscheinlich haben sie das Warten gerade in dem Augenblick aufgegeben, als wir angekommen sind. Wir wollen alle zur selben Party, aber unsere Bekannten haben leider vergessen, uns die Adresse zu geben.«

»So ist das Leben!« sagte der Taxifahrer mit einem bemerkenswerten Anflug philosophischer Originalität. »Ich kann aber auch ranfahren und fragen, wenn Sie mögen.«

»Nein, wir fahren ihnen lieber nach und überraschen sie. Es ist sicher nicht sehr weit. Irgendwo bei Brookline Village, denke ich. Außerdem hätten wir ganz gern ein bißchen Zeit für einander, wenn Sie verstehen, was ich meine.«

Der Fahrer verstand offenbar genau, was Bittersohn meinte, denn er drehte sein Radio lauter und schloß die Öffnung in der Plexiglasscheibe, die den Rücksitz vom Fahrersitz trennte. Bittersohn grinste und zog Sarah näher zu sich heran.

»Würde es Ihnen etwas ausmachen, wenn wir uns ganz natürlich verhalten?« murmelte er.

»Ist das Ihr natürliches Verhalten gegenüber Frauen in Taxis?« flüsterte sie zurück, machte jedoch keine übermäßigen Anstalten, von ihm wegzurücken.

»Sie haben doch gerade gehört, daß wir ein Liebespaar auf dem Weg zu einer Party sind, nicht?«

»Glauben Sie das im Ernst? Ich meine, daß wir auf dem Weg zu einer Party sind? Was denken Sie, wohin Bernie die Gräfin entführt?« Sarah befand es für nötig, sich ihre eigentliche Mission ins Gedächtnis zu rufen. Mr. Bittersohn derart nahe zu sein, könnte ansonsten die Aufmerksamkeit einer jungen Witwe leicht in eine andere Richtung lenken, an die sie nicht einmal denken durfte.

»Ich habe Brookline Village gesagt, weil mir scheint, daß dort im Moment das meiste los ist, und wir fahren ja auch mehr oder weniger in die Richtung, aber fragen Sie mich bitte nichts Genaueres. Im Moment ist Ihre Gesellschaft das einzige, was mir an dieser ganzen Sache wirklich gefällt, doch ich bin mir nicht sicher, ob es sehr klug von mir war, Sie mitzunehmen. Es gibt nur zwei Dinge, die Bernie ohne Hilfe fertigbringt: Klavierspielen und Trinken. Sonst wartet er immer auf Nick Fieringer, damit der alles für ihn erledigt. Daß er sich in diesem Antiquitätenladen herumtreibt – und das scheint mir auch ein Ort zu sein, wo was los ist –, könnte bedeuten, daß er für Nick etwas erledigt.«

»Und was könnte das heißen?«

»Mrs. Kelling, Sie waren doch dabei, als Nick Sonntag abend versucht hat, mir die Wilkins-Sache auszureden. Ich weiß nicht, ob er aus eigenem Antrieb gekommen ist oder ob ihn jemand geschickt hat. Ich nehme an, er würde gegen Bezahlung schon bereit sein, jemandem einen Gefallen zu tun. Nick hat zwar jede Menge Kontakte, aber was seine finanzielle Lage angeht, muß es ziemlich düster aussehen.«

»Denken Sie etwa, daß er sogar zwei Wächter umbringen würde, um einem Freund einen Gefallen zu tun?«

»Das könnte Nick gar nicht. Dazu ist er viel zu dick und ungeschickt.«

»Hätte er denn möglicherweise Bernie den Auftrag geben können?«

»Wie hätte Bernie es schaffen können, im zweiten Stock Joe Witherspoon vom Balkon zu stoßen, wenn er gleichzeitig sofort nach seinem Auftritt in den Tintoretto-Saal gehen und sich von irgendeiner musikliebenden Großtante das Händchen halten lassen mußte?« Bittersohn umschloß geistesabwesend Sarahs Hand noch etwas fester. »Außerdem kann ich mir nicht vorstellen, daß Nick Bernie damit betraut haben könnte, Browns Flasche zu präparieren. Bernie wäre sicher in Versuchung gekommen, die Mordwaffe selbst zu trinken.«

»Aber Mr. Fieringer hätte die Sache mit den Flaschen doch ganz leicht selbst erledigen können, oder? Und Witherspoon hatte außerdem eine Vorliebe für angemalte Damen.«

»Nicht in der Art von Lydia Ouspenska, falls Sie auf diese Dame anspielen. Ihr Cousin Brooks hätte sie sicherlich bemerkt und sich an sie erinnert. Lydia ist immerhin eine recht ungewöhnliche Person.«

»Aber wenn sie nun schon oben war, als Brown den Dienst antrat, und er sie also nicht gesehen hat? Mr. Fieringer hätte sie schließlich hereinlassen können, oder? Wahrscheinlich hat er auch Zutritt zum Museum, wenn es geschlossen ist, weil er Vorbereitungen für die Konzerte treffen muß, meinen Sie nicht? Dann hätte sie schnell durch die Kapelle gehen und irgendwie das Gebäude verlassen können, während wir uns unten im Hof befanden und alle durcheinanderliefen. Brown hat einen Raubüberfall vorgespiegelt, damit es so aussah, als ob er sie nicht verdächtigte, wurde dann aber trotzdem umgebracht, eben weil er sie gesehen hat. Oh je, ich wollte, der Gedanke wäre mir nicht gekommen.«

Bittersohn befand sich in einer strategisch günstigen Position, um beruhigend auf sie einzuwirken, und handelte dementsprechend. »Sie dürfen jetzt nicht anfangen, persönliche Vorlieben zu entwickeln. Ich kann die alte Lydia auch gut leiden, aber was Sie da gerade gesagt haben, ergibt durchaus Sinn. Sie haben mir schließlich erzählt, wie perfekt sie die Ikone kopiert hat. Da Sie selbst Künstlerin sind, sind Sie in der Lage, das objektiv zu beurteilen. Wenn sie eine derart gute Kopie anfertigen kann, dürfen wir nicht ausschließen, daß sie die Bilder gefälscht hat. Bill sagt, die Arbeiten stammen alle von ein und demselben Künstler, und Lydia hält sich schon seit einer Ewigkeit hier auf. Vielleicht ist sie auf Ikonen umgestiegen, weil es im Palazzo nichts mehr gibt, was es wert wäre, kopiert zu werden.«

Sarah rieb ihre Wange an dem eleganten grauen Kammgarnmantel, gegen den sie gedrückt wurde. Sie war noch nie in einem Taxi von einem attraktiven Mann umarmt worden. Alexander war immer nur U-Bahn mit ihr gefahren und hätte außerdem davor zurückgeschreckt, seine Gefühle in aller Öffentlichkeit zur Schau zu stellen. Es war zu schade, daß sie sich nicht entspannen und die neue Erfahrung genießen konnte, doch deswegen saß sie selbstverständlich nicht in diesem Taxi.

»Ich vermute, die Gräfin hätte sich mit Hilfe von Mr. Palmerston durchaus einen Nachschlüssel für das Museum besorgen können, als die beiden eine Affäre hatten oder was auch immer es war.«

»Können Sie das bitte noch einmal ganz langsam wiederholen?«

»Ich hatte Ihnen doch schon gesagt, daß sie ihn früher einmal sehr gut gekannt hat. Haben Sie nicht gehört, was sie heute abend über den alten Bock gesagt hat, der ihr Kaviar und was weiß ich geschickt hat in Erinnerung an alte Zeiten? Sie hat mir damals, als ich bei ihr im Atelier war, ziemlich deutlich erklärt, daß sie mit ihm früher einmal – Sie wissen schon.«

»Wie sollte ich das?« sagte Bittersohn tugendhaft. »Wollen Sie damit etwa andeuten, daß es Leute gibt, die so etwas mit anderen Leuten tun, ohne mit ihnen verheiratet zu sein?«

»In Taxis jedenfalls nicht.« Sarah richtete sich auf und zog den Rock über die Knie. Da sie nicht genau wußte, wie man sich in einer derartigen Situation verhielt, war sie sich ihrer Sache nicht ganz sicher, aber ihr schien die Situation ein wenig außer Kontrolle zu geraten.

Bittersohn verstand die Anspielung und lockerte seinen Griff, wenn auch nur ein ganz klein wenig. »Ich muß mir wohl mal die Ohren reinigen lassen. Wenn das wirklich stimmt, könnte Lydia ganz einfach rein zufällig herausgefunden haben, welche Bilder es sich zu stehlen lohnte oder wann die Wächter dienstfrei hatten, und sie hätte sich auch andere nützliche Informationen verschaffen können, während er sich, sagen wir einmal, auf andere Dinge konzentrierte. Sie hätte beispielsweise seine Schlüssel stehlen können, als er gerade seine Hose nicht trug, um mit einem Stück Seife einen Abdruck zu machen. Das hätte ihr sicher mächtig Spaß gemacht.«

»Das kann ich mir lebhaft vorstellen«, mußte Sarah ihm zustimmen.

»Jetzt ist Palmerston also wieder hinter ihr her?«

»Eigentlich nicht. Den Kaviar habe nämlich ich geschickt.«

»Warum zum Teufel haben Sie das denn getan?«

»Weil sie kein Geld hatte und keinen Bissen zu essen im Haus außer ein paar Sandwiches, die noch von Mrs. Tawnes Teeparty übriggeblieben waren. Außerdem dachte ich, es könnte vielleicht interessant sein zu sehen, was passiert.«

»Sie sind ja eine hochgefährliche Frau!«

Trotzdem machte Bittersohn keine Anstalten, sie loszulassen, bis das Taxi durch das letzte fürchterliche Schlagloch geschlingert war und schließlich in Brookline, wo die Straßen ohne Fehl und Tadel waren, mit quietschenden Reifen zum Stehen kam.

Wie er vorhergesagt hatte, waren sie tatsächlich in Brookline Village gelandet. Ein bärtiger Mann, der in den 60er Jahren entweder ein Hippie, ein Yippie oder ein Blumenkind gewesen sein mußte und immer noch bemüht war, seinem alten Image treu zu bleiben, stand vor einem verfallenen Wohnhaus mit Ladenfront und brüllte: »Lee-roy! He, Lee-roy!«

Von oben hörte man Gitarrengeklimper, Bongos und ein sonores Blöken, das darauf schließen ließ, daß hier jemand entweder Rinder in seiner Wohnung hielt oder auf einem Sousaphon die Tonleiter übte. Jemand spielte Händels *12 Concerti grossi opus 6* auf einem Plattenspieler, der entschieden mehr hi als fi klang. Irgend jemand sang, irgendwo zankte man sich, wieder ein anderer ließ einen monotonen tibetanischen Singsang vernehmen. Keiner schien herumzusitzen und gar nichts zu tun.

Bittersohn bezahlte das Taxi. Das Paar, dem sie gefolgt waren, tat das gleiche. Dann brüllte Bittersohn: »He, Bernie!«

»Yeah, Maxi!« grölte der Pianist zurück. »Wo willst du denn hin, Mensch?«

»Ich habe Leroy gesucht, aber er scheint nicht da zu sein.«

Der Bärtige auf dem Bürgersteig hörte auf zu rufen. »He, Mann, wenn Sie Leroy erwischen, sagen Sie ihm, ich bin in Joys Bude.« Er schlurfte davon.

»Wer ist denn bloß dieser Leroy?« murmelte Sarah.

»Ein Freund von diesem netten Typ, der gerade gegangen ist«, sagte Bittersohn. »Wer war der Kerl mit dem Bart, Bernie?«

»Irgendein Freund von Leroy, denk' ich. Maxie, Lydia kennst du ja. Lydia, das ist Maxies Alte, die vornehme Tussie.«

»Ich kenne Maxies Alte bereits«, sagte die Gräfin Ouspenska vergnügt. »Wir beide finden Gefallen an Umgang mit Proletariat, nicht? Kommen Sie, Kleine, ich zeige Ihnen Weg. Bitte en garde sein wegen kaputte Stufen.«

Als sie sich in dem unbeleuchteten Treppenhaus vorsichtig bis hinauf zum Dachgeschoß vortasteten, das man provisorisch mit großen, an Drähten befestigten Leinwänden unterteilt hatte, verstummten die Bongoklänge. 15 übergroße Sonnenbrillen wandten sich der unglaublichen Erscheinung zu, die vor ihnen stand: ein rasierter Mann mit einem richtigen Haarschnitt, einem maßgeschneiderten Anzug aus London, sauberem Hemd und seidenem Schlips mit dezentem Muster. Die Tatsache, daß er außerdem auch noch Schuhe trug, versetzte die Anwesenden in helle Aufregung. Schließlich zuckte jemand die Achseln und murmelte: »Jeder hat schließlich ein Recht auf persönliche Freiheit, nich'?«, und die Bongos traten wieder in Aktion.

Bernie und Lydia ließen sich auf ein Möbelstück fallen, das aussah wie der traurige Rest eines Sofas, und schoben eine weitere Person zur Seite, um Platz für Sarah zu schaffen. Da sie den Mantel ihrer Mutter trug, der immerhin auch schon 30 Jahre alt war, erregte sie weniger Aufsehen als Bittersohn. Sie selbst war allerdings ziemlich bestürzt, als ihr Begleiter plötzlich hinter einer der Leinwände verschwand und sie allein zurückließ.

Zunächst wußte sie nicht, was sie tun sollte, also setzte sie sich einfach hin und versuchte, möglichst flach zu atmen. Dann bemerkte sie plötzlich, wie die übelriechende Atmosphäre von einem regelrechten Spannungsstrom durchpulst wurde, und fragte sich, ob nicht vielleicht zufällig Mr. Bittersohn diese Spannung verursacht hatte. Ihr Verdacht bestätigte sich, als ein Wesen, das unmittelbar zu ihren Füßen saß, zu dem Wesen, das man Sarahs wegen vom Sofa gedrängt hatte, sagte: »Mann, wir haben da einen echt dicken Fisch an der Angel.«

»Keine Ahnung, wovon du redest, Mann.«

»Wie der Weihnachtsmann, weißte. Taschen voller Knete, Mann. Steht auf Kunst, weißte. Bilder und so.«

»Wer malt denn hier von uns, eh?«

»Na, wir alle, Mensch! Leroy und Bengo und Cynthia.«

»Cynthia doch nicht! Die ist doch Bildhauerin.«

»Das weiß doch kein Schwein. Mann, ich muß dem Kerl unbedingt meine Collagen zeigen.«

»Mann, du hast doch gar keine!«

»Wenn ich den Kerl erst in meine Bude gelockt hab', Mann, dann hab' ich auch Collagen. Da brauchste doch bloß 'nen Papierkorb in 'ne Pfütze aus Kleister kippen, Mann, und schon haste 'ne Collage.«

»Mann, du hast doch gar keinen Papierkorb.«

»Mensch, und du hast total keinen Sinn fürs Höhere. Weißte, was für Kunst ich besonders toll finde? Stahlstiche auf Dollarnoten. Abraham Lincoln, Andrew Jackson und Ulysses S. Grant. Bis dann, Mann. Ich verzieh' mich, ich will hier unbedingt mitmischen.«

Er oder sie rappelte sich auf und machte sich auf die Suche nach dem Kerl mit der Knete. Durch den Höllenlärm hindurch konnte Sarah jetzt Bittersohns sonst so angenehme Baritonstimme hören. Er klang jetzt allerdings wie ein wichtigtuerischer, leicht angetrunkener Schwachkopf. »Natürlich sammele ich auch Werke von bekannten Künstlern«, sagte er gerade, als er unter der Leinwand hervorkroch, mit mindestens einem halben Dutzend unbekannten Genies im Schlepptau.

»Und wie würde Ihnen ein echter Mondrian gefallen, Mann?« bestürmte ihn ein kleiner, drahtiger Mann mit einem gewaltigen Fu-Manchu-Bocksbart.

»Mensch, dieser Lupe ist ein Schwätzer«, murmelte der Zyniker, der es sich jetzt auf Sarahs linkem Fuß bequem gemacht hatte. »Der kopiert die Mondrians vom Linoleum bei Sears und Sawbuck. Mann, ich finde, ein richtiger Künstler sollte sich seine eigenen Mondrians ausdenken.«

»Lupe ist kein Künstler, der ist ein raffinierter Hund«, sagte das Wesen, das jetzt auf Sarahs rechtem Fuß lag. »Der kann 'n gutes Geschäft von hier bis Charlestown riechen. Der geht zum Beispiel in einen dieser Billigsupermärkte, verstehst du, und kauft 'ne Kiste Oregano, trocknet das Zeug im Backofen von 'nem Freund, bis es total braun ist, und verscheuert es dann als Grass.«

»Ganz schön gemein.« Die Person, die Sarahs linken Fuß belagerte, nahm den Rest einer offenbar selbstgedrehten Zigarette aus ihrem oder seinem Mund und betrachtete traurig den Stummel. »Mensch, wo ich doch gerade dabei war, high zu werden.«

Niemand nahm auch nur die geringste Notiz von Sarah. Lydia hatte sich an irgendeinen anderen Ort begeben, und Bernie döste mit einem Glas in der Hand, das sich gefährlich in die Richtung von Sarahs Schoß neigte, vor sich hin. Als sie versuchte, es ihm fortzunehmen, damit er kein Unheil damit anrichten konnte, öffnete er ein rotgeändertes Auge: »Wer bis' denn du?«

»Ich bin Maxies Alte, die vornehme Tussie«, erwiderte sie. »Erinnern Sie sich nicht? Sie haben mich doch eben unten Lydia vorgestellt.«

»Ach ja, stimmt. Aber ich sag' nichts.«

»Das sehe ich.«

»Du bis' wohl 'ne besonders clevere Tussie, wie? Aber ich sag' kein Wort, damit du's weißt. Kein einziges Wort«, grölte er.

»Ich habe Sie ja auch gar nichts gefragt«, erwiderte Sarah etwas beunruhigt.

»Hat er mir gesagt. Er hat gesagt, bloß nich' Max erzähln.«

»Ich bin ja auch nicht Max.«

»Was meinste damit, dasse nich' Max bist?« Bernie rieb sich die Augen und sah sich seine Nachbarin genauer an. »He, du bis' ja wirklich nich' Max. Du bis' Maxies Alte. Ich muß Max suchen gehn.«

»Wer sagt das?«

»Wer sach' was?«

»Daß Sie Max suchen sollen?«

»Stimmt haargenau. Such nach Max.« Bernie ließ das Glas fallen und schlief wieder ein.

Sarah rückte so weit wie möglich von der Stelle weg, an der er seinen Drink verschüttet hatte, und zerbrach sich den Kopf über diese mysteriöse Enthüllung. Wenn Bernie Max nichts sagen durfte, mußte Bernie etwas wissen, das Bittersohn interessierte. Aber wer würde töricht genug sein, einem Säufer wie Bernie ein Geheimnis anzuvertrauen? Vielleicht Lydia Ouspenska; aber was auch immer sie war oder hätte sein können, die Gräfin war definitiv eine Frau, und Bernie hatte von einem Mann gesprochen. Was den Rest der Anwesenden betraf, konnte es sich sowohl um Männer, Frauen oder Zwitter handeln, soweit Sarah feststellen konnte. Keiner von ihnen schien jedoch Bittersohn schon einmal begegnet zu sein oder ihn hier erwartet zu haben, warum also hätten sie dem Pianisten vorher Instruktionen geben sollen?

Sarah sah plötzlich wieder ganz deutlich die nervösen, feingliedrigen Hände im Antiquitätenladen vor sich. Bernie hatte dagesessen und beobachtet, wie Bill Jones etwas in Mr. Hayres Ohr geflüstert hatte. Musiker waren daran gewöhnt, die Handbewegungen von Dirigenten zu interpretieren, vielleicht hatte also Bernie die Gesten von Bill genauso verstehen können wie Sarah? Vielleicht hatte Bernie Bill wissen lassen, daß er etwas herausgefunden hatte, was nicht für seine Ohren bestimmt gewesen war, und vielleicht war es Bill gewesen, der ihm geraten hatte, Max davon nichts zu erzählen. Max was nicht zu erzählen? Jones war sehr bereitwillig mit der Information über die gestohlenen Bilder herausgerückt, um die Bittersohn ihn gebeten hatte. Vielleicht hatte er ebenso bereitwillig die andere Seite wissen lassen, daß Bittersohn ihnen auf der Spur war?

Vielleicht langweilte sie sich ja nur, weil man sich so lange nicht um sie gekümmert hatte, doch plötzlich schien es ihr schrecklich wichtig, Bittersohn sofort wissen zu lassen, was Bernie zu ihr gesagt hatte. Sarah versuchte, sich in seine Nähe zu schlängeln, doch er war von einer geschlossenen Phalanx aus Künstlern und deren selbsternannten Agenten umzingelt, wobei jeder darauf aus war, unbedingt mitzumischen. Einige der Anwesenden bestanden darauf, daß sie diese gute Fee in Männergestalt unbedingt irgendwohin begleiten sollte, um sich dort irgend etwas anzusehen.

»Aber ich möchte Ihnen doch die Party nicht kaputtmachen«, protestierte er.

»Mann, das machen Sie doch auch gar nicht. Wir können doch woanders weitermachen.«

Jemand schnappte sich die Bongos, ein anderer den Weinkrug. Die Menge drängte hinunter auf die Straße und ließ den schlafenden Bernie ganz allein auf dem Sofa zurück.

Während des ganzen Durcheinanders gelang es Sarah schließlich doch irgendwie, Bittersohn zu erreichen. Er packte sie um die Taille und hielt sie fest. »Bleiben Sie ganz nah bei mir«, flüsterte er. »Der liebe Himmel weiß, in was wir da wieder hineingeraten sind.«

»Ich muß unbedingt mit Ihnen reden«, sagte sie aufgeregt, »ich muß Ihnen etwas sehr Wichtiges sagen.«

»Jetzt nicht; später.«

Er führte sie, so gut er konnte, in ein Treppenhaus, das noch schäbiger aussah als das erste. Sie gelangten in einen Raum, der an eine Art Künstleratelier erinnerte. In einer Ecke befanden sich, säuberlich aufgestapelt, echte Sears-Roebuck-Mondrians. Lupe breitete seine Ware vor ihnen aus und zog seine Verkaufsmasche ab. Bittersohn bewunderte die Bilder, wollte aber nichts kaufen. Eine mehr oder weniger weiblich aussehende Person, die Mrs. Lupe hätte sein können, es höchstwahrscheinlich aber nicht war, breitete verschiedene Werke vor ihnen aus, die aus Hemdkarton bestanden, der mit den Resten von alten Zahnpastatuben verziert war.

Bittersohn fragte freundlich, ob nicht vielleicht irgend jemand eine traditionellere Kunstrichtung bevorzugte.

»Wie wär's mit Rembrandt?« schlug der vielseitige Lupe vor.

»Ah, genau danach suche ich. Kann ich ihn mir einmal ansehen?«

»He, Bengo, was haste mit dem Bild von der fetten Tussie in dem Schaukelstuhl gemacht?«

»Mensch, eh, gar nichts. Haste selbst dem Cowboy aus Milwaukee gegeben, der 'nen richtigen echten Toulouse-Lautrec wollte.«

»Ach ja, hatt' ich glatt vergessen. Also, hören Sie, Mann«, Lupe wandte sich wieder seinem Opfer zu, »Sie kommen einfach in drei Tagen wieder her, und ich hab' 'nen absolut schrillen Rembrandt für Sie. Sind Sie auf was Bestimmtes scharf?«

»Tja – eh –, was würden Sie denn vorschlagen?«

»Wie wär's mit 'ner fetten alten Tussie im Schaukelstuhl?«

»Ich dachte, die alten Tussies im Schaukelstuhl hätte Toulouse-Lautrec gemalt?«

»Klar, hat er auch, aber die Idee war von Rembrandt. Bloß gibt's bei Rembrandt immer noch 'ne süße kleine Mieze dabei.«

»He, aber 'ne Tussie und 'ne Mieze dauern länger als drei Tage, Mensch!« protestierte Bengo.

»Ich meine doch nicht so 'ne Mieze, Mensch, sondern 'ne richtige Katze. Mit Fell und Schnurrhaaren und so. Wie die von Leroy.«

»Ich will aber nicht Leroys Katze in meinem Rembrandt«, protestierte Bittersohn gereizt. »Ich will Rembrandts Katze.«

»Mensch, seien Sie doch vernünftig, ja?« sagte Bengo. »Wo solln wir denn die Katze vom ollen Rembrandt herkriegen?«

»Und woher bekommen Sie denn Rembrandts Alte?«

»Sehn Sie mal, Mann!« unterbrach Lupe. »Die organisatorische Seite müssen Sie schon uns überlassen. Sie wolln Rembrandts Katze, die solln Sie auch kriegen. Alles paletti?«

»Aber woher kann ich wissen, ob es die richtige Katze ist?« schmollte Bittersohn.

Lupe blickte seinen Kunden mit einem Ausdruck völliger Entrüstung an. »Mann, mir können Sie doch vertrauen!«

»Wenn man Marihuana von ihm kauft, sollte man allerdings vorsichtig sein«, konnte Sarah sich nicht verkneifen, Bittersohn zuzuraunen, »eh – Liebling«, sie konnte ihn vor diesen Leuten kaum als Mr. Bittersohn anreden, und bei dem Gedanken, ihn Max zu nennen, fühlte sie sich nicht sehr wohl, »meinst du nicht auch, daß wir die Gastfreundschaft dieser netten Leute schon viel zu lange in Anspruch genommen haben?«

»Du hast völlig recht, Schatz. Ich muß Mr. Lupe und Mr. Bengo nur noch eine kleine Anzahlung für den Rembrandt dalassen. Das heißt, wenn diese Dame mit meiner Brieftasche fertig ist –« Bittersohn riß geschickt seine Brieftasche aus Haifischleder aus den Falten des Ponchos neben ihnen und entnahm ihr zwei Fünfdollarnoten. »Ladies und Gentlemen, vielen Dank für den netten und lehrreichen Abend. Kommst du, Liebste?«

»Wartet, ich komme auch mit«, rief die Gräfin Ouspenska.

»Aber«, zischte Sarah, »ich wollte doch –«

»Sicher, Liebling, sobald wir zu Hause sind. Wir würden uns über Ihre Begleitung sehr freuen, Gräfin.«

»Was ist mit Bernie?« fragte Sarah, die inzwischen recht verärgert war. »Soll ich zurückgehen und ihn auch noch holen?«

»Nicht nötig«, sagte die Gräfin. »Bernie schläft in Bude von diese Typen genauso gut wie bei sich zu Hause. Ist genauso muffig da. Kommen Sie, kleine Eisblume, wir suchen uns Taxi. Der umwerfende Max zahlt. Wer so reich ist, daß er sich kann kaufen Rembrandt, kann sich auch Taxi leisten. Aber heute abend du gefällst mir gar nicht, mon ami.«

»Ich schätze, ich bin auch gar nicht ich selbst. Was hast du eigentlich mit diesem Narrenhaufen zu tun, Lydia?«

»Ich bin eben Bohemien. In Boston gibt es heute keine Boheme mehr. Alles zerstört von Brandstiftern. Außerdem diese schlampigen Hippies in besten Jahren sehen so schrecklich aus, daß es guttut meinem Ego. Ehemals schöne Frau auf absterbendem Ast zu sein ist deprimierend. Ich gestehe dir das, weil ich bin betrunken. Selbst sich betrinken ist heute nicht mehr so einfach, wie mal war. Aber mit Hippie-Typen man bekommt jedenfalls freie Drinks, auch wenn sind gestohlen.«

»Und wer stiehlt sie?«

»Alle. Es ist nicht schwer, zu begehen Diebstahl in Laden mit so verbeulte Klamotten.«

»Was wird denn außer Alkohol sonst noch gestohlen?«

Lydia zuckte die Achseln. »Du solltest besser fragen, was wird nicht gestohlen. Alles mögliche, ich denke. Lupe sagt, es ist weniger bourgeois zu stehlen, als zu arbeiten. Ich habe dazu nicht Talent. Paßt außerdem nicht zu Mitglied von alter angesehener Aristokratenfamilie, sich zu verstecken immer vor Bullen.«

»Dieser Lupe scheint mir ein recht unternehmungslustiger Mensch zu sein«, bemerkte Sarah.

»Hat viele Eisen in Feuer, stimmt. Ist teuer, wenn man ist Gammler.«

»Sind Bengos Rembrandts gut?« wollte Bittersohn wissen.

»Gut genug für Touristen von Stadtrundfahrt.«

»Nicht so gut wie die Fälschungen in Madams Palazzo, was?«

»Warum erwähnst du Madam? Der Ort mir bringt Unglück.« Lydia spreizte zwei Finger ab und spuckte dreimal über die linke Schulter. »Mehr ich sage nicht.«

Erstaunlicherweise tat sie dies wirklich nicht. Sie fanden ein Taxi auf der Washington Street und stiegen ein. Als sie schließlich vor den Fenway-Studios angekommen waren, war die Gräfin eingeschlafen und lastete auf Sarahs Schlüsselbein.

»Sie ist genau so schwer wie die weiße Königin in *Alice hinter den Spiegeln.*« Sarah schüttelte ihre Nachbarin. »Gräfin Ouspenska, wachen Sie auf! Sie sind zu Hause.«

»Sollen mich lassen in Frieden«, sagte die Tochter des Schildermalers aus Chelsea. »Mehr ich sage nicht.«

»Verdammt«, meinte Bittersohn, »sie ist völlig weggetreten. Hier, helfen Sie mir, ihren Arm über meine Schulter zu legen, und dann wollen wir mal sehen, wie gut sie im Schlafwandeln ist. Na komm schon, altes Mädchen.«

Es kam ihnen zustatten, daß die Gräfin Ouspenska nicht sehr regelmäßig aß, denn obwohl sie so dünn war, war es keineswegs einfach, sie hinauf in ihr Atelier zu schaffen. »Schauen Sie in ihrer Handtasche nach«, keuchte Bittersohn, »wir brauchen den Türschlüssel.«

Sarah kramte widerwillig in dem wilden Durcheinander herum. »Sie hat so viel Plunder in ihrer Tasche wie – gütiger Gott, schauen Sie sich das einmal an!«

In dem Wirrwarr aus Lippenstiftresten, schmutzigen Taschentüchern und unbezahlten Rechnungen lag ein kleiner Damenrevolver. Bittersohn nahm ihn heraus und öffnete das Magazin. Die Waffe war geladen.

»Was sollen wir denn jetzt bloß machen?« fragte Sarah.

»Legen Sie ihn wieder dahin, wo Sie ihn gefunden haben. Hat sie einen Waffenschein in der Tasche?«

»Ich kann doch nicht so einfach in ihren persönlichen Papieren herumschnüffeln.«

»Aber ich.«

»Dann warten Sie, bis wir sie irgendwo abgesetzt haben. Oh gut, ich glaube, jetzt habe ich einen Schlüssel gefunden.«

»Ich habe eine Neuigkeit für Sie. Die Tür war überhaupt nicht abgeschlossen.« Bittersohn drehte den Türknauf und öffnete die Tür. Es war nicht leicht, die Gräfin die Stufen hinunterzutragen und durch das Chaos aus Möbeln zu manövrieren. Als sie über einen Diwan stolperten, fragte Sarah: »Können wir sie nicht einfach hier lassen?«

»Sicher.« Bittersohn ließ den schlaffen Körper vorsichtig auf das unförmige Plüschmöbel gleiten.

»Die Ärmste.« Sarah blickte auf die ausgemergelte Gestalt, die sich so mutig mit ihrer engen schwarzen Hose und dem grellen Nylonpullover herausgeputzt hatte. »Ich glaube, es ist besser, wenn ich ihr ein paar Schmuckstücke abnehme. Sie klirrt ja bei jeder Bewegung. Vielleicht könnten Sie sich in der Zwischenzeit nach einer Decke umsehen?«

Sie entfernte ein oder zwei Pfund Ketten und Armbänder, zog der Gräfin die abgelaufenen Goldsandalen aus und deckte sie dann mit der abgenutzten Samtdecke zu, die Bittersohn aus dem kleinen Zimmer geholt hatte.

»In Ordnung. Wir sollten jetzt gehen«, flüsterte er.

»Ich dachte, Sie wollten herumschnüffeln.«

»Nicht jetzt.« Er nahm Sarahs Hand und führte sie die Stufen hinauf. Als sie wieder im Korridor waren und die Tür hinter sich geschlossen hatten, erklärte er ihr seinen Sinneswandel. »Lydia ist nicht allein in der Wohnung. Ich habe einen Mann in ihrem Bett gefunden.«

»Wer war es denn?«

»Keine Ahnung. Es war zu dunkel, um irgend etwas zu erkennen, und ich hielt es für unhöflich, das Licht anzuknipsen.«

»Vielleicht war es Mr. Palmerston.« Sarah kicherte nervös. »Ob sie wohl gewußt hat, daß er da war? Man sollte doch denken, daß sie zu Hause geblieben wäre, wenn sie Besuch erwartete. Jedenfalls bei dieser Art von Besuch.«

»Man sollte annehmen, daß sie ein bißchen vorsichtiger wäre und nicht so einfach ihre Tür unverschlossen lassen würde, wenn sie sogar eine Waffe zu ihrem Schutz bei sich trägt. Ich wünschte, irgend etwas von der ganzen Geschichte würde nur ansatzweise einen Sinn ergeben.«

»Das tut es auch«, sagte Sarah. »Das habe ich Ihnen doch eben die ganze Zeit in dieser Bude zu erklären versucht, als Sie mich nicht reden lassen wollten. Es ist Mr. Hayre, genau wie ich gedacht habe.«

»Wie können Sie sich da so sicher sein?«

»Bernie hat mir erzählt, daß man ihm nahegelegt hat, nicht mit Ihnen zu reden.«

»Ich verstehe. Jetzt ist mir natürlich sofort alles sonnenklar.«

»Seien Sie nicht so zynisch. Ich habe Ihnen doch gesagt, daß ich gesehen habe, wie Mr. Hayre heute mittag mit Bill Jones in seinem Laden geredet hat, und daß Bernie auch dabei war. Heute abend ist Lydia dann zu dem Geschäft gegangen und mit Bernie wieder herausgekommen, vielleicht ist er also die ganze Zeit, seit ich ihn gesehen habe, dagewesen; das könnte doch sein, oder? Als dann Bernie heute abend sagte, daß man ihm verboten habe, Ihnen etwas Bestimmtes zu erzählen, wußte ich, daß es entweder Bill Jones oder Mr. Hayre gewesen sein mußte. Das heißt also – ja, was heißt es überhaupt? Wahrscheinlich überhaupt nichts, befürchte ich.«

»Kommt Zeit, kommt Rat«, sagte Bittersohn. »Hoffentlich ist unser Taxi noch da.«

Es war tatsächlich noch da. Als sie darauf zugingen, konnten sie von dem Parkplatz hinter dem Gebäude Stimmen hören.

»Würden Sie bitte im Taxi auf mich warten?« Bittersohn verschwand im Eiltempo um die Ecke. Weniger als eine Minute später war er wieder zurück. »Es waren Palmerston und Jimmy Agnew, der Bruder von Dolores Tawne. Sie stiegen gerade in einen Wagen, der wohl Palmerston gehört.«

»So spät? Mrs. Tawne muß sie ja wunderbar unterhalten haben. Sie ist sowieso absolut vernarrt in den Mann, obwohl ich mir wirklich nicht erklären kann, warum.«

»Die Schönheit liegt im Auge des Betrachters. Zur Tulip Street, bitte.«

»Was das Schönsein betrifft, denke ich, daß ich unbedingt etwas an meiner Kleidung verändern muß«, bemerkte Sarah, die nicht so recht wußte, ob ein lockerer Plauderton noch angebracht war, wo sie nicht mehr das Liebespaar auf dem Weg zur Party waren. »Alle da haben mich für Ihre Mutter gehalten.«

»Das glauben Sie doch wohl selbst nicht!«

»Sie haben mich die ganze Zeit als Ihre Alte bezeichnet.«

»Das war doch ganz anders gemeint.«

»Wic haben sie es dann gemeint?«

Bittersohn räusperte sich. »Der Begriff hat mit Alter nichts zu tun. So bezeichnet man die Frau, mit der ein Mann gerade lebt.«

»Ich verstehe. Ich nehme an, die Gräfin hat ihnen gesagt –« Sarah dachte daran, was die Gräfin den Leuten wohl mitgeteilt haben mochte, und beschloß, das Thema besser fallenzulassen. Danach sagten sie beide nicht mehr viel außer »Gute Nacht«.

Kapitel 11

Sarah wachte aus alter Gewohnheit schon früh auf, fühlte sich jedoch immer noch müde und verwirrt. Hatte sie etwa nur geträumt, einen Revolver in der Handtasche der Gräfin Ouspenska gefunden zu haben? Hatte man sie wirklich für Mr. Bittersohns Frau gehalten? Und war dies tatsächlich der Tag, für den sie ihren Cousin Brooks zum Abendessen eingeladen hatte? An ihre Hausfrauenpflichten erinnert, sprang sie aus dem Bett, duschte sich rasch und drehte ihr feines hellbraunes Haar zu einem Knoten zusammen, wie es sich für eine Pensionswirtin gehörte.

Jetzt, wo sie völlig wach war, erinnerte sie sich wieder lebhaft daran, wie Mr. Bittersohn im Taxi fast während der ganzen Fahrt von der Charles Street bis Brookline Village seine Wange an ihrem Haar gerieben hatte und wie sie nicht versucht hatte, ihn daran zu hindern. Natürlich hatte er sich nur so verhalten, weil es zu ihrem kleinen Rollenspiel gehört hatte, warum also wurde ihr bei dem Gedanken daran derartig heiß, und warum war sie so unruhig, und was um alles in der Welt sollte sie ihm bloß am Frühstückstisch sagen?

Wie sich schließlich herausstellte, brauchte sie so gut wie gar nichts zu sagen. Bittersohn war kein Frühaufsteher, und ihre Gäste hätten sie sowieso nicht aus den Augen gelassen. Als sich Mr. Porter-Smith schließlich verabschiedet und auf den Weg zum Steuerberaterbüro ihres Cousins dritten Grades, Percy Kelling, gemacht hatte, Miss LaValliere zum Unterricht zu Katy Gibbs und Professor Ormsby zu seinem Aerodynamiklabor am Massachusetts Institute of Technology entschwunden waren und Mrs. Gates sich zu einem Vortrag über chinesische Stickerei im Art Museum aufgemacht hatte, erschien Mrs. Sorpende mit neuer Frisur und strahlte nur so vor glücklicher Erwartung.

»Ihr Cousin kommt doch heute abend zum Essen, nicht wahr?« erkundigte sie sich. »Meinen Sie, er wird es auch nicht vergessen?«

»Bestimmt nicht. Brooks freut sich ganz sicher schon darauf. Er hat ausdrücklich erwähnt, daß er sich sehr gern mit Ihnen über den amerikanischen Ziegenmelker unterhalten würde.«

»Den Ziegenmelker?«

»Richtig. Wissen Sie, das sind die Vögel mit den langen Flügeln, die ein bißchen wie Schwalben aussehen, in der Abenddämmerung umherfliegen und immer ›guik‹, ›guik‹ rufen.«

»Ach du liebe Zeit, das sind Ziegenmelker? Ich fürchte, ich muß in Ornithologie noch eine Menge lernen.«

»Ich bin sicher, daß Brooks Ihnen liebend gern hilfreich zur Seite stehen wird.«

»Er ist ein so netter Mensch.«

Mrs. Sorpende betupfte sich vorsichtig mit der Serviette die Lippen und ließ ein weiteres Mal von Sarah ihre Tasse aus der eleganten silbernen Kaffeekanne auffüllen. Sie saß immer noch am Frühstückstisch, als Mr. Bittersohn endlich erschien, sich mit Toast und Eiern vom Buffet bediente, Sarah dankte, als sie ihm eine Tasse Kaffee reichte, schnell alles verspeiste und wieder verschwand. Mrs. Sorpende setzte ihr Mona-Lisa-Lächeln auf, nickte Sarah mit einem Gesichtsausdruck zu, den Sarah eindeutig als leichte Befriedigung zu identifizieren glaubte, und sagte, sie müsse sich auf den Weg machen.

Sarah konnte sich nicht erklären, warum Mrs. Sorpende so beglückt aussah. Sie selbst fühlte sich ziemlich niedergeschlagen. Was hatte Bittersohn wohl? Wenn man bedachte, wie er sich gestern abend im Taxi verhalten hatte und mit wie vielen netten Kosenamen er sie in Brookline Village so freigiebig bedacht hatte, hätte man doch eigentlich erwarten können – aber derartige Gedanken sollte sie besser so kurz nach ihrem tragischen Verlust sowieso nicht haben. Vielleicht war Mr. Bittersohn zu dem Schluß gelangt, daß sie eine kokette Frau war, die man in ihre Schranken weisen mußte.

Vielleicht hatte er aber auch Zahnschmerzen oder einen Kater, obwohl sie der Meinung gewesen war, daß sein Betrunkensein nur Tarnung gewesen war, um die merkwürdigen Leute, die ihm den Rembrandt verkaufen wollten, sobald Bengo ihn gemalt hatte, hinters Licht zu führen. Oder vielleicht hatte er auch schlecht geschlafen. Er hatte ganz so ausgesehen. War er gestern abend noch einmal weggegangen, nachdem er sie nach Hause gebracht hatte?

Sie wünschte, sie könnte genug Mut aufbringen, Mariposa danach zu fragen. Diese war inzwischen hereingekommen, um abzuräumen, und wunderte sich zweifellos, warum Sarah immer noch allein hier mit einer Tasse kalten Kaffee herumtrödelte, obwohl sie mit dem Spülen an der Reihe war.

Sie entschied sich jedoch, nicht zu fragen. Es würde sonst viel zu sehr aussehen, als ob sie sich allzu lebhaft für Mr. Bittersohn interessierte, was sie ja auch wirklich tat, wenn sie ganz ehrlich war. Sarah stand auf und nahm das schmutzige Geschirr in Angriff.

»Übrigens«, teilte sie Mariposa über die Spüle hinweg mit, »kommt mein Cousin Brooks heute abend zum Essen.«

»Ist das der kleine Kerl, der am Sonntag mit diesem alten Drachen hier war?«

»Ach richtig, Sie haben die beiden ja verpaßt, nicht? Ich nehme an, Charles hat Ihnen alles erzählt.«

»Genau.« Mariposa reichte ihr noch mehr Kaffeetassen herüber. »Er sagte, Ihr Cousin sei ein sehr netter Herr, aber die alte Schreckschraube, die er bei sich hatte, sei ein wirklich komischer Vogel.«

»Das ist übrigens Brooks' Hobby. Ornithologie, meine ich natürlich. Er beobachtet Vögel, imitiert ihre Stimmen und dergleichen.«

»Ach wirklich? Ich habe einen Onkel, der kann Kampfhähne nachmachen.«

»Das erwähnen Sie vielleicht im Beisein von Brooks besser nicht. Er hält von Hahnenkämpfen nämlich herzlich wenig. Ich übrigens auch.«

»Na ja, das ist eine alte Kulturbarriere. Was sollen wir denn für unseren Vogelliebhaber kochen?«

»Ich wollte ihm eigentlich Paprikahuhn servieren.«

»Das verstehe ich nicht. Wenn er so ein großer Vogelfan ist, wieso ißt er dann Hühnchen?«

»Vielleicht tut er das gar nicht. Daran habe ich überhaupt noch nicht gedacht. Aber wir haben ja Nudeln und Bohnen mit Mandeln dazu, außerdem gibt es als Nachtisch Karottenpudding. Davon wird er schon satt werden.«

Rein zufällig war Mr. Bittersohn ein großer Freund von Paprikahuhn, Nudeln, Bohnen mit Mandeln und Karottenpudding.

Sarah war während der letzten Tage so sehr mit anderen Dingen beschäftigt gewesen, daß sie mit der Hausarbeit ins Hintertreffen geraten war. Sie ging also ihre Pflichten an, nahm sich allerdings ein wenig mehr Zeit, um die Pflanzen in Mr. Bittersohns Zimmer zu gießen und einen Knopf an seinem Schlafanzug anzunähen. Normalerweise gehörte diese Arbeit nicht zu ihren Pflichten den Logiergästen gegenüber, doch der Knopf lag nun einmal auf dem Boden, und schließlich war es nicht das erste Mal, daß sie einem Mann einen Schlafanzugknopf annähte.

Warum gab sie sich dann diesmal so viel Mühe? Sie biß ziemlich wütend den Faden durch, faltete den Schlafanzug zusammen und legte ihn ans Fußende des Bettes, klopfte die gemusterten Kissen auf, die dem Zimmer eher das Aussehen eines kleinen Apartments als eines Schlafzimmers geben sollten, und ging nach oben, um die Möhren für den Karottenpudding zu raspeln.

Um sechs Uhr war Sarah in der Bibliothek; sie trug ihr graues Dinnerkleid aus Satin und Granny Kays Eisvogelbrosche. Etwa eine Minute später traf Brooks ein, makellos wie ein Pinguin in seiner Smokingjacke, die er bekommen hatte, als er 1946 mit seinem Studium an der Harvard-Universität begonnen hatte. Dankend nahm er ein Glas von dem Sherry, den Charles irgendwo sehr preiswert ohne viel Fragen erstanden hatte, und informierte Miss LaValliere umfassender über den kleinen Alk, als ihr vielleicht lieb war. Dann erschien Mrs. Sorpende in ihrem neuen pfirsichfarbenen Spitzenkleid mit rostfarbenen Satinbändern, und Miss LaValliere wurde überaus höflich wieder sich selbst überlassen.

Als sie sich schließlich zum Essen hinsetzten, war längst klar, daß Brooks allein ein noch größerer Erfolg war als mit Mrs. Tawne im Schlepptau. Mrs. Gates, selbst auf Lebenszeit Mitglied der Audubon-Gesellschaft zum Schutz der Vogelwelt, fand es faszinierend, Brooks' Ansicht über die Nestgepflogenheiten der Rohrdommel zu erfahren. Mr. Porter-Smith entdeckte in ihm einen verwandten Geist, der ebenfalls allzeit bereit war zu einem geharnischten Wortaustausch über sämtliche Aspekte irgendeines beliebigen Themas. Mr. Bittersohn kam erst spät und war recht wortkarg, taute jedoch auf, als er sein Paprikahühnchen aß. Sie genossen das Kaminfeuer in der Bibliothek, während sie ihren Kaffee tranken, und alle waren glücklich und zufrieden, bis Charles hereinkam und verkündete: »Mr. Palmerston ist hier, gnädige Frau.«

»Was heißt ›hier‹?« fragte Sarah unwirsch.

»Im Augenblick in der Eingangshalle, Madam.«

»Was um Himmels willen möchte er denn? Hat er nach Mr. Bittersohn gefragt?«

»Nein, gnädige Frau, er wünscht nur, angemeldet zu werden.«

»Dann führen Sie ihn doch herein und holen noch eine Tasse für ihn.«

Wenn Palmerston gekommen war, um sich über den neuesten Stand von Bittersohns Nachforschungen zu informieren, schien er es jedenfalls nicht besonders eilig zu haben. Seine beiden Angestellten beachtete er kaum, verbeugte sich nur leicht vor Mrs. Gates und Miss LaValliere und gar nicht vor Professor Ormsby und Mr. Porter-Smith, setzte sich dann neben Mrs. Sorpende auf das Sofa und begann, sie mit seiner Meinung nach galanten und scherzhaften Bemerkungen zu traktieren. Brooks Kelling, der an der anderen Seite der Dame saß, rückte näher heran und begann ein recht raffiniertes Ablenkungsmanöver.

Die höfliche Dame verhielt sich bewundernswert wie immer, parierte Mr. Palmerstons plumpe Komplimente mit eleganten Banalitäten und sprach Mr. Kelling ihr tiefstes Mitgefühl für das Schicksal des Singkranichs aus, während Professor Ormsby einfach nur dasaß und sie anstarrte.

Mrs. Sorpendes Charme mochte durchaus für zwei Bewunderer reichen, doch bei drei Verehrern, die sie praktisch alle gleichzeitig bestürmten, begann auch sie, Ermüdungserscheinungen zu zeigen. Bittersohn vergaß seine eigenen Sorgen und versuchte heldenmütig, Palmerstons Glut zu dämpfen, indem er das Wilkins-Museum erwähnte, als Charles wieder den Raum betrat, mit einem Gesicht, das aussah, als hätte ihm jemand eine Seite aus dem falschen Drehbuch untergeschoben. Seine Stimme zitterte sogar ein wenig, als er den neuen Besuch meldete: »Gräfin Ouspenska.«

Bittersohn und Sarah wechselten überraschte Blicke, Palmerston zuckte zurück wie ein angeschossener Vielfraß. Die anderen, mit Ausnahme von Professor Ormsby, der sich immer noch völlig gebannt auf die Teile von Mrs. Sorpendes Dekolleté konzentrierte, die durch die pfirsichfarbene Spitze zu sehen waren, setzten sich aufrecht hin und machten erwartungsvolle Gesichter.

Mrs. Gates war in jüngeren Jahren viel gereist und hatte schon viele Gräfinnen kennengelernt, doch selbst sie war zweifellos niemals einer Frau wie Lydia begegnet. An diesem Abend trug die

Ikonenmalerin ein langes Kleid aus auberginefarbenem Leinen, das mit authentischen byzantinischen Motiven bemalt war. Sie hatte Make-up und billige Ketten und Armbänder verschwenderisch zu ihrer Verschönerung eingesetzt. Doch ihre aristokratische Haltung und ihre hagere Schönheit, die im Schein des Feuers vorteilhaft zur Geltung kam, waren derart beeindruckend, daß die meisten Anwesenden sich erhoben.

Sarah ging natürlich auf ihren Gast zu, begrüßte die Gräfin und stellte ihr die Anwesenden vor. Miss LaValliere gelang trotz ihres knappen Röckchens ein ganz akzeptabler Knicks. Mrs. Sorpende, die bedeutend mehr Material zur Verfügung hatte, war noch erfolgreicher. Mrs. Gates, die alt und reich und auch selbst vornehm genug war, sich um keine Etikette kümmern zu müssen, grüßte die Gräfin immerhin mit einem Lächeln und einem kurzen Nicken ihres gepflegten weißhaarigen Hauptes.

Mr. Porter-Smith verbeugte sich elegant aus der Taille heraus und küßte ihre adlige Hand, Mr. Bittersohn folgte seinem Beispiel und blinzelte dabei Sarah ganz unauffällig zu. Sogar Professor Ormsby brachte ein Nicken und Grunzen zustande. Brooks Kelling erntete einen bewundernden Blick von Mrs. Sorpende, als er der Gräfin die Hand schüttelte und »Hallo, Lydia, nett, dich zu sehen« zu ihr sagte.

»Mr. Palmerston kennen Sie ja bereits«, beendete Sarah die Vorstellung boshaft.

»Ho, ho, und wie ich den kenne! Seine Erinnerung ist schöner als meine, aber köstlicher Kaviar läßt mich verzeihen vieles.«

Palmerston reagierte verständlicherweise reichlich verwirrt. »Es tut mir leid, aber ich kann Ihnen nicht ganz folgen«, stammelte er.

Lydia zuckte die Achseln. »Das sowieso tut heute keiner mehr. Ist schrecklich, wenn man wird alt und häßlich.«

Miss LaValliere kicherte. Sarah sagte schnell: »Wir trinken gerade Kaffee, Gräfin. Darf Charles Ihnen auch eine Tasse holen? Und vielleicht möchten Sie eine Kleinigkeit dazu essen?«

»Vielen Dank. Kaffee ist genug. Heute ich gegessen Kaviar und Blini. Ich lass' mir Einladung gutschreiben für Tag, wenn Lage nicht so rosig, ja?«

»Natürlich, wir würden uns alle sehr freuen.« Sarah hatte das unbestimmte Gefühl, daß sie ihren Abendbrottisch gerade um eine Gräfin bereichert hatte. »Gräfin Ouspenska ist eine hochbegabte Künstlerin«, teilte sie den Anwesenden mit und hoffte, damit alles hinreichend erklärt zu haben.

»Es muß wundervoll sein, wenn man etwas schaffen kann, dessen Schönheit dauerhaft ist und das anderen Freude bringt«, sagte Mrs. Sorpende genau aufs Stichwort.

»Lohnt sich auch finanziell manchmal«, erwiderte die hochbegabte Künstlerin. »Findest du nicht auch, mein Engel?«

Palmerston zuckte zusammen. »Was? Eh, ja. Das tut es wohl. Ja«, er fuhr mit etwas größerer Sicherheit fort, »ich bin sicher, daß Bittersohn mir zustimmen wird, daß es sich sogar sehr gut bezahlt machen kann. Besonders unter bestimmten Bedingungen.« Er verschränkte die Arme und setzte eine geheimnisvolle Miene auf.

Die Gräfin ignorierte die versteckte Anspielung. »Bei mir sind, außer manchmal, Umstände immer lausig. Ich bin nicht wie deine gute Dolores, die sagt, sie kann machen einen Penny arbeiten für zwei. Aber ihre Pennys arbeiten gar nicht, liegen in Sparschwein und ruhen sich aus.«

»Dolores Tawne ist das Salz der Erde«, sagte Brooks mit hartnäckiger Ergebenheit.

»Sie ist nicht übel«, gab die Gräfin zu, »aber verleiht nicht gern Geld, bloß vielleicht lausigem Bruder.«

»Sie findet Jimmy manchmal ganz schön strapaziös«, gab Brooks zu, »aber wenigstens geht er seiner Arbeit im Palazzo nach.«

»Wo wir gerade vom Palazzo sprechen«, Mrs. Sorpende nutzte die Gelegenheit, das Gespräch wieder in ein anspruchsvolleres kulturelles Fahrwasser zu steuern, »mir ist gerade eingefallen, daß ich morgen nachmittag zufällig frei habe und mir einen Museumsbesuch gönnen möchte. Merkwürdigerweise war ich noch nie im Wilkins-Museum.«

»Ist das wirklich wahr, Teuerste?« rief Palmerston. »Dann müssen Sie mir die Ehre erweisen, Ihr ganz persönlicher Führer zu sein.«

»Großer Gott, Schnucki, steckt ja noch richtig Leben in altem Bock!«

»Ist es Ihnen je in den Sinn gekommen, Gräfin Ouspenska«, bemerkte Palmerston förmlich, »daß es auch Menschen gibt, die Ihre witzigen Bemerkungen reichlich unpassend finden?«

»Aber sicher, Schnucki.«

Miss LaValliere kicherte wieder.

Palmerston erhob sich. »Ich fürchte, ich muß mich allmählich verabschieden. Vielen Dank für die überaus reizende Bewirtung, Mrs. Kelling. Bittersohn, von Ihnen erwarte ich einen Zwischenbericht. Kommen Sie Freitag morgen Punkt neun Uhr fünfzehn in mein Büro. Mrs. Sorpende, es wird mir eine Ehre sein, Sie morgen nachmittag um zwei Uhr mit meinem Wagen abzuholen, wenn Ihnen die Zeit recht ist.«

»Zwei Uhr paßt mir ganz ausgezeichnet, Mr. Palmerston.«

»Gräfin Ouspenska«, schloß er frostig, »vielleicht gestatten Sie mir, Sie zu Ihrem Atelier zurückzubegleiten, damit Ihnen nichts passiert.«

Lydia klimperte überrascht mit ihren maskarabeladenen Wimpern und strahlte dann Palmerston an. »In Ordnung, Schnucki. Wie in alten Zeiten.« Sie warf allen Kußhände zu und schritt majestätisch am Arm ihres wutschnaubenden Begleiters hinaus.

»Eine sehr erfrischende Person«, stellte Mrs. Sorpende fest.

»Wer? Palmerston?« stieß Brooks wütend hervor.

»Ich dachte dabei eigentlich mehr an die Gräfin Ouspenska.«

»Oh, Mrs. Kelling, Sie müssen sie unbedingt bald einmal zum Essen einladen«, sprudelte Miss LaValliere hervor. »Sie ist zum Totlachen. Ich war total enttäuscht, als Mr. Palmerston sie weggeschleppt hat. Warum war er wohl so nett zu ihr, obwohl sie ihn einen alten Bock genannt hat?«

»Vielleicht weil er sie möglichst schnell hier heraushaben wollte, bevor sie noch etwas anderes zu ihm sagen konnte«, meinte Mrs. Gates, die sich köstlich amüsiert hatte.

»Nun, ich gehe jetzt auch«, knurrte Professor Ormsby und verschwand.

Endlich hatte Cousin Brooks Mrs. Sorpende für sich allein. »Werden Sie etwa auch ›mein Schnucki‹ zu ihm sagen?« verlangte er in einem plötzlichen Anflug von Eifersucht zu wissen.

»Das würde mir nicht einmal im Traum einfallen.« Mrs. Sorpende hob ihre gepflegte Hand und spielte mit den Satinbändern an ihrem Mieder. »Mr. Palmerston wollte lediglich gegenüber einem Mitglied dieses ehrbaren Hauses höflich sein. Ich glaube nicht, daß er an meiner Person auch nur das geringste Interesse hat. Erzählen Sie mir doch bitte noch mehr über die Kolibris, Mr. Kelling.«

»Also«, sagte Brooks, »es gibt da eine wunderschöne Kolibriart mit dem Namen Prachtelfe.«

Die Anwesenden verließen einer nach dem anderen auf Zehenspitzen die Bibliothek und überließen die beiden ihren Kolibris.

Kapitel 12

Es war schon lange nach zehn, und Sarah wollte sich gerade zum Schlafengehen fertigmachen, als ihr plötzlich einfiel, daß sie noch nicht alles für das Frühstück vorbereitet hatte. Sie ging also zurück in die leere Küche und erledigte ihre Arbeit, als Bittersohn plötzlich in der Türe erschien.

»Ich dachte mir, daß Sie es sind, als ich in der Küche Geräusche hörte«, sagte er etwas verlegen. »Ich wollte mich dafür bedanken, daß Sie den Knopf an meinem Schlafanzug festgenäht haben.«

Sarah errötete. »Ach, das ist doch nicht der Rede wert. Ich habe nur das Zimmer aufgeräumt und zufällig den Knopf gefunden – und – ich – ich glaube, wir haben keine Hafergrütze mehr.«

»Ich dachte zuerst, es sei Mariposa gewesen«, fuhr er fort und versuchte verzweifelt Konversation zu machen, was untypisch für ihn war und wobei er sich auch noch recht ungeschickt anstellte, »aber als ich sie daraufhin ansprach, sagte sie mir, daß sie mit Nadel und Faden überhaupt nichts anzufangen weiß und daß Charlie alle Näharbeiten für sie erledigt, und ich wußte, daß Charlie es nicht getan haben konnte, denn er war schon zur Arbeit gegangen, als ich den Knopf abgerissen habe. Also habe ich angenommen, daß Sie es gewesen sein mußten.«

»Nun ja, stimmt«, erwiderte Sarah wenig geistvoll. Würden sie jetzt hier die ganze Nacht herumstehen und banale Bemerkungen über diesen Knopf machen? »Ich muß schon zugeben«, versuchte sie von dem unliebsamen Thema abzulenken, »daß ich ganz schön überrascht war, als sowohl Mr. Palmerston wie auch Ihre alte Freundin Lydia heute abend hier aufgetaucht sind. Was mag sie wohl dazu veranlaßt haben?«

»Schwer zu sagen. Abgesprochen haben werden sie sich wohl kaum. Kann ich mir wirklich nicht vorstellen. Sie schienen alles andere als erfreut zu sein, als sie sich sahen.«

»Ich denke, Mr. Palmerston hatte vielleicht vor, Mrs. Sorpende zu treffen, und Lydia wollte bei Ihnen ihr Glück versuchen.«

»Warum denn bei mir?«

»Schließlich findet sie Sie umwerfend. Das erzählt sie mir jedenfalls ununterbrochen.«

»Aber Sie teilen diese Meinung nicht.«

»Mr. Bittersohn, wenn Sie auf Komplimente aus sind, müssen Sie einen günstigeren Zeitpunkt wählen, wenn ich mir nicht gerade den Kopf über Professor Ormsbys Porridge zerbreche. Haben Sie übrigens jemals irgendeinen Menschen derart schlingen sehen wie ihn?«

»Ja, meinen Onkel Hymie am Abend nach Yom Kippur. Was halten Sie eigentlich davon, morgen mit mir uneingeladen irgendwo aufzukreuzen?«

»Wo denn aufkreuzen? Meinen Sie etwa, bei Mrs. Sorpende und Mr. Palmerston Anstandswauwau spielen? Wie sollen wir das denn anstellen?«

»Da haben wir so unsere Methoden. Aber nun mal ganz im Ernst, können Sie sich für ein paar Stunden hier loseisen?«

»Wenn ich den ganzen Morgen wie ein Pferd schufte, schaffe ich es. Was soll ich tun?«

»Mich um halb zwei im Little Building an der Ecke Tremont Street und Boylston Street treffen. Ich habe dort so etwas wie ein Büro, das ich manchmal für besondere Aufträge benutze.« Er gab ihr die Apartmentnummer. »Nehmen Sie den Aufzug, und kommen Sie einfach zu mir hoch. Ich werde dort sein. Und erwarten Sie nichts Luxuriöses.«

»Aber warum können wir uns nicht irgendwo in der Nähe des Palazzos treffen?«

»Weil wir uns vorher irgendwo verkleiden müssen.«

»Als was denn?«

»Das hängt ganz davon ab, was ich im Kostümverleih auftreiben kann.«

»Du lieber Himmel! Sie wissen wirklich, wie man das Leben abwechslungsreich gestaltet, Mr. Bittersohn. Aber Sie haben doch nicht etwa an so etwas Albernes wie Mickymaus-Ohren gedacht?«

»Gnädige Frau, wir Meisterdetektive tragen bei unseren geheimen Missionen keine Mickymaus-Ohren. Es sei denn, es handelt sich tatsächlich um einen Mickymaus-Fall, worüber ich mir hier noch nicht so ganz sicher bin. Besitzen Sie ein Paar Sandalen, die Mrs. Sorpende nicht kennt?«

»Ja, aber die sind in einem traurigen Zustand.«

»Das macht nichts. Bringen Sie die Dinger in einer Tragetasche mit. Und wenn Mariposa oder sonstwer Sie fragen sollte, wohin Sie gehen, lügen Sie einfach. Sagen Sie ihr, Sie wollten Ihren Anwalt wegen der Hypothekensache aufsuchen.«

»Aus dem Mann habe ich bereits alles herausgeholt, was überhaupt zu holen ist.«

»Machen Sie sich nichts daraus, er hat es mit Ihnen wahrscheinlich ganz genauso gemacht.« Bittersohn zögerte noch einen Moment, sagte dann etwas überstürzt »Bis morgen« und war wieder verschwunden.

Ausnahmsweise nahm er am nächsten Tag sein Frühstück schon sehr zeitig ein und war bereits aus dem Haus, bevor Sarah auch nur ein Wort über ihr heimliches Treffen mit ihm wechseln konnte. Trotzdem war sie am Nachmittag desselben Tages Punkt halb zwei auf dem Weg in die vierte Etage des Little Building, die Sandalen in der Hand. Zu ihrer großen Überraschung wurde sie an der Tür des Büros, das sich tatsächlich als ein winziges kleines Loch herausstellte, von einem Inder erwartet, der genauso aussah wie die zahlreichen Inder, die man so oft in den Städten sieht, in denen es von Studenten aus aller Herren Ländern nur so wimmelt. Seine Haut war bronzefarben, sein kurzer Bart tiefschwarz, sein Haar völlig unter einem Turban aus irgendeinem meterlangen gazeartigen blaßgrünen Stoff verborgen. Er trug einen cremefarbenen Anzug und hielt eine Aktentasche aus Plastik in der Hand.

»Ich – entschuldigen Sie bitte«, stammelte sie, »ich wollte eigentlich zu –«

»Sie haben vielleicht Menachem Begin erwartet?«

»Mr. Bittersohn! Ich hätte Sie nie im Leben erkannt!«

»So war es auch gedacht. Kommen Sie schnell herein, und schlüpfen Sie in Ihren Sari.«

»Ich habe doch überhaupt keinen.«

»Doch, den haben Sie, und außerdem fugit, wie mein neuer Arbeitgeber so schön sagen würde, tempus.«

»Aber ich habe doch keine Ahnung, wie man ihn faltet.«

»Es liegt eine Skizze dabei.« Er holte die Schachtel vom Kostümverleih. »Sehen Sie, zuerst ziehen Sie dieses Blusending hier an, dann wickeln Sie sich dieses Vorhangding um, schlagen es ein und ziehen das übriggebliebene Ende über Ihre Schulter.«

»Was passiert, wenn es sich löst?«

»Immer positiv denken. Ich nehme an, Sie würden es begrüßen, wenn ich solange in den Flur gehe?«

»Wenn man bedenkt, was ich alles ausziehen muß, um diese Montur anzuziehen, wäre es mir wirklich lieber.«

Bittersohn ging nach draußen, blieb aber in der Nähe der Tür. Sie konnte seinen Schatten hinter dem Milchglasfenster sehen. Nach etwa einer Minute rief er: »Wie läuft es denn?«

»Die Bluse ist schrecklich eng«, stöhnte sie. »Sie ist eigentlich vorn zum Zuknöpfen, aber es geht irgendwie nicht.«

»Ziehen Sie sie doch über den Kopf.«

»Das versuche ich ja gerade.«

»Soll ich Ihnen helfen?«

»Bloß nicht!« Sie hatte ihren Büstenhalter und ihren Unterrock ausziehen müssen.

Schließlich gelang es ihr, ihren schmalen Oberkörper in das hautenge Mieder zu zwängen und die scheinbar endlosen Falten des Saris zu bändigen, bis das Resultat schließlich entfernt der Skizze ähnelte. »In Ordnung, ich bin fertig. Allerdings darf ich nicht atmen, sonst platzt es. Sie dürfen jetzt wieder hereinkommen.«

Bittersohn betrat wieder das Zimmer. »Nicht schlecht für eine Anfängerin. Wo ist Ihr Lippenstift?«

»Auf meinen Lippen, vermute ich.«

»Ich dachte eigentlich an den Rest. Sie brauchen ein Kastenzeichen.«

»Ich brauche eine Sicherheitsnadel.«

»Vergessen Sie die Schlitze, und geben Sie mir das Ding.«

Sie kramte in ihrer Handtasche und gab ihm den Lippenstift. Er bog ihren Kopf nach hinten, so daß er sehen konnte, wo er den Punkt zwischen ihre Augen machen mußte. Seine Hände fühlten sich ziemlich heiß an, und Sarah stellte erstaunt fest, daß sie ein wenig zitterten.

»So, ich habe Ihnen nur ein ganz kleines Kastenzeichen gemacht. Das paßt zu Ihrer Rolle als Halbblut.«

»Ich bin sicher eine absolute Fehlbesetzung.«

»Sie sind heute ja ganz schön munter. Warum haben Sie denn die Sandalen noch nicht angezogen?«

»Warum haben Sie mich nicht daran erinnert, bevor ich in diesen Kokon geschlüpft bin? Jetzt wage ich nicht mehr, mich zu bücken.«

»Wo haben Sie die Dinger denn? Hier in der Tasche?« Bittersohn zog sie heraus, kniete sich vor Sarah hin, zog ihr die Schuhe aus und die Sandalen an, während sie oben auf dem abgenutzten Tisch hockte, der beinahe das einzige Möbelstück im Raum war. »Jetzt noch das Make-up und die Perücke.«

»Make-up? Warum haben Sie dann überhaupt dieses Meisterwerk auf meine Stirn gemalt, wenn ich jetzt noch Make-up auflegen soll? Und wie soll ich es schaffen, meine Arme in dieser Zwangsjacke von einer Bluse zu bewegen?«

»Ich wußte doch, daß Sie meckern würden. Beeilen Sie sich, wir müssen los.« Er stülpte ihr die schwarze Perücke über den Kopf und warf ihr den langen, dicken Zopf über die Schulter. Dann verbrachte er sehr viel Zeit mit dem Versuch, das braune Make-up von ihren Wangen nach oben zu verteilen. Sarah mußte sich schließlich selbst zu Ende schminken.

»So, jetzt bin ich so bereit wie möglich. Aber was ist mit unseren Augen? Ihre sind blaugrau und meine grünlichbraun. Haben nicht alle Inder braune Augen?«

»Wir müssen sie eben verdecken.« Bittersohn reichte ihr eine billige Sonnenbrille und setzte sich selbst ebenfalls eine auf. »Und nicht vergessen: Sie sprechen kein Wort Englisch. Wenn Sie jemand anspricht, lächeln Sie nur und schütteln den Kopf.«

»Und was mache ich, wenn es ein Inder ist?«

»In dem Fall sprechen Sie eben einen anderen Dialekt. Können Sie nicht aufhören, den Sari festzuhalten, als ob er jeden Moment herunterfallen würde?«

»Genau das befürchte ich ja. Kann ich meinen Mantel anziehen, oder soll ich mich im Interesse der künstlerischen Detailtreue totfrieren?«

»Kennt Mrs. Sorpende den Mantel?«

»Das glaube ich kaum. Er hat meiner Mutter gehört, und ich habe ihn kaum getragen, außerdem sieht sie mich nie, wenn ich ausgehe.«

»Dann werfen Sie sich den Mantel über die Schultern. Hier, kommen Sie, ich helfe Ihnen.« Bittersohn packte Sarah und ihre diversen Gewänder in den Aufzug, fuhr mit ihr nach unten und rief ein Taxi. Er sprach mit einem Akzent, den er verwegener

Weise für besonders britisch hielt und in den er merkwürdige Zischlaute einbaute, und ließ den Fahrer zu Madam Wilkins' Palazzo fahren. Dann lehnte er sich zurück, um seine Rolle weiter auszuarbeiten, während Sarah in der anderen Ecke des Fahrzeuges kauerte und überlegte, ob sie lieber auf der Stelle vor Verlegenheit sterben oder damit solange warten sollte, bis man sie in Madams Palazzo ausgebuht hatte.

Dabei hatte sie sich völlig umsonst aufgeregt, denn keiner beachtete sie auch nur im geringsten. Mrs. Sorpende war unmittelbar vor ihnen eingetroffen. Sogar der Kartenabreißer am Eingang seufzte: »Mein Gott, ich hatte keine Ahnung, daß so etwas Tolles heute überhaupt noch herumläuft.«

Sarah wurde durch das Drehkreuz gedrängt und dann mehr oder weniger sich selbst überlassen. Vielleicht erwartete man von indischen Ehefrauen, daß sie unterwürfig hinter ihrem Ehemann hertrotteten. Jedenfalls würden Mr. Bittersohns Versuche, in Mrs. Sorpendes Nähe zu kommen, keinem auffallen, denn jedes andere männliche Wesen im Palazzo versuchte gerade genau dasselbe. Hutlose Damen in soliden, pflegeleichten Kleidern warfen Mrs. Sorpende wütende Blicke zu, als sie mit ihrem Gefolge im Schlepptau das Treppenhaus emporschwebte.

Wie Sarah hatte auch Mrs. Sorpende ihren Mantel in der Garderobe gelassen, da die riesigen Oberlichte das Innere des Palazzos genügend mit Solarenergie aufheizten. Sie trug ihr einziges schwarzes Tageskleid, ein Gewand, das nicht besonders aufregend gewesen wäre, wenn es ihr nicht wie angegossen gepaßt hätte. Die Perlen an Ohren und Hals waren so dezent, daß sie echt aussahen. Auf ihrem kompliziert frisierten Haar thronte eine phantastische Création aus cremefarbenem Satin und Tüll, die Anatole aus Paris sicher zu ekstatischen Schreien hingerissen hätte. Ihre Hände steckten in blendendweißen Handschuhen. Ein Hauch von Rosenduft umgab sie. Sie war, um es mit einem Wort zu sagen, eine Sensation.

C. Edwald Palmerston strahlte. Er hörte gar nicht mehr auf, Mrs. Sorpendes Arm zu tätscheln, um ihre Aufmerksamkeit auf das eine oder andere Exponat zu lenken, und ließ sich mit derartigem Enthusiasmus über die Bilder aus, als sei er nie informiert worden, daß es sich lediglich um Kopien handelte. Als sie den Großen Salon erreichten und er begann, den Romney zu preisen, erinnerte sich Sarah plötzlich an einen Satz, den Dolores

Tawne gesagt hatte: »Wenn sogar ein Kenner wie Sie den Unterschied nicht feststellen kann, dann ist es doch wohl ziemlich egal, oder?«

So gedachte Palmerston also die Sache anzugehen. Wenn Max Bittersohn die gestohlenen Bilder nicht zurückholen konnte – und da es viele waren und sie schon seit langer Zeit verschwunden waren, war dies eigentlich unmöglich –, würde Palmerston einfach hingehen und so tun, als habe es nie einen Raub gegeben. Die Kopien würden dort hängen bleiben, wo eigentlich die Originale hingehörten, und noch mehr Staub und Patina ansetzen, daß selbst Experten Schwierigkeiten haben würden, sie als Fälschungen zu identifizieren. So lange, wie es Palmerston gelang, Treuhänder des Museums zu bleiben, konnte er dafür sorgen, daß keine drastischen Sauberungs- oder Restaurationsaktionen vorgenommen wurden. Damit konnte er sein Gesicht wahren, und ein weiteres Stück Bostoner Kulturgut wäre für immer verloren. Sarah machte eine unwillkürliche Geste des Protests, woraufhin sich ihr Sari aufzulösen begann.

Glücklicherweise hatten alle Anwesenden in ihrer Nähe noch immer nur Augen für Mrs. Sorpende, und glücklicherweise entdeckte sie sogar eine Zufluchtsstätte. Jetzt kam es ihr durchaus gelegen, daß Madam Wilkins eine leidenschaftliche Sänftensammlerin gewesen war. Sarah raffte die problematischen Seidenbahnen zusammen, so gut sie konnte, eilte zur nächsten Sänfte und verschwand darin.

Die letzte Person, die in diesem winzigen kastenartigen Gestell auf Stelzen gesessen hatte, war sehr wahrscheinlich irgendeine gepuderte, ungebadete Schönheit mit Perücke aus der Zeit Ludwigs XV. gewesen. Die Sänfte roch jedenfalls so, als sei sie seitdem nicht mehr gelüftet worden. Die kleinen ovalen Fensterchen waren grün vor Alter und fast undurchsichtig vor Schmutz. Sarah kauerte sich dankbar auf den schmalen Sitz, hielt sich so weit wie möglich vom Fenster weg und machte sich an die Wiederherstellung ihres Saris.

Sie suchte verzweifelt in der Handtasche, die sie bei sich trug, und fand darin wie durch ein Wunder eine kleine Sicherheitsnadel. Nach einigen komplizierten Verrenkungen gelang es ihr, die heimtückischen Faltenwürfe zu ordnen und zu sichern. Sie hätte also eigentlich die Sänfte wieder verlassen können, doch sie tat es nicht. Erstens schmerzten ihre Füße, denn durch die Nylonstrümpfe, die auszuziehen sie nicht übers Herz gebracht hatte, fand sie in den ausgetretenen alten Sandalen keinen richtigen Halt. Außerdem machte es ihr richtig Spaß, von ihrem geheimen Ausguck Mrs. Sorpende und ihre Bewunderer zu beobachten.

Bittersohn gehörte zu denjenigen, die ihr die schönsten Augen machten, und Sarah verspürte einen Anflug von Verärgerung. Aha, jetzt vermißte er endlich seine kleine Inderin. Er schaute sich überall im Großen Salon nach ihr um, konnte sie aber nicht finden. Sie jedoch konnte ihre gesamte Umgebung genau überblicken und blieb dennoch unsichtbar.

Inzwischen war Bittersohn offenbar wirklich verunsichert und begann, besorgt auszusehen. Während die anderen in den Tizian-Saal entschwanden, verfolgte er langsam den Weg zurück, den er gekommen war, wobei er genau an ihrer Sänfte vorbeikam. Sarah beschloß, die Sänfte zu verlassen, öffnete die Tür, die zu ihrer Verwunderung sofort ohne ein Geräusch nachgab, und schlich auf Zehenspitzen hinter ihm her.

»Suchen Sie jemanden?«

Bittersohn fuhr erschrocken zusammen. Wenn er näher an der Balustrade gestanden hätte, wäre es durchaus möglich gewesen, ihn vom Balkon zu stoßen. Besonders wenn er ein alter Mann gewesen wäre, mit dessen Gesundheit es nicht zum Besten stand. Joe Witherspoon mußte genau an dieser Stelle hinuntergestürzt sein.

»Um Gottes willen! Wo waren Sie bloß?« fragte er wütend.

Urplötzlich wußte Sarah haargenau, wo sie gewesen war. Sie zeigte auf die Sänfte. »Da drinnen. Wo der Mörder von Joe Witherspoon sich versteckt hatte, bevor er Joe umgebracht hat.«

Bittersohn ging zu der Sänfte, öffnete die Tür, steckte seinen Kopf hinein, fuhr mit dem Zeigefinger über eines der Scharniere und stellte fest, daß sie frisch geölt waren. Er nickte, wischte sich die Hand an seinem Taschentuch ab und eilte mit Sarah hinter Palmerston und seinem Gefolge her.

Jetzt kam der Augenblick, vor dem sich Sarah am meisten fürchtete. Doch auch Brooks würdigte sie keines einzigen Blikkes. Sie befand sich direkt vor ihrem Onkel siebten Grades. Er stand stramm wie ein Soldat, obwohl das Monster Eifersucht ihm schwer zu schaffen machte. Jedesmal, wenn Palmerston

Mrs. Sorpendes weißen Handschuh berührte, zuckte er schmerzhaft zusammen. Jedesmal, wenn Palmerston »meine Verehrteste« sagte, verzerrten sich Brooks' Lippen in stummem Protest. Und jedesmal, wenn C. Edwald Palmerston irgendeine Information zum Besten gab, widersprach ihm Brooks sotto voce, beispielsweise: »Und dies, meine Verehrteste (wütendes Knurren), ist ein einzigartiges (höchst gewöhnliches) Beispiel französischer (flämischer) Stickerei (Gobelinstickerei) aus dem 14. (17.) Jahrhundert. Es zeigt Amor, wie er nach Psyche schmachtet (St. Gambrinus nach durchzechter Nacht).«

Als die Gruppe zu kichern anfing, starrte Palmerston den Wächter auf Widerruf wütend an und lenkte Mrs. Sorpende in Richtung Kapelle. Doch bei dem Versuch, der allwissenden Skylla zu entgehen, lief er genau in die Fänge der finster dreinblickenden Charybdis in der wenig inspirierenden Gestalt von Dolores Tawne. Zum ersten Mal schien Mrs. Tawne nicht überglücklich, Mr. Palmerston zu treffen. Der Gentleman selbst nahm den Farbton einer verwelkten Runkelrübe an, ließ hastig Mrs. Sorpendes Arm los und versuchte ungeschickt, die Damen einander vorzustellen.

»Wir kennen uns bereits«, sagte Dolores und fuhr fort, das Silber zu polieren.

»Mrs. Tawne ist eine wahre Säule unseres Museums«, stammelte Palmerston.

Mrs. Sorpende lächelte unergründlich und sagte, das habe sie bereits gehört. Mrs. Tawne ignorierte sie einfach beide. Nach einem peinlichen Moment bleiernen Schweigens wurde die Besichtigungstour fortgesetzt. Aber für Palmerston hatte der Tag jeden Reiz verloren. Seine Galanterien wurden verstohlener und spärlicher. Er hätte seinen Gast am liebsten regelrecht durch den Rest der Ausstellung gehetzt, doch Mrs. Sorpende war eine Frau, die sich so etwas nicht gefallen ließ. Sie bewegte sich mit derselben ruhigen Bedächtigkeit wie vorher von einem gefälschten Kunstwerk zum nächsten.

Sarah fror und bekam allmählich von den Sandalen Blasen an den Füßen. Die zu enge Bluse war eine ständige Qual. Ihr Sari hatte sich offenbar erneut gelockert, und hier gab es keine Sänften mehr. Von Zeit zu Zeit zupfte sie an Bittersohns Ärmel, doch er schlenderte weiter, begutachtete interessiert die falschen Donatellos und beäugte den Star des Tages mit unverhohlener Bewunderung. Erst als er gesehen hatte, wie die elegante Dame feierlich in Palmerstons Limousine verschwand, erklärte er sich bereit zu gehen.

»Wenn der alte Lustmolch zum Tee bleibt, sterbe ich«, stöhnte Sarah, als sie wenig hoffnungsvoll versuchten, sich am Fenway-Park ein Taxi heranzuwinken.

»Das wird er schon nicht«, versicherte Bittersohn. »Er wird schnurstracks zurückeilen, um mit Mrs. Tawne Frieden zu schließen. Er hat eine Heidenangst vor ihr, haben Sie das nicht gesehen?«

»Vielleicht erinnert sie ihn an seine Mutter. Ach je, wir müssen ja zuerst noch in Ihr Büro, um uns umzuziehen. Dabei ist es doch schon so schrecklich spät. Mariposa fragt sich bestimmt bereits, wo ich bleibe. Ich hoffe wirklich, daß Sie alles herausbekommen haben, was Sie erfahren wollten.«

»Ich denke, wir haben schon ein oder zwei wichtige Dinge herausbekommen, obwohl ich nicht genau sagen kann, um was es sich handelt. Außerdem hatte ich das Gefühl, daß Mrs. Sorpende bei ihrem Gang durch den Palazzo dringend einen Leibwächter brauchte, und außerdem« – er rückte an seinem Turban, bis er ihm verwegen auf dem Kopf thronte, als sie es endlich geschafft hatten, sich ein Taxi zu organisieren – »wollte ich schon immer einmal so ein Ding hier tragen.«

Kapitel 13

Die Straßen waren noch voller, als sie erwartet hatten. Als sie schließlich an der Turmuhr der Kirche an der Arlington Street vorbeikamen, mußte Sarah entsetzt feststellen, daß es beinahe schon Viertel vor fünf war.

»Mariposa wird außer sich sein!«

»Im Büro gibt es ein Telefon. Sollten wir jemals dort ankommen, rufen Sie einfach zu Hause an und erzählen ihr, daß Sie unerwartet aufgehalten worden sind. Kann sie mit dem Abendessen nicht auch ohne Sie anfangen?«

»Doch, ich habe schon alles vorbereitet, aber was soll ich ihr denn bloß sagen? Sie kauft mir bestimmt nicht ab, daß ich unerwartet aufgehalten worden bin.«

»Dann sagen Sie ihr eben, Sie wären in einer Drehtür steckengeblieben und stundenlang im Kreis herumgewirbelt.«

»Genauso fühle ich mich auch. Ich hoffe, Sie haben genug Cold Cream in dem Schminkköfferchen, das bei den Kostümen war.«

»Wieso?«

»Damit wir diese ekelhafte Schminke wieder abbekommen, natürlich.«

»Geht das nicht ganz einfach mit Wasser und Seife?«

»Ganz bestimmt nicht.«

»Ach du meine Güte!«

Glücklicherweise hielten sie bald vor dem Little Building. Da es in der Gegend viele Theater gab, fanden sie in einem Drugstore ganz in der Nähe alles, was sie brauchten. Sarah kaufte außerdem eine Schachtel mit Papiertüchern und ließ Bittersohn mit grimmiger Genugtuung zahlen. Dann gingen sie hinauf in sein deprimierendes kleines Büro, wo ihre Kleidungsstücke überall verstreut auf dem Schreibtisch und dem Stuhl lagen.

Sarah erledigte ihren Anruf, informierte Mariposa, daß sie im Anwaltsbüro aufgehalten worden sei, und bat sie, doch ohne sie anzufangen. »Ich komme so schnell wie möglich«, fügte sie hinzu, bevor Mariposa ihren Gefühlen Ausdruck geben konnte, und legte auf.

Bittersohn piekste vorsichtig mit einem Finger in die Cold Cream und fand sie höchst unangenehm. »Was zum Teufel sollen wir denn mit dem Zeug anfangen?«

»Aufs Gesicht schmieren und wieder abwischen. Mit ein bißchen Glück kommt dann das Make-up auch herunter.«

»Zeigen Sie mal.«

Sarah bedeckte ihre Wangen mit der weißen Fettcreme und schmierte energisch auch sein Gesicht ein. Sie rieben und wischten, bis sie beide mehr oder weniger wieder ihre normale Farbe angenommen hatten.

»Jetzt müssen wir uns aber umziehen. Wollen Sie zuerst nach draußen gehen oder soll ich?«

»Warum drehen wir uns nicht einfach um und benehmen uns wie erwachsene Menschen?«

»In Ordnung. Es ist ja auch schon schrecklich spät.« Und Cousine Mabel war ziemlich weit weg. Sarah ließ die schmutzige Jalousie herunter, zog sich hinter den Schreibtisch zurück, um wenigstens den Anflug von Privatsphäre zu bewahren, und wickelte sich aus ihrem Sari. Dann wurde es allerdings problematisch. Als sie nämlich versuchte, die Bluse auszuziehen, blieb sie buchstäblich stecken. Sie schaffte es nur, das Kleidungsstück gerade so weit hochzuzwängen, daß sie ihre Schultergelenke nicht mehr bewegen konnte und über ihre Arme jede Kontrolle verlor. Sie drehte und wand sich und kämpfte gegen das tückische Kleidungsstück, jedoch ohne jeden Erfolg. Schließlich stieß sie hervor: »Sie müssen mir helfen!«

»Wie um Himmels willen sind Sie denn überhaupt in dieses Ding hineingekommen?« Bittersohn zog mit aller Kraft. Die Bluse gab nach, und Sarah kam zum Vorschein.

Das war es natürlich. Sie hatte gewußt, daß es früher oder später einmal so kommen würde. Doch sie hatte nicht erwartet, daß es ausgerechnet in einem schäbigen kleinen Büro an der Windy Corner passieren würde, daß Bittersohn nur ein Unterhemd und Sarah selbst lediglich eine Nylonstrumpfhose anhaben würde und daß ihre beiden Gesichter vor billiger Fettcreme glänzen würden.

Und Mr. Porter-Smith war wahrscheinlich schon in seinem weinroten Smoking mit den burgunderroten Satinaufschlägen auf dem Weg in die Bibliothek, und erwartete, sie dort anzutreffen, um von ihr einen Sherry eingeschenkt zu bekommen. Ausgerechnet so hätte es wirklich nicht passieren dürfen. Es hätte eigentlich gar nicht passieren dürfen, wo ihr geliebter Alexander doch erst fünf Monate tot war. Aber sie hatte selbst gewollt, daß es passierte. Sie wünschte sich, daß es nicht aufhörte zu passieren, bis alles passiert war, was überhaupt passieren konnte, doch das durfte nicht sein. Sie riß sich also los und begann, sich anzuziehen.

»Es tut mir wirklich leid«, sagte Bittersohn heiser. »Das war unverzeihlich von mir.«

»Ich weiß«, antwortete sie mit abgewandtem Gesicht. »Darum habe ich dich ja auch die ganze Zeit geohrfeigt und gesagt, du solltest aufhören. Oh Max, ich –« Sie hatte inzwischen ihre Bluse und ihren Rock angezogen. Vielleicht konnte sie jetzt noch einmal ganz schnell zurück in seine Arme, nur für einen Moment? »Kannst du noch ein bißchen Geduld mit mir haben? Mir die Möglichkeit geben, wieder etwas festen Boden unter die Füße zu bekommen?«

»Und dann?« murmelte er in ihren Nacken.

»Dann können wir doch immer noch sehen, wie sich alles weiter entwickelt, nicht?« Sie bemerkte, daß ihre Stimme zitterte, ihr Körper übrigens auch. »Aber vielleicht ist dir das alles viel zuviel.«

»Sarah, um Gottes willen! Weißt du überhaupt, was ich durchmache da unten im Souterrain, wo ich doch weiß, daß du oben ganz allein in deinem Doppelbett liegst? Ich bin schon soweit, daß ich mich am Bettpfosten festketten muß.«

»Für mich ist es auch nicht gerade ein Kinderspiel, wenn du die Wahrheit wissen willst. Aber im übrigen hat dein Bett gar keine Pfosten, du brauchst also gar nicht so melodramatisch zu werden. Beeil dich lieber ein bißchen, wir müssen nach Hause, bevor Charles uns wegen ungehörigen Betragens vor die Tür setzt.«

»Meine Güte, was bist du doch für eine grausame Frau!« Aber Bittersohn lächelte trotzdem, als sie das Büro verließen.

Sie gingen zu Fuß durch den Common. Es wäre dumm gewesen, für so eine kurze Strecke ein Taxi zu nehmen, und es war wirklich angenehm für eine müde junge Frau, sich bei einem galanten Gentleman einzuhängen, der ihr dabei behilflich war, die vielen Bordsteine und Schlaglöcher zu meistern, selbst wenn sie manchmal nur in der Phantasie existierten. Sie wählten den Hintereingang, denn es wäre dumm gewesen zu riskieren, daß Mrs. Sorpende sie zusammen sah und sich möglicherweise an etwas erinnerte, das sie eigentlich nicht wissen durfte. Der dunkle kleine Eingang bei den Mülltonnen war ein sicherer, wenn auch gänzlich unromantischer Ort, an dem sich eine Pensionswirtin von ihrem Pensionsgast küssen lassen konnte, ohne erwischt zu werden. Es wäre dumm gewesen, sich die Gelegenheit entgehen zu lassen.

Als Sarah schließlich nach erfolgreicher Vermeidung all dieser Dummheiten in ihre Küche eilen konnte, war die Zeit für das Abendessen in gefährliche Nähe gerückt. »Mariposa«, keuchte sie, »tut mir leid, daß ich so spät komme. Ist alles in Ordnung?«

»Alles tipptopp, Schätzchen. Wo haben Sie denn die ganze Zeit gesteckt?«

»Das habe ich Ihnen doch schon gesagt, im Büro meines Anwalts.«

»Ja, das haben Sie gesagt. Señor Max war offenbar auch im Anwaltsbüro?«

»Natürlich nicht! Wir haben uns nur zufällig draußen getroffen.«

»Das muß ja ein heftiger Zusammenstoß gewesen sein!«

»Ich muß mich umziehen.«

Sarah hätte sich eigentlich denken können, daß Mariposa gesehen hatte, wie sie zusammen am Hintereingang angekommen waren, und dann die richtigen Schlüsse gezogen hatte, warum Sarah so lange gebraucht hatte, um nach oben zu kommen. Als sie schließlich in ihrem Zimmer im Spiegel ihr verschmiertes Gesicht und die in Unordnung geratene Kleidung sah, mußte allerdings auch sie zugeben, daß sie sich an Mariposas Stelle die Anwaltsgeschichte genausowenig abgekauft hätte. Aber Mariposa hatte ja nun wirklich keinen Grund, ihr eine Moralpredigt zu halten.

Sie machte sich in Windeseile frisch und warf sich in ein unverwüstliches Dinnerkleid aus schwarzem Crêpe, das schon ihre Mutter viele Jahre lang begleitet hatte, bevor Sarah es von ihr geerbt hatte. Falls sie damit allerdings unterbewußt versucht haben sollte, sich ins Gedächtnis zu rufen, daß sie immer noch eine Witwe war, die um ihren geliebten Mann trauerte, machte sie offenbar irgend etwas falsch. Sie war nämlich kaum unten in der Bibliothek angekommen, als Mrs. Gates auch schon feststellte: »Mrs. Kelling, Sie strahlen ja heute richtig! Demnach darf man annehmen, daß Ihr Treffen erfolgreich verlaufen ist?«

»Wir haben jedenfalls Fortschritte gemacht«, sagte Sarah und versuchte, dabei Mr. Bittersohn nicht anzusehen, wobei sie spürte, daß er seinerseits versuchte, sie nicht anzusehen. »Mrs. Sorpende, tausend Dank, daß Sie mich vertreten haben. Sie machen es viel besser, als ich es je könnte. Charles, habe ich noch Zeit für einen kleinen Sherry vor dem Essen?«

»Sie haben noch genau fünf Minuten Zeit, Madam.« Charles war eindeutig verstimmt darüber, daß er seine Vorstellung während der letzten Stunde nicht vor einem vollen Haus hatte geben können.

Sarah trank trotzdem ihren Sherry. Sie fühlte, daß sie ihn dringend brauchte. »Wie ist denn Ihr Besuch in Madams Palazzo verlaufen, Mrs. Sorpende?«

»Höchst informativ.« Auch Mrs. Sorpende schien heute zu strahlen. Sie hatte sich doch wohl nicht etwa in C. Edwald verliebt? Wie konnte sie einen Mann wie ihn überhaupt ertragen, es sei denn, sie dachte dabei an seinen Reichtum, seine soziale Stellung oder daran, daß er als potentieller Ehemann zur Verfügung stand? Mrs. Palmerston war vor Jahren an schierer Verzweiflung gestorben, jedenfalls hatte das Anora Protheroe behauptet. »Natürlich«, fuhr Mrs. Sorpende fort, »gab es diverse Punkte, zu denen ich mir sehr viel mehr Information gewünscht hätte. Glauben Sie, ich könnte Ihren Cousin Mr. Brooks Kelling bitten, mir noch ein paar Einzelheiten zu erklären?«

»Ich denke, das wäre völlig in Ordnung. Brooks weiß bestimmt sehr viel mehr als Mr. Palmerston.« Sarah bemerkte einen Blick von Charles und nickte. »Sollen wir jetzt hineingehen?«

Heute abend traute sie sich nicht, Mr. Bittersohn neben sich sitzen zu lassen, und benutzte statt dessen Mrs. Gates und Mr. Porter-Smith als Puffer. Mr. Bittersohn widmete sich daraufhin aus Rache Miss LaValliere, Mrs. Sorpende begann mit Mrs. Gates, die sich noch gut an die exzentrische Millionärin erinnern konnte, eine Konversation über Madam Wilkins, und Professor Ormsby konzentrierte sich wie gewöhnlich darauf, alles zu vertilgen, was sich innerhalb seiner Reichweite befand. Sarah war froh darüber, daß sie sich nur mit Mr. Porter-Smith beschäftigen mußte. Mit ihm brauchte man sich nicht zu unterhalten, es genügte schon, regelmäßig zu nicken, und währenddessen konnte man seinen Gedanken freien Lauf lassen. Sarah wagte allerdings nicht, ihre Gedanken zu der Szene in Mr. Bittersohns Büro zurückschweifen zu lassen, und konzentrierte sich statt dessen auf die Sänfte.

Warum hätte sich Witherspoons Mörder darin verstecken sollen? Wenn es einer der Wächter gewesen war, hätte er einfach herüberschlendern und vorgeben können, einen Blick auf die Uhr werfen zu wollen, genau wie es Dolores Tawne vermutet hatte, oder er hätte seine Notdurft in den Wasserfall verrichtet, wie Nick Fieringer es den Wächtern unterstellt hatte, oder so getan, als wollte er sich ein wenig ausruhen und nur ein paar Worte wechseln. Sarah glaubte auch nicht eine Sekunde, daß sämtliche Wächter, den furchtsamen Melanson vielleicht einmal ausgenommen, derartig gewissenhaft waren, daß sie ihre Posten nie verließen, wenn der Besucherandrang nicht so stark war.

Wenn der Mörder jemand war, den Witherspoon nicht gekannt hatte, hätte sich diese Person doch einfach als gewöhnlicher Besucher beziehungsweise Besucherin ausgeben können, vielleicht den Wächter heranrufen können, um ihm eine Frage zu stellen, oder so tun können, als wolle er etwas beschädigen, so daß Witherspoon auf der Stelle aus dem Tizian-Saal geeilt wäre, um ihn daran zu hindern. Aber wenn es jemand gewesen war, der Joe Witherspoon gekannt hatte und der sich um diese Zeit normalerweise nicht im Palast aufzuhalten hatte, etwa Mr. Fitzroy, der Museumsleiter, der sich angeblich den Tag freigenommen hatte – sie bemerkte, daß sie vergessen hatte, an der richtigen Stelle zu nicken, und daß Mr. Porter-Smith sie beleidigt ansah.

»Bitte, fahren Sie doch fort«, bat sie daher. »Sie haben so eine lebendige Art, alles zu erklären.« In Wirklichkeit hatte sie nicht die geringste Ahnung, worüber er gerade gesprochen hatte, doch Mr. Porter-Smith war sofort bereit, ihrem Drängen nachzugeben und sie wieder ihren Gedanken zu überlassen.

Wer hätte sonst noch völlig unerwartet dort auftauchen können? Dolores Tawne? Nein, sie schien im Museum völlig freie Hand zu haben und konnte offenbar kommen und gehen, wie es ihr gerade paßte. Ihr Bruder Jimmy vielleicht? Er war angeblich krank gewesen, aber vielleicht stimmte das gar nicht. Hätte er sich nicht vielleicht abgemeldet, um sich so selbst ein Alibi zu verschaffen? Aber wie hätte er es schaffen können, ungesehen durch das riesige große Treppenhaus bis in den zweiten Stock zu gelangen?

Er hätte ja die vorhergehende Nacht im Museum verbringen können. Aber in der darauffolgenden Nacht hätte er unmöglich dort geblieben sein können, denn das gesamte Museum war durchsucht worden. Ob er zurück in die Sänfte geklettert war und darauf vertraut hatte, daß man ihn in der allgemeinen Verwirrung nach Witherspoons Tod übersehen würde? Vielleicht hatte er sich sogar als Inder verkleidet? Sarah hielt es an dieser Stelle für besser, nicht zu intensiv an Verkleidungen zu denken.

Browns Geschichte mit dem Kirchensilber war möglicherweise vorher arrangiert worden, um die Aufmerksamkeit vom Großen Salon abzulenken, so daß jemand, der sich in der Sänfte versteckt hielt, die sich in günstiger Nähe zum Treppenhaus befand, eine gute Chance hatte zu verschwinden, während Brown vorgab, ganz allmählich wieder das Bewußtsein wiederzuerlangen, und die gesamte Aufmerksamkeit auf den angeblichen Raubüberfall lenkte.

Daß Brown kurz darauf ermordet worden war, paßte auch ins Bild. Wenn man nämlich an der Ermordung eines Menschen beteiligt war, konnte es durchaus geschehen, daß man von seinem Mittäter als Risikofaktor angesehen wurde, besonders wenn man faul und unzuverlässig war und dazu neigte, bei der Arbeit zu trinken. Nach allem, was Sarah bisher über Jimmy Agnew gehört hatte, hielt sie ihn durchaus nicht für unverdächtig, war doch sein Posten ganz in Witherspoons Nähe gewesen und tat er doch grundsätzlich gehorsam alles, was ihm seine Schwester, das allgegenwärtige Faktotum, befahl.

Und wer kam denn noch in Frage? Nick Fieringer? Sarah hielt den Atem an. Theoretisch hätte Nick während des Konzerts im Tintoretto-Saal unten im ersten Stock sein müssen und dort normalerweise ganz allein gewartet, bis das Konzert zu Ende war, sich die Musiker für den Beifall bedankt hatten und zu dem darauffolgenden bescheidenen Empfang gegangen waren. Aber hatte er dies tatsächlich getan? Bestimmt war er von niemandem kontrolliert worden, und selbst während des ganzen Trubels nach dem Konzert hätte er sich leicht absetzen können, ohne daß man ihn sonderlich vermißt hätte.

Ihr war bereits bei der einen oder anderen Veranstaltung, die Fieringer arrangiert hatte, aufgefallen, daß er eine bestimmte Art hatte, sich unsichtbar zu machen, die er ganz nach Belieben einzusetzen verstand. Seine Masche bestand darin, zu verkünden, er sei doch nur der gute, alte Nick, allzeit bereit, den anderen den Vortritt zu lassen und sie die Lorbeeren ernten zu lassen. Er hätte ganz leicht die eine Treppe hinuntereilen können, während sie und Max noch mit Brooks unter dem Romney standen und sich intensiv unterhielten; immerhin war ihre Sicht durch die Sänften, die überall auf dem Balkon herumstanden, ziemlich versperrt gewesen. Er hätte sich wieder unauffällig unter die Gäste mischen und einfach so tun können, als sei er die ganze Zeit im Tintoretto-Saal gewesen.

Wenn ihn irgend jemand zufällig vom zweiten Stock hatte herunterkommen sehen, hätte er einfach auf die besagte Erklärung zurückgreifen können, er sei nach oben zur Quelle des Wasserfalls gegangen, um sich dort schnell zu erleichtern. Da das oberste Wasserbecken vom Treppenhaus aus gesehen auf der anderen Hofseite lag, beinahe unmittelbar dort, wo Witherspoon über die Balustrade gestürzt war, hätte er sogar behaupten können, gesehen zu haben, wie sich der Wächter selbst hinabgestürzt hatte, und darauf hätte er sicher nicht einmal einen Meineid zu schwören brauchen, denn man hätte es ihm sicher auch so geglaubt – immer angenommen, sie verdächtigte nicht einen Unschuldigen.

Die Musiker selbst waren ganz gewiß unschuldig. Sie hatten immerhin die ganze Zeit vor dem Publikum gestanden. Doch was war mit den merkwürdigen Freunden von Bernie dem Pianisten? Lydia Ouspenska hatte gesagt, sie seien sowieso alle Diebe. Bengo malte echte Werke alter Meister, Lupe war ein gerissener Kerl, über die anderen konnte man nur Spekulationen anstellen. Sarah hätte ihnen alles mögliche zugetraut, aber warum hätten sie sich in der Sänfte verstecken sollen? Es war doch sehr unwahrscheinlich, daß Witherspoon einen von ihnen gekannt hatte, außerdem sahen sie sich sowieso alle ziemlich ähnlich.

Außer Lydia Ouspenska. Die Gräfin fiel überall auf. Sie kannte Dolores Tawne und war früher Palmerstons Geliebte gewesen, es war also mehr als wahrscheinlich, daß sie den Palazzo schon oft besucht hatte, und Witherspoon hatte schließlich von Anfang an dort gearbeitet. Er hätte Lydia ganz bestimmt erkannt, wenn sie ihm die Möglichkeit gegeben hätte, sie zu sehen, und eine Sänfte als Versteck war exotisch genug, um ihrem Sinn für Dramatik zu genügen.

Doch Sarah hoffte, daß Lydia unschuldig war. Außerdem hatte sie jetzt wirklich genug Spekulationen angestellt. Sie nickte Mr. Porter-Smith ein letztes Mal zu und begann, sich mit Mrs. Gates über Seiji Osawa, den Chefdirigenten des Boston Symphony Orchestra, zu unterhalten.

Kapitel 14

An diesem Abend wollte zufällig jeder ausgehen. Mrs. Gates verfügte über zwei Konzertkarten für die Symphony Hall und hatte Mrs. Sorpende gefragt, ob sie sie nicht begleiten wolle. Professor Ormsby mußte zu einer Fakultätsversammlung. Miss LaVallieres Großmutter in der Mount Vernon Street gab einen Empfang und hatte Jennifer befohlen, mit ein paar vorzeigbaren jungen Herren zu erscheinen, also hatte Mr. Porter-Smith kurzerhand seine erlauchte Person und einige seiner Untergebenen aus dem Steuerberatungsbüro zur Verfügung gestellt. Mariposa und Charles verfolgten zweifellos ihre eigenen Pläne.

Sarah und Max Bittersohn blieben also ganz allein zurück. Sie dachte gerade darüber nach, ob es Wahnsinn wäre, ihn nach oben in ihr kleines Wohnzimmer einzuladen, und er dachte sicher gerade darüber nach, ob sie wohl verrückt genug sein würde, ihn danach zu fragen, als es an der Tür klingelte. »Ich gehe schon«, sagte Sarah, ziemlich erleichtert, daß sie endlich eine Entschuldigung hatte, das gespannte Schweigen zu brechen.

»Nein, ich gehe. Ich möchte nicht, daß du im Dunkeln noch allein die Tür aufmachst.« Mit diesen Worten schritt ihr selbsternannter Beschützer hinaus in den Flur, und kurz darauf hörte Sarah, wie er sagte: »Treten Sie näher, und sagen Sie bitte das Kennwort.«

»Wilkins, nehme ich an«, sagte die Stimme von Brooks Kelling. »Empfangen Sie heute abend überhaupt Gäste?«

»Aber sicher. Meine hochgeschätzte Pensionswirtin und ich überlegten gerade, wo wir wohl eine dritte Person zum Binokelspielen herbekommen könnten. Was ist denn passiert?«

»Erstens dachte ich, daß es Sie vielleicht interessiert, daß Palmerston heute morgen alle Wächter, also auch mich, zusammengetrommelt und darüber informiert hat, daß er einen Experten von auswärts gebeten hat, die Gemälde im Museum zu schätzen.«

»Ich habe mich schon gefragt, wann er wohl darauf kommen würde. Wen hat er sich denn an Land gezogen?«

»Einen Spanier, der mit dem Prado zu tun hat, glaube ich. Sein Name ist Dr. Aguinaldo Ruy Lopez.«

»Hochinteressant. Wann soll er denn eintreffen?«

»Schon morgen. Palmerston sagt, er läßt Ruy Lopez auf eigene Kosten aus Barcelona einfliegen.«

»Aber ich dachte immer, der Prado wäre in Madrid«, sagte Sarah.

»Ist er auch. Derartige Nebensächlichkeiten sind doch jetzt völlig unbedeutend. Wie ich gerade sagen wollte, Palmerston hat uns also mitgeteilt, daß er es nach den jüngsten beunruhigenden Ereignissen, wie er elegant andeutete, für das Beste halte, als reine Formalität eine Schätzung vornehmen zu lassen. Er sagte, es sei ein Beschluß des Treuhandausschusses, was allerdings völliger Unsinn ist. Der hat sich nämlich seit 15 Jahren nicht mehr getroffen.«

»War Mrs. Tawne auch anwesend?«

»Selbstverständlich.«

»Was hielt sie denn von Palmerstons Idee?«

»Sie war ganz Feuer und Flamme. Später hat sie noch versucht, uns davon zu überzeugen, daß sie es war, die diesen Vorschlag zuerst gemacht hat.«

»Nach dem Treffen?«

»Nein, später. Nachdem Palmerston die ganze Zeit mit seiner neuesten Eroberung herumstolziert ist.«

»Brooks, hör auf, so ein Gesicht zu machen«, rief Sarah. »Du kannst doch nicht allen Ernstes glauben, daß eine intelligente Frau wie Mrs. Sorpende sich von diesem alten Schwachkopf einwickeln läßt? Sie war nur höflich zu ihm, weil sie mich nicht blamieren wollte. Da er sie in meinem Haus eingeladen hat, hielt sie es für ihre Pflicht, freundlich zu ihm zu sein und seine Einladung anzunehmen.«

»Wirklich? Und zu mir ist sie sicher auch nur aus Pflichtgefühl freundlich?«

»Was für ein Unsinn. Sie findet dich sehr nett und hält dich für etwas ganz Besonderes. Und nur zu deiner Information: Heute abend ist sie mit Mrs. Gates in die Symphony Hall gegangen, du brauchst also gar nicht so wild mit deinen großen grünen Augen zu funkeln. Sie wird todunglücklich sein, wenn sie herausfindet, daß sie dich verpaßt hat. Sie hat mich noch beim Abendessen gefragt, was ich davon halte, wenn sie dich bittet, ihr einige der Kunstobjekte in Madam Wilkins' Palazzo näher zu erklären, weil Palmerston so ein Idiot ist, daß sie die halbe Zeit überhaupt nicht verstanden hat, was er gesagt hat.«

»Das hat sie wirklich gesagt?«

»Na ja, sie ist zu höflich, es so geradeheraus zu sagen, aber sie hat es ziemlich deutlich durch die Blume gesagt. Nicht wahr, Mr. Bittersohn?«

»Ich habe noch nie irgend jemand etwas so deutlich andeuten hören. Aber noch einmal zurück zu diesem Ruy Lopez, Kelling. Haben Sie eine Ahnung, wann genau er eintreffen soll?«

»Morgen früh um neun Uhr. Wir bekommen die Überstunde anderthalbfach bezahlt, da wir normalerweise erst um zehn Uhr öffnen. Wir waren alle hocherfreut über diese unerwartete Großzügigkeit.«

»Kann ich mir vorstellen. Ist es irgendwie möglich, sich diesen Ruy Lopez anzusehen?«

»Man könnte ihm vielleicht im Gebüsch auflauern.«

»Man könnte auch als Verdächtiger festgenommen werden. Sonst noch irgendwelche Geistesblitze?«

»Würde Ihnen ein Foto genügen?«

»Sicher. Aber woher wollen Sie wissen, ob er überhaupt für Sie posieren will?«

»Er würde davon natürlich nichts wissen.«

»Verstehe. Sie haben eine Minikamera in Ihrer Krawattennadel versteckt.«

»Nein, in meiner Gürtelschnalle. Die Idee stammt aus einem Dick-Tracy-Comic, die Einzelheiten habe ich selbst ausgeklügelt. Ich brauche sie vorwiegend für Aufnahmen von Fischadlernestern und ähnlichem. So habe ich beide Hände frei, wenn ich an einem Baum hänge oder an einem Seil über einem Abgrund baumele. Schließlich bin ich ja auch nicht mehr der Jüngste.«

Bittersohn grinste. »Ich kann es einfach nicht glauben. Sind Sie auch sicher, daß er die Kamera nicht bemerken wird?«

»Das haben Sie ja schließlich auch nicht.« Brooks holte zwei winzige, aber peinlich scharfe Abzüge hervor. Das eine zeigte den vorübergehend dunkelhäutigen Bittersohn mit seinem Turban, wie er mit einem ekelhaft lüsternen Gesichtsausdruck auf Mrs. Sorpendes verlängerten Rücken starrte. Das zweite zeigte Sarah, die mit der einen Hand ihren sich auflösenden Sari umklammerte und sich mit der anderen ihren blasengeplagten Fuß rieb.

»Mein Gott! Glauben Sie, daß Palmerston uns auch erkannt hat?«

»Ganz bestimmt nicht. Sie müssen bedenken, Bittersohn, daß ich ein hervorragend geschulter Beobachter bin. Wenn man erst einmal in der Lage ist, 30 oder 40 verschiedene Teichrohrsängerarten im Flug zu unterscheiden, läßt man sich nicht so einfach von einem Klecks Lippenstift auf der Stirn seiner Nichte siebten Grades hinters Licht führen. Eure Verkleidung war wirklich gut, obwohl ich der Meinung bin, daß Sarahs Oberteil ein bißchen zu eng war. Nur aus rein wissenschaftlichem Interesse, Sarah, wie hast du das Ding bloß an- und ausbekommen?«

»Mit beträchtlichen Schwierigkeiten«, antwortete Sarah sittsam. »Was wolltest du uns denn sonst noch sagen, Brooks?«

»Daß die Eingeborenen allmählich zu murren anfangen. Keiner der Wächter glaubt, daß Brown sich selbst umgebracht hat, und über Witherspoon macht sich inzwischen auch jeder seine eigenen Gedanken. Sie reden über nichts anderes mehr. Aber natürlich nicht mit Dolores.«

»Weil sie es Palmerston weitererzählen würde?«

»Hauptsächlich, weil keiner sie mag. Ich selbst habe sie ja immer für das Salz der Erde gehalten, aber jetzt, wo ich jeden Tag aus nächster Nähe mit ihr zu tun habe, finde ich, daß sie ein ziemlicher Tyrann ist, wenn man diese Bezeichnung für eine Frau überhaupt benutzen kann, was allerdings heutzutage sicher möglich ist. Heute morgen hat sie beispielsweise Melanson als Angsthasen beschimpft, was sowohl unfreundlich als auch zoologisch unhaltbar ist.«

»Hat sie sich zum Tod von Brown und Witherspoon geäußert?« fragte Bittersohn.

»Sie ist davon überzeugt, daß beide Todesfälle Unfälle waren. Oder behauptet es wenigstens. Sie meint, daß Brown versucht hat, einen Selbstmord vorzutäuschen, und zwar aus demselben Grund, aus dem er auch diesen dummen Raubüberfall in der Kapelle in Szene gesetzt hat. Aus einer Art kindischem Bedürfnis nach Aufmerksamkeit. Sie behauptet, daß ein Mann, der Sachen wie Bay Rum und Vanilleextrakt trinkt, wahrscheinlich der Meinung ist, daß ein bißchen Abbeizmittel ihm nicht schadet. Man muß zugeben, daß diese Hypothese etwas für sich hat. Sie behauptet allerdings außerdem noch, daß Brown ihren Bruder Jimmy zum Trinken verleitet hat, und das ist wirklich kompletter Schwachsinn.«

»Was sagt denn Jimmy selbst dazu?«

»Nichts, was sich wiederzugeben lohnt. Jimmy ist unfähig, an irgend etwas anderes als ans Trinken zu denken.«

»War er letzten Sonntag wirklich krank?« fragte Sarah.

»Das nehme ich an, denn er mußte mich höchstpersönlich für die Vertretung bezahlen, und zwar aus eigener Tasche – oder wahrscheinlich eher aus der Tasche seiner Schwester. Jimmy hat bisher sämtliche Krankmeldungen dazu genutzt, seine diversen Kater auszukurieren. Warum glaubst du denn, daß er nicht krank gewesen ist?«

»Ich dachte nur so.« Sie erklärte genauer, was sie gedacht hatte. »Ergibt das für dich irgendeinen Sinn? Hätte Jimmy Agnew beispielsweise an einem Tag, an dem er eigentlich hätte abwesend sein sollen, unbemerkt in den zweiten Stock hochgehen und wieder herunterkommen können?«

Brooks überlegte. »Ich kann nicht behaupten, daß es völlig unmöglich gewesen wäre«, meinte er schließlich, »immerhin gewöhnt man sich so sehr daran, einen Wächter in Uniform zu sehen, daß sogar ganz normale Zivilkleidung eine ausreichende Tarnung bedeuten kann. Außerdem darf man nicht vergessen, wie wenige Wächter dort arbeiten, wenn man die riesige Menge von Ausstellungsstücken bedenkt, auf die sie achtgeben sollen. Es wäre nicht schwierig gewesen, in diese Sänfte zu steigen, ohne gesehen zu werden, genau wie du es heute nachmittag auch getan hast, Sarah, obwohl sich ganz in der Nähe ziemlich viele Leute befanden. Und jetzt zu dem, was Joe Witherspoon aus dem Tizian-Saal hätte locken können. Hier muß ich leider zugeben, daß die anrüchige Theorie von Mr. Fieringer nicht völlig aus der Luft gegriffen ist. Joes schwache Blase hat im Umkleideraum schon zu recht derben Witzen Anlaß gegeben. Die Person in der Sänfte hätte nur auf der Lauer liegen und den richtigen Moment abwarten müssen, um Joe über den Balkon zu stoßen, als er gerade dort vorbeiging, und dann schnell zurück in die Sänfte springen können, um den richtigen Fluchtmoment abzuwarten. Browns Trick in der Kapelle hätte, wie ihr schon angedeutet habt, zu dem

Zweck geplant sein können, jemandem genau diese Fluchtmöglichkeit zu ermöglichen. Oder der Mörder hätte in der Sänfte bleiben können, bis alle fort waren, um sich dann ganz bequem aus dem Staub zu machen. Nachts ist nur noch ein Wächter da. Jeder, der sich im Palazzo auch nur ein wenig auskennt, kann ihm ganz leicht aus dem Weg gehen. Bei den anderen, die du erwähnt hast, weiß ich es nicht so genau, aber sicher war jeder, der Zutritt zum Palazzo hat, etwa Dolores, Mr. Fitzroy oder Mr. Palmerston –«

»Grundsätzlich würde ich ja Palmerston verdächtigen«, sagte Sarah, »aber er scheint viel mehr daran interessiert zu sein, einen Skandal bei Madam zu vermeiden, als einen zu verursachen. Außerdem –«

»Außerdem was?«

»Ich befürchte, Mr. Bittersohn wird von dieser Idee nicht gerade begeistert sein.«

Mr. Bittersohn war in der Tat nicht begeistert. Als sie Nick Fieringer erwähnte, schüttelte er das attraktive Haupt. »Das kann ich nicht glauben. Nick war bei den Musikern. Fragen Sie doch Bernie. Fragen Sie das Mädchen, das sich für eine Cellistin hält. Beide würden natürlich zweifellos für ihren großen Impresario das Blaue vom Himmel lügen. Aber wie kommen Sie ausgerechnet auf Nick?«

»Tut mir wirklich leid. Vielleicht können Sie Zeugen finden, die ihn während der gesamten Vorstellung gesehen haben. Neutrale Zeugen, meine ich natürlich.«

»Wer ist denn schon neutral? Nick ist jedermanns Freund. Wenn sie ihn eine Zeitlang nicht gesehen haben, dachten sie bestimmt, er wäre nur kurz weg, um die Musikinstrumente zusammenzupacken oder so. Wie bin ich nur wieder in diese Geschichte hineingeraten? Ich glaube, am besten gebe ich diesen schmutzigen Beruf auf und lasse mir von Mrs. Sorpende beibringen, wie man belgische Spitzen klöppelt.«

»Mrs. Sorpende kann Spitzen klöppeln?« Cousin Brooks spitzte die Ohren. »Ich habe vor Jahren ein ganz besonderes Schmetterlingsnetz entworfen, aber niemanden gefunden, der mir ein Versuchsmodell anfertigen konnte.«

»Ich bin sicher, sie wäre begeistert, wenn du sie darum bitten würdest«, sagte Sarah. »Warum kommst du nicht morgen abend zum Essen und bringst deine Entwürfe mit?«

»Hervorragende Idee. Danke für die Einladung, Sarah.« Und schon hüpfte er davon, glücklich wie ein Hase im Klee.

Sarah gähnte. »Was für ein ereignisreicher Tag! Am besten setze ich jetzt den Porridge zum Quellen an und gehe ins Bett.«

»Brauchst du Hilfe?« fragte Bittersohn hoffnungsvoll, als er ihr in die Küche folgte.

»Wobei?«

Sie lächelte und wurde rot. Er beugte sich zu ihr herunter und küßte sie sanft auf den Mund. Es war fast so wie in jener letzten Nacht in der Küche in Ireson's Landing, der einzigen Nacht in ihrer Ehe, in der sie und Alexander wirklich glücklich miteinander gewesen waren. Sie vergrub ihr Gesicht in Bittersohns Hemd und brach in Tränen aus.

»Um Gottes willen, Sarah!« stieß er durch seine zusammengebissenen Zähne hervor. »Soll das immer so bleiben?«

Sie trocknete sich die Augen und legte ihren Kopf in den Nakken, so daß sie ihm ins Gesicht sehen konnte. »Jetzt hör mir mal genau zu, Max Bittersohn. Ich werde nächsten Monat 27 Jahre alt, und Alexander wäre im September 51 geworden. Wir haben nie eine richtige Ehe geführt, jedenfalls nicht im eigentlichen Sinn. Aber wir haben uns geliebt, und – und was wäre ich in deinen Augen für eine Frau, wenn ich ihn einfach weglegen würde wie ein altes Buch, das ich ausgelesen habe, und nie mehr an ihn denken würde? Ich will gar nicht so tun, als ob ich dich nicht begehre, weil es einfach nicht wahr ist. Aber wenn du nicht solange warten kannst, bis ich soweit bin, dann habe ich eben Pech gehabt. Es hat jedenfalls keinen Zweck, wenn du mich bedrängst, weil ich wirklich mein Bestes tue, und mehr kann ich einfach nicht.«

Bittersohn küßte sie noch einmal, diesmal noch sanfter als zuvor. »Ich bin immer für dich da, Sarah. Du brauchst mir nur zu sagen, wann du soweit bist, in Ordnung?«

Jetzt brachte sie sogar ein Lächeln zustande. »Das werde ich wohl müssen, nicht? Gute Nacht, Max. Paß auf deine Knöpfe auf.«

Kapitel 15

Die Tatsache, daß jetzt zwischen ihnen alles geklärt war, machte die Situation für Sarah und Max Bittersohn einerseits einfacher, andererseits jedoch schwieriger. So war es beispielsweise nicht leicht, vor Mrs. Gates und Mrs. Sorpende ein gelassenes und sittsames Gesicht aufzusetzen, wenn man gerade an einer empfindlichen Stelle gezwickt wurde, und Mariposa zeigte nur allzu deutlich, daß sie überhaupt nicht bemerkte, was sich hinter den Stühlen abspielte. Früher, als Alexander noch lebte, wäre so etwas unvorstellbar gewesen, denn Tante Caroline hatte ihren Sohn völlig unter der Fuchtel, und Edith machte immer ein Riesentheater um das Abräumen, weil sie angeblich so schrecklich überarbeitet war. Aber man konnte sich durchaus umgewöhnen. Man gab einfach seinem liebeskranken Verehrer einen zärtlichen Tritt vor den Knöchel und widmete sich wieder den täglichen Pflichten.

Wenn man abends zeitig in seinem besten Kleid nach unten eilte, um seinen Pensionsgast mit einem Gläschen Sherry zu bewirten, wollte man damit lediglich die Versäumnisse vom letzten Abend wiedergutmachen. Wenn die erste Person, der man unten begegnete, dann allerdings nur Cousin Brooks war, versuchte man einfach, nicht enttäuscht auszusehen.

»Hallo, Sarah, wo sind denn die anderen?« begrüßte er sie.

»Sie ziehen sich höchstwahrscheinlich gerade zum Abendessen um. Sie müßten eigentlich jeden Moment eintrudeln. Suchst du jemand Bestimmten?«

»Ja, Bittersohn. Ich habe die Fotos mitgebracht.«

»So schnell? Mariposa, würde es Ihnen wohl etwas ausmachen –«

Aber Mariposa brauchte sich gar nicht erst zu bemühen. Bittersohn, der normalerweise immer als letzter eintraf, stürmte bereits ins Zimmer. »Ich dachte mir doch gleich, daß Sie es sind, als ich oben das Getrippel von kleinen Füßen hörte. Wie hat es denn geklappt, Kelling?«

»Ziemlich gut, würde ich sagen.« Brooks reichte ihm die winzigen Abzüge.

Bittersohn warf einen Blick darauf und verfiel in Lachkrämpfe. Als er wieder in der Lage war zu sprechen, gab er die Schnappschüsse an Sarah weiter. »Schauen Sie sich Palmerstons Experten einmal genau an!«

»Das darf doch wohl nicht wahr sein!«

»Die Gürtelschnalle eines Onkels siebten Grades kann sich nicht irren!« sagte Bittersohn. »Es ist Lupe, wie er leibt und lebt. Sehen Sie sich bloß seine kleinen Wieselaugen und den Bart an!« Trotz seiner Kleidung, die ihn wie einen Botschafter aussehen ließ, und der ungewöhnlichen Veränderung, die offenbar ein kürzlich genommenes Bad und ein Besuch beim Friseur bewirkt hatten, handelte es sich bei dem Mann auf den Bildern eindeutig um ihren neuen Bekannten aus Brookline Village. »Wie er das wieder angestellt hat, weiß ich nicht, aber vielleicht finde ich es noch heraus. Ich habe nämlich vor, ihn zu treffen, wissen Sie.«

»Ach ja, heute abend sollte doch Rembrandts Katze fertig sein, oder? Ob er es wohl geschafft hat?«

»Todsicher. Wahrscheinlich erklärt er sie gerade für authentisch. Sie sehen, Madam, wir haben es mit einem wirklich raffinierten Kerl zu tun.«

Charles, der erst vor kurzem aus der Plastikfabrik heimgekehrt war und sich blitzschnell wieder in einen Butler verwandelt hatte, eilte durch den Flur, um die Tür zu öffnen, denn es hatte geklingelt. Kurz darauf ließ er ein bedauerndes Hüsteln vernehmen. »Mr. Palmerston ist gerade gekommen, Madam. Wird er zum Abendessen bleiben?«

»Auf gar keinen Fall«, sagte Sarah. »Aber führen Sie ihn nur herein. Mr. Bittersohn, sollen Brooks und ich Sie mit ihm allein lassen?«

»Nein, bleiben Sie ruhig hier. Jetzt wird es interessant.«

Palmerston folgte Charles auf dem Fuße. »Bittersohn, ich kann Ihnen die freudige Mitteilung machen, daß ich inzwischen alles bestens unter Kontrolle habe.«

»Großartig«, sagte Bittersohn.

»Das kann man wohl sagen. Ich hatte den genialen Einfall, die Auswertungen Ihres – eh – Freundes durch einen wirklichen Experten überprüfen zu lassen. Mit dieser Aufgabe habe ich Doktor Aguinaldo Ruy Lopez betraut. Wie Sie sicher wissen, ist er einer der führenden Experten für die Malerei aus der Zeit vor und nach der Renaissance.«

»Und wie steht es mit der Zeit dazwischen?« fragte Bittersohn.

Palmerston tat so, als habe er die Bemerkung nicht gehört. »Ich habe Dr. Aguinaldo Ruy Lopez auf eigene Kosten nach Boston einfliegen lassen. Er ist heute morgen sofort ins Wilkins-Museum gekommen und hat den größten Teil des Tages dort zugebracht, um die Gemälde zu prüfen, deren Echtheit Sie angezweifelt hatten. Er hat mir mitgeteilt, daß Ihre Einschätzung auf der Grundlage seiner eigenen gründlichen Untersuchung – hören Sie genau zu –« Palmerston unterstrich jedes einzelne Wort mit einer drohenden Bewegung seines knochigen Zeigefingers –, »seiner – eigenen – gründlichen – Untersuchung in nahezu jedem Fall falsch ist.«

»Demnach hat sich auch der Kurator vom Metropolitan Museum geirrt?«

»Es gibt«, sagte Palmerston mit aristokratischem Hochmut, »schließlich so etwas wie Neid unter Berufskollegen. Aber das will ich natürlich beileibe niemandem unterstellen. Lassen Sie uns die ganze Sache mit Nachsicht behandeln und davon ausgehen, daß Sie und Ihre – eh – Kollegen, wer sie auch sein mögen, sich davon haben täuschen lassen, daß möglicherweise sehr alte Kopien der Gemälde existieren oder daß sogar moderne Kopien hergestellt worden sind, die dann offenbar als Originale verkauft wurden. Dr. Ruy Lopez hat mir erklärt, daß dergleichen gelegentlich von – eh – skrupellosen Personen praktiziert wird.«

»Dr. Ruy Lopez kennt sich in diesen Fragen bestimmt bestens aus. Darf ich mir die Frage erlauben, warum Sie ausgerechnet ihn zu Rate gezogen haben?«

»Um ehrlich zu sein, mir selbst war er eigentlich unbekannt. Zunächst hatte ich auch die Absicht, mich an jemanden zu wenden, der mir persönlich bekannt war. Nach gründlicher Überlegung schien es mir jedoch klüger, einen Sachverständigen hinzuzuziehen, der mit keinem der hiesigen Museen zu tun hat und bei dem ich mich daher darauf verlassen kann, daß seine Haltung nicht – eh – von regionaler Beschränktheit ist. Daraufhin habe ich mich mit verschiedenen Personen beratschlagt, deren Meinung ich respektiere. Es wurden mehrere Namen genannt, und man kam zu dem Schluß, daß Dr. Ruy Lopez der geeignete Kandidat für uns ist. Ein kurzer Anruf nach Übersee und eine kleine Verhandlung mit einer der großen Fluggesellschaften, und schon war alles in die Wege geleitet.« Er beglückte sie mit einem selbstgefälligen Grinsen.

»Ich nehme an, Mrs. Tawne hat Dr. Ruy Lopez vorgeschlagen«, bemerkte Sarah mit Unschuldsmiene.

»Nein, es war unser musikalischer Direktor Mr. Nicholas Fieringer.«

Bittersohn sah plötzlich etwas blaß aus.

»Dr. Ruy Lopez hat mir allerdings drei Gemälde genannt, von denen er annimmt, daß sie tatsächlich gefälscht sind.« Palmerston zog ein goldgeprägtes Ledernotizbuch aus der Tasche, das vor Zetteln nur so strotzte. »Ach ja, hier sind sie ja schon. Diese Gemälde, sagt er, sind Kopien aus der Zeit nach der Renaissance, mit denen man seiner Meinung nach Mrs. Wilkins beim Kauf betrogen hat.«

»Und Sie sind bereit, seinem Urteil Glauben zu schenken, obwohl drei andere Experten das Gegenteil behaupten?«

»Ich sehe nicht ein, warum ich das nicht sollte. Das unvoreingenommene Urteil eines herausragenden Wissenschaftlers scheint mir genügend gewichtig zu sein, um die oberflächlichen Spekulationen von – Personen zu widerlegen, die wahrscheinlich nur einen – eh – Skandal hervorrufen möchten. Ich habe beschlossen, die Sache damit auf sich beruhen zu lassen. Diese ganze Affäre war offenbar nichts weiter als ein Windei, Sir.«

»Das ist sie nicht, verdammt noch mal!«

»Mr. Bittersohn, wenn Sie an Ihrem Vorhaben festhalten sollten, die Untersuchung weiterzuverfolgen, sehe ich mich gezwungen, gewissen Verdächtigungen, die man mir gegenüber geäußert hat und die ich bisher von mir gewiesen habe, Glauben zu schenken.« Palmerston blies seine Wangen auf und starrte mißbilligend vor sich hin. »Und zwar handelt es sich um die Vermutung, daß Sie versuchen, aus den tragischen Zwischenfällen in unserem Hause Kapital zu schlagen, indem Sie sich auf Kosten des Wilkins-Museums ein stattliches Honorar ergaunern wollen.«

Bittersohn machte Anstalten, sich von seinem Stuhl zu erheben.

»Aber selbstverständlich wäre es völlig undenkbar«, fuhr Palmerston hastig fort, »einem Mann Ihres – eh – zweifellos bedeutenden Ansehens als Experte ein derartiges Verhalten zu unterstellen. Ich glaube daher, daß die beste Vorgehensweise zu diesem Zeitpunkt die ist, daß wir hier ganz unter uns ehrlich zugeben sollten, daß ein Fehler gemacht worden ist, und uns dann in gegenseitigem Einvernehmen trennen. Haben Sie aber bitte dennoch keinerlei Hemmungen, mir persönlich eine Rechnung über die von Ihnen bisher geleistete Arbeit aufzustellen, die Sie immerhin in bester Absicht verrichtet haben, auch wenn sich inzwischen herausgestellt hat, daß Ihre Bemühungen – eh – unnötig waren.«

»Gute Nacht, Mr. Palmerston«, sagte Bittersohn leise.

Sarah klingelte. »Charles, würden Sie bitte Mr. Palmerston hinausbegleiten.«

»Ich vertraue darauf, daß Sie meine Haltung verstehen, Mrs. Kelling.« Die Gesichtszüge des obersten Treuhänders verzerrten sich zu einem beschwichtigenden, affektierten Lächeln. »Es würde mir sehr leid tun, wenn sich Ihre gute Meinung über mich geändert hätte.«

»Meine Meinung über Sie ist völlig unverändert, Mr. Palmerston. Gute Nacht.«

»Würden Sie bitte Mrs. Sorpende meine besten Grüße ausrichten?«

Sarah antwortete nicht. Charles wartete. Palmerston ging.

»Charles«, sagte Sarah, nachdem sich die Tür hinter dem Besucher geschlossen hatte, »für den Fall, daß dieser Mensch noch einmal versuchen sollte, seinen Fuß in dieses Haus zu setzen, haben Sie den Auftrag, ihn mit siedendem Öl zu übergießen.«

»Es wird mir ein Vergnügen sein, Madam. Darf ich Ihnen einen Sherry anbieten?«

»Unbedingt.«

Brooks hob sein Glas. »Verwirrung über unseren Feind!«

»Darauf stoße ich gern an«, sagte Sarah. »Ich hoffe, er bekommt einen Karbunkel an einer Stelle, wo es ganz besonders weh tut.«

»Ich hoffe, er erstickt«, knurrte Bittersohn, »wenn ich ihn zwinge, seine eigenen Worte wieder zurückzunehmen.«

Sie aßen, tranken und waren fröhlich, um zu zeigen, daß ihnen der Vorfall nichts ausmachte. Nach dem Essen ging Bittersohn nach unten in sein Zimmer, um sich auf seine Expedition nach Brookline Village vorzubereiten. Ziemlich besorgt entschuldigte sich Sarah damit, daß sie irgend etwas in der Waschküche zu erledigen hatte, und folgte ihm.

»Max, du gehst doch nicht etwa jetzt und triffst diesen Lupe?«

»Sicher. Warum denn nicht?«

»Aber was machst du, wenn er inzwischen herausgefunden hat, wer du in Wirklichkeit bist?«

»Was macht das schon? Ich bin doch sowieso gerade gefeuert worden, hast du das etwa schon vergessen?«

»Also willst du die Sache nicht fallenlassen?«

»Wie könnte ich das! Meinst du nicht, daß Palmerston jetzt hingeht und überall Andeutungen fallenläßt, was für ein Schwachkopf dieser Bittersohn ist? Du hast doch gehört, wie er versucht hat, mich zu bestechen, damit ich den Mund halte. Er wird überall erzählen, ich sei käuflich. Wenn mein guter Ruf hin ist und ich nicht mehr für glaubwürdig und zuverlässig gehalten werde, kann ich mit viel Glück höchstens noch für 30 Dollar die Woche Kunstgeschichte an Miss Foofeldinkers Mädchenpensionat unterrichten. Verdammt noch mal, Sarah« – er nahm sie in seine Arme und schmiegte seine Wange an ihr weiches Haar –, »du willst doch nicht etwa, daß es so weit kommt, oder?«

»Du eingesperrt in einem Klassenzimmer mit lauter Miss LaVallieres, die ihren Po schwenken und es auf dich abgesehen haben? Auf keinen Fall! In Ordnung, Max, gib mir fünf Minuten Zeit zum Umziehen, dann können wir gehen.«

»Du kommst diesmal nicht mit, Fischele. Denk an deine Pflichten als Pensionswirtin.«

Sarah wußte, daß es besser war, nicht auf ihrer Absicht zu bestehen, und gab nach. Sie ging zurück zu ihren Pensionsgästen und fand die ganze Gesellschaft in der Bibliothek. Alle waren bester Laune. Cousin Brooks demonstrierte gerade, wie er eine Geburtstagsparty für Kinder feierte. Er selbst imitierte eine Schleiereule, und Mrs. Sorpende spielte mit viel Elan die Rolle einer Feldmaus auf der Flucht. Professor Ormsby war eine Scheune, Miss LaValliere eine Wetterfahne, Mrs. Gates eine Kuh im Stall, und Mr. Porter-Smith war aus irgendeinem mysteriösen Grund zum Dachs befördert worden.

Alle kicherten und verhielten sich höchst albern, bis Cousin Brooks endlich Mrs. Sorpende zu fassen bekam und erklärte, die Eule habe jetzt die Feldmaus gefangen, und der Dachs müsse zurück in seinen Bau neben der Scheune. An dieser Stelle bringe man bei einem richtigen Kindergeburtstag normalerweise immer das Eis und den Geburtstagskuchen. Er zog eine Handvoll Kronen aus Papier aus der Tasche und verteilte sie an die Anwesenden. Alle setzten sich eine Krone auf und sangen »Happy birthday to you«.

Charles, der vom allgemeinen Übermut angesteckt worden war, kam mit einem Tablett voller Drinks ins Zimmer. Mrs. Sorpende bestand darauf, eine Kerze für Brooks anzuzünden, die er ausblasen mußte, bevor er seinen Crème de menthe trinken durfte. Alles war so zauberhaft verrückt, daß Sarah beinah vergaß, sich um Max zu sorgen, bis es plötzlich laut an der Tür klingelte.

Charles stellte sein Tablett auf die niedrige Chippendale-Kommode und ging nachsehen, wer es war. Dann kam er zurück und flüsterte Sarah zu: »Mr. Fieringer wünscht Sie zu sprechen, Madam.«

»Um Himmels willen, lassen Sie ihn bloß nicht hier herein.« Die gesamte Gruppe, immer noch mit Papierkronen auf dem Kopf, spielte inzwischen Mariechen-saß-auf-einem-Stein, mit Mrs. Gates als Mariechen, da sie zu alt und zerbrechlich war, um wie die anderen wild umherzuhüpfen. »Führen Sie ihn nach oben in mein Arbeitszimmer. Ich erwarte ihn dort.«

Sie begrüßte den Impresario, hatte allerdings völlig vergessen, daß sie noch immer die Papierkrone trug. Fieringer sah niedergeschlagen aus, und Sarah wußte, daß er damit rechnete, daß sie wegen Bittersohns Entlassung wütend auf ihn war. Womit er auch völlig recht hatte, wie ihr jetzt wieder einfiel. Leider fiel ihr aber auch jetzt erst die Papierkrone ein. Sie riß sie sich vom Kopf und verlangte zu wissen: »Handelt es sich um einen Freundschaftsbesuch, oder haben Sie vor, sich genauso unverschämt zu verhalten wie Ihr Chef?«

»Ich bin gekommen, um zu sehen, ob mein alter Freund Maxie auf mich böse ist«, erwiderte er freimütig.

»Es steht mir nicht zu, für Mr. Bittersohn zu antworten.«

»Schöne Dame, was hätte ich denn sonst tun sollen? Palmerston kommt mit einem Problem zu mir. Alle kommen mit ihren

Problemen zum alten Nick. Palmerston fragt mich: ›Wen kann ich dafür engagieren?‹ Ich sage, daß Bittersohn der Beste ist. Er sagt: ›Bittersohn ist von Harvard, ich bin von Yale, Jahrgang '32, wie könnte ich also Bittersohn trauen?‹«

»Sind Sie sicher, daß er das gesagt hat? Bittersohn hat nämlich an der Boston University studiert.«

»Kann auch sein. Dann war Palmerston eben in Harvard und Bittersohn an der BU, und deshalb traut er ihm nicht. Ich bin nur ein alter Mann, ich kann mir das nicht alles merken. Und Bill Jones –«

»Oh, Sie kennen Bill Jones?«

»Ich habe Ihnen doch schon gesagt, schöne Lady, daß ich jeden kenne. Ich sehe also Bill Jones, wie er bei der Madam herumschnüffelt, und weiß sofort, daß Maxie ihn geschickt hat. Bill Jones ist ein Experte für gestohlene Originale, also erzählt er Maxie von gestohlenen Originalen und nicht von Kopien, die im Umlauf sind.«

»Wollen Sie damit andeuten, daß Bill Jones lügt?«

»Bill Jones und lügen?« Nick war entsetzt. »Bill würde niemals lügen. Nicht einmal, um seine eigene Mutter zu retten, würde Bill lügen. Darum kommt er ja auch mit Gaunern so gut zurecht. Ich sage nicht, daß Bill lügt, er hat sich bloß geirrt.«

»Und Mr. Bittersohn und der Kurator vom Metropolitan haben sich demnach auch geirrt? Ein Irrtum, der sich auf viele Millionen Dollar beläuft. Das wäre aber ein ganz schön schwerwiegender Irrtum, finden Sie nicht?«

»Genau.« Fieringer lächelte breit und wischte sich die Stirn. »Ein viel zu großes Problem für einen einzigen Experten. ›Am besten holen wir uns jemanden, der über internationale Erfahrung verfügt‹, sagt Palmerston.«

»Kennen Sie denn jemanden mit mehr internationaler Erfahrung als Mr. Bittersohn? Wir wissen nie genau, ob er aus Brüssel oder Bangkok anruft, wenn er uns mitteilt, daß er zu spät zum Essen kommt.«

Fieringer schwitzte immer mehr. »Schöne Lady, ich weiß nur, daß Palmerston mein Chef ist. Er fragt mich, wer ist der Beste. Ich sage, nach Bittersohn ist es Ruy Lopez. ›Dann holen wir uns eben Ruy Lopez‹, sagt er. Glauben Sie mir, mehr hatte ich mit der ganzen Sache gar nicht zu tun.«

»Woher kannten Sie eigentlich Dr. Ruy Lopez?«

»Den Namen habe ich irgendwo gehört. Jeder kennt mich und erzählt mir alles mögliche. Ich erzähle es Palmerston, er verfolgt die Sache weiter.«

»Oh, dann waren Sie es nicht, der den Kontakt hergestellt hat?«

»Ich? Wenn es ein Fagottspieler wäre, hätte mir Palmerston vielleicht die Aufgabe überlassen. Aber bei einer so wichtigen Sache verläßt er sich doch nicht bloß auf den alten Nick Fieringer, wo denken Sie hin? Er fragt dann natürlich auch noch im Art Museum, vielleicht auch im Fogg, im Busch-Reisinger und wer weiß wo noch. Sie sagen auch alle, er soll sich Ruy Lopez holen, also holt er ihn.«

»Dann wußten ja mehrere Personen von seinem Vorhaben?«

»Aber sicher. Palmerston hängt immer alles an die große Glocke.«

Und nach all der Mühe hatte er lediglich jemanden wie Lupe aufgetrieben. »Wie bemerkenswert«, sagte Sarah.

Kapitel 16

Bemerkenswert war außerdem, wie stark Fieringer schwitzte. Sein gelbliches Gesicht glänzte wie ein Vollmond. Mit der einen Hand umklammerte er krampfhaft ein nasses, zerknülltes Taschentuch. Riesige dunkle Schweißringe wuchsen unter den Achseln seiner grauen Anzugjacke. In dem adretten kleinen Zimmer mit den weißlackierten Möbeln und dem geblümten Chintz wirkte er einfach monströs. Sarah wünschte sich verzweifelt, er möge wieder gehen, doch sie wußte, daß sie ihn erst loswerden würde, wenn Bittersohn wieder da war.

»Darf ich Ihnen etwas zu trinken anbieten?« drängte sie. »Vielleicht einen Kaffee? Oder hätten Sie lieber einen Likör? Oder ein kaltes Bier?«

»Am liebsten ein Bier.« Er befeuchtete seine Lippen mit der Zunge. Es war sonnenklar, daß der alte Nick diesen Besuch genauso unangenehm fand wie Sarah, jedoch nicht zu gehen gedachte, bevor er mit Bittersohn persönlich gesprochen hatte. Warum? Vielleicht kannte er die wahre Identität jenes angeblichen Ruy Lopez, der in Madams Palazzo erschienen war, und wollte herausfinden, ob Bittersohn es auch wußte? Vielleicht hatte Palmerston ihn geschickt, um sicherzugehen, daß Bittersohn den Fall wirklich aufgab? Oder verspürte dieser dicke alte Mann lediglich das Bedürfnis, Frieden zu schließen? Konnte er es nicht ertragen, wenn man auf ihn wütend war?

Während der musikliebende Falstaff geräuschvoll das Bier trank, das Charles ihm geholt hatte, wurde Sarah bewußt, wie fürchterlich unwohl man sich doch in seiner Nähe fühlte. Er war zwar nicht ungepflegt, aber so schrecklich feist und schwammig! Und dazu diese übertriebene Überschwenglichkeit, unter der man die kaum erträgliche Spannung, die einen ganz nervös machte, mehr als deutlich spüren konnte. Allmählich fragte sie sich, ob Nick wirklich so beliebt war. Überall Kumpel und Bekannte zu haben, konnte auch bedeuten, daß man nirgendwo wirkliche Freunde hatte. Und das wußte er wohl selbst auch. Was für ein schreckliches Leben für einen sensiblen Menschen.

»Ich werde Charles bitten, Ihnen noch ein frisches Bier zu holen.«

Sie tat jetzt genau das, was wohl alle taten. Nick Fieringer gegenüber war man immer übertrieben freundlich und höflich, weil man sich seiner wahren Empfindungen schämte. Man wußte genau, daß es unfair war, einen Mann zu verachten, nur weil er so gräßlich aussah, doch wie konnte man seine instinktive Abscheu unter Kontrolle bekommen? Ob er wohl niemals Lust hatte, sich dafür zu rächen? Vielleicht hatte er genau das in Madams Palazzo getan?

Wenn Nicholas Fieringers Rache an Boston wirklich darin bestand, der Stadt Kunstschätze für viele Millionen Dollar zu rauben, was hatte er dann bloß mit seinen Einnahmen gemacht? Er war bekannt dafür, daß er ständig knapp bei Kasse war. War seine Armut nur Bluff, ebenso wie seine joviale Art? Hatte er das Geld irgendwo auf die hohe Kante gelegt und wartete vielleicht nur darauf, sich damit über alle Berge zu machen, es mit beiden Händen auszugeben, und lachte sich heimlich ins Fäustchen über die Dummköpfe, die ihn verachteten und nicht einmal merkten, daß er sie beraubte? Oder hatte er sich damit seinen Ruf als guter Freund und Kumpel erkauft? Schmarotzer wie Bernie und Blutsauger wie dieser Lupe schafften es bestimmt, ein ganzes Vermögen im Handumdrehen zu verprassen, wie Sarah zu ihrem Leidwesen aus Erfahrung wußte. Sie verschwendeten es für Drogen, Glücksspiele oder was ihnen sonst noch in die Augen stach, und liefen dann zum alten Nick, um sich Nachschub zu verschaffen. Zu ihrer Verwunderung spürte Sarah, wie ihr die Tränen über die Wangen liefen.

Fieringer mußte es auch bemerkt haben. »Was haben Sie denn, schöne Lady? Dem alten Nick können Sie es ruhig sagen. Zu mir kommen alle mit ihren Problemen.«

Sie fuhr sich mit der Hand über ihr Gesicht. »Sie haben mich bloß einen Moment lang an meinen verstorbenen Mann erinnert. Ich vermute, Sie wissen, was ihm zugestoßen ist. Es ist nicht sehr lange her, wissen Sie, und ich habe mich immer noch nicht ganz –«

Was war nur in sie gefahren, daß sie derartige Dinge von sich gab? Wie konnten zwei Menschen auf dieser Welt grundverschiedener sein als dieser fette, schwitzende, primitive Koloß und der unglaublich attraktive, gepflegte Aristokrat, den sie geliebt und verloren hatte? Und doch hatte man unter Alexanders unerschütterlicher Selbstbeherrschung genau die gleiche Spannung gespürt, genau das gleiche Bedürfnis, eine gütige Vaterfigur zu sein, auf die dann der gesamte Kelling-Clan seine Probleme abgewälzt hatte, und auch er war grausam ausgenutzt worden, auch wenn er davon Gott sei Dank niemals etwas erfahren hatte. Sie hatte dieses Verhalten mißbilligt, sich deswegen geschämt und versucht, es wiedergutzumachen, indem sie ganz besonders lieb zu ihm war. Genauso, wie sie es jetzt bei Nick Fieringer tat. Nick nahm es allerdings auf eine Art und Weise auf, die für sie mehr als unerträglich war, aber das hätte sie sich eigentlich vorher denken können.

»Glauben Sie mir, was Sie gerade gesagt haben, ist wirklich eine große Ehre für mich. Ich werde die Erinnerung daran für immer tief in meinem Herzen tragen. Aber wenn ich sterbe, wird keine schöne Frau an meinem Grab weinen.« Er schnitt Grimassen wie jemand in einem Werbespot für die Pflege der dritten Zähne. Es war einfach widerlich.

»Das ist sicher nicht wahr«, erwiderte sie matt. Wie um alles in der Welt schaffte man es nur, mit einem solchen Mann zu sprechen, ohne sich zu übergeben? Man konnte vielleicht versuchen, über weniger persönliche Themen zu sprechen. »Ich habe mich oft gefragt«, setzte sie an, »wie die Arbeit eines Impresarios eigentlich aussieht.«

Fieringer erklärte es ihr. Er hörte überhaupt nicht mehr auf zu reden. Mitten in seinem Monolog entschuldigte er sich mit einer Mischung aus Albernheit und Verlegenheit, daß er zur Toilette müsse. Konnte dieser Mann eigentlich nichts sagen oder tun, ohne daß es einen gleich an einen schmutzigen Witz erinnerte? Sie wünschte sich sehnlichst, daß er endlich gehen würde, daß Bittersohn zurückkäme, daß das Haus niederbrennen würde, egal was, nur damit diese Farce endlich ein Ende nahm. Sie hatte Charles eingeschärft, Mr. Bittersohn auf der Stelle nach oben zu führen, sobald er das Haus betreten hatte. Nach langem Warten erschien er endlich.

»Wie geht es dir, Nick? Entschuldige, daß du so lange hast warten müssen. Hat Mrs. Kelling dir etwas zu trinken angeboten?« Seine Freundlichkeit klang genauso falsch wie die von Fieringer, wenn auch wesentlich subtiler.

Sarah konnte es kaum erwarten, mit ihm allein zu sein, um endlich herauszufinden, wie die Sache mit Lupe ausgegangen war, doch sie würde sich offenbar noch eine ganze Weile gedulden müssen. Zuerst mußte der Impresario seinem lieben Freund Maxie mitteilen, wie hervorragend er sich mit dessen wunderschöner Pensionswirtin unterhalten hatte, und tat das in einer Art und Weise, die in Sarah den Wunsch weckte, sich möglichst umgehend und lange sehr heiß zu duschen. Dann mußte er sich zu Palmerston und Ruy Lopez äußern. Die Version, die er Max erzählte, stimmte allerdings nicht allzu genau mit der Geschichte überein, die er ihr eben erzählt hatte, wie Sarah feststellte. Wie konnte ein solcher Mann es schaffen, jahrelang eine schwere Diebstahlserie zu vertuschen, wenn er nicht einmal in der Lage war, einen einzigen Abend lang überzeugend zu lügen? Sarah seufzte innerlich und klingelte nach mehr Bier.

»Was ich dich übrigens noch fragen wollte, Nick«, erkundigte sich Bittersohn ein oder zwei Flaschen später. »Hast du eigentlich Lydia in der letzten Zeit gesehen?«

Fieringer rülpste und entschuldigte sich dafür ein wenig zu ausführlich. »Welche Lydia?« Offenbar hatte er beschlossen, sich dumm zu stellen.

»Die Gräfin Ouspenska. Palmerstons ehemalige Freundin.«

»Tatsächlich? Das wußte ich ja gar nicht. Kaum zu glauben.« Nicks Stimme klang unbeteiligt, aber er verschüttete ein wenig Bier auf den hübschen alten chinesischen Läufer, den Anora Protheroe Sarah während der Renovierung ihres Hauses geschenkt hatte.

»Das sagt sie jedenfalls«, beharrte Bittersohn.

»Sie sagt auch, daß sie eine Gräfin ist.«

»Sie nennt ihn Schnucki!« warf Sarah ein.

»Wann hat sie ihn Schnucki genannt?« Urplötzlich war Fieringer stocknüchtern.

»Gestern abend, als sie beide hier zu Besuch waren.«

Der Impresario verschüttete noch mehr Bier. »Was hat Lydia denn bei Ihnen gewollt?«

»Hat sie nicht gesagt. Ich nehme an, sie war vielleicht gerade in der Gegend und wollte nur kurz vorbeischauen.«

»Aber wie ist es möglich, daß eine Frau wie Lydia eine Frau wie Sie kennt?«

Sarah verabreichte ihm eine Dosis seiner eigenen Medizin. »Ach, ich kenne so gut wie jeden. Und die Gräfin finde ich einfach bezaubernd.«

»Ich habe sie in der letzten Zeit nicht gesehen.« Er klang nicht sehr glaubwürdig. »Ich habe sie schon lange nicht mehr gesehen.« Wenige Minuten später stand Fieringer auf und ging.

»Was zum Henker ist denn in den gefahren?« fragte Bittersohn.

»Er befürchtet wohl, daß du ihn nicht mehr liebst.«

»Das tue ich wohl wirklich nicht. Ich bin mir nicht einmal sicher, ob ich das je getan habe.«

»Ich frage mich allmählich, ob das überhaupt jemand tut.«

»Ganz bestimmt. Nick hat überall – ach so, jetzt verstehe ich, was du meinst.«

»Es ist wirklich tragisch, findest du nicht? Man kann ihn doch nicht dafür verantwortlich machen, daß er so ist, wie er ist.«

»Ich kann das sehr wohl«, erwiderte Bittersohn grimmig. »Mein toller alter Kumpel Nick fällt mir derart in den Rücken, bloß um sich bei diesem Mistkerl Palmerston lieb Kind zu machen.«

»Hast du dich noch nicht gefragt, ob er die Jagd vielleicht nicht wegen Palmerston abblasen wollte?«

»Wenn du ihn wirklich für den Drahtzieher der Diebstähle hältst, hättest du aber auf keinen Fall hier oben allein mit ihm sitzen dürfen.«

»Er hätte doch gar nicht gewagt, mir etwas zu tun. Er wußte ganz genau, daß ich bloß die Klingel zu berühren brauchte, und schon wäre Charles erschienen, denn ich habe die ganze Zeit geklingelt, damit er mehr Bier bekam. Ich wußte, daß ich durchhalten mußte, bis du zurückkamst. Und eins kannst du mir glauben, aus Spaß habe ich es bestimmt nicht getan.«

»Das nenne ich wahre Liebe!« Bittersohn streckte zögernd seine Hand nach ihr aus, besann sich aber dann eines Besseren. »Danke, Sarah, aber sei bitte um Gottes willen vorsichtig.«

»Das bin ich schon, keine Sorge. Aber jetzt erzähl mir mal, wie es in Brookline gelaufen ist.«

»Eins habe ich herausgefunden: Egal, wer diese Kopien für den Palazzo gemacht hat, Lupes Freund Bengo ist es jedenfalls todsicher nicht gewesen.«

»War es etwa nicht Rembrandts Katze?«

»Mit Rembrandt hatte das Bild auch nicht das geringste zu tun. Dieser Idiot muß absolut stoned gewesen sein. Er hat sich die falsche Postkarte geschnappt und mir einen Botticelli kopiert.«

»War der Botticelli wenigstens gut?«

»Es gibt keine guten Botticellis.« Bittersohn hatte ziemlich drastische Ansichten, was sein Fachgebiet betraf, auch wenn er seine Meinung den Klienten gegenüber nur selten kundtat.

»Tu doch nicht so überlegen. Du weißt ganz genau, was ich meine.«

»Ich nehme an, mit genügend schmutzigem Firnis und einem abgenutzten Goldrahmen könnte man damit einen Blinden bei sehr schlechten Lichtverhältnissen täuschen. Wenigstens brauchte ich das Bild nicht zu kaufen. Ich war allerdings sehr verärgert und habe ihm erzählt, daß ich nur Rembrandts Katze wollte und sonst keine, und bin wutentbrannt abgezogen.«

»Hat Lupe dir denn nicht versprochen, daß er die Katze in ein paar Tagen doch noch besorgen kann?«

»Nein, die ganze Sache schien ihn ziemlich kalt zu lassen. Ich nehme an, es war ihm gleichgültig, weil er bereits einen dicken Batzen von Palmerston kassiert hatte. Und bestimmt auch eine Extra-Provision von meinem alten Freund Nick. Ich würde liebend gern wissen, wer die ganze Ruy-Lopez-Geschichte tatsächlich eingefädelt hat und ob Palmerston wußte, daß er es mit einem Doppelgänger zu tun hatte. Beschäftigt er übrigens eine Sekretärin?«

»Würde mich nicht wundern, aber genau weiß ich es nicht. Er hat ja schließlich sein Faktotum Dolores Tawne, und gestern abend hatte er auch noch Lydia Ouspenska.«

»Hat er sie wirklich gehabt?«

»Keine Zweideutigkeiten, bitte. Ich habe heute abend genug Zoten gehört. Außerdem weißt du genausogut wie ich, daß sie zusammen von hier weggegangen sind. Und er war überrascht und wütend, sie zu sehen, und hat sie, so schnell es ging, weggeschleppt. Vielleicht wollte er verhindern, daß sie anfing, über Telefongespräche nach Übersee zu reden, bevor sich die Gelegenheit ergab, dir Ruy Lopez unterzujubeln.«

»Aber warum hätte er denn Lydia anrufen lassen sollen?«

»Keine Ahnung. Weil er ein Mensch ist, der andere immer nur herumkommandiert und Dinge tun läßt, die er sehr wohl auch selbst erledigen könnte, nehme ich an.«

»Er müßte ein völliger Schwachkopf sein, wenn er Lydia irgendeine Verantwortung aufbürden würde.«

»Aber er ist doch ein völliger Schwachkopf. Jedenfalls haben Tante Caroline und Leila Lackridge genau das immer behauptet. Und denk nur daran, wie lächerlich er sich gestern vor Mrs. Sorpende in Madams Palazzo aufgeführt hat. Vielleicht war er in der Zeit ihrer Liebschaft daran gewöhnt, sich auf Lydias Kunstkenntnisse zu verlassen. Sie ist auf ihrem Gebiet eine wirklich großartige Malerin, und vielleicht kennt sie sich allgemein in Kunst gut aus. Er hat gesagt, daß er die Wahl des Sachverständigen mit diversen Personen besprochen hat, an deren Meinung ihm viel liegt, und dazu könnte sie auch gehören. Wenn das stimmt, hätte sie zusammen mit Mr. Fieringer die Ruy-Lopez-Geschichte aushekken können, nicht? Von den Konsequenzen, die das Ganze für dich hatte, wußte sie möglicherweise gar nichts. Sie hat es vielleicht lediglich für einen witzigen, unkonventionellen Streich gehalten, der dem alten Bock, der sie damals so einfach fallengelassen hat, ganz recht geschah. Vielleicht hat Mr. Fieringer deshalb geleugnet, daß sie Palmerstons Freundin gewesen ist, wo er doch sonst immer behauptet, alles über jeden zu wissen, und ist deshalb so Hals über Kopf fortgelaufen, als wir auf das Thema zu sprechen kamen.«

»Sie haben wirklich erstaunlich viele Einfälle in der letzten Zeit, Madam!«

»Warum nennst du mich übrigens auf einmal Madam?«

»Verdammt, ich kann doch wohl schlecht vor anderen Leuten Sarah zu dir sagen! Und du erwartest doch wohl nicht etwa, daß ich dich wieder mit ›Mrs. Kelling‹ tituliere? Sarah, hast du das wirklich ernst gemeint, was du gestern abend zu mir gesagt hast?«

»Ja, Max. Und zwar alles.«

»Dann halte ich es für besser, wenn ich jetzt gehe und noch einmal kalt dusche. Falls du es noch nicht gemerkt haben solltest: Diese ganze ehrbare Gesinnung treibt den Wasserverbrauch in deinem Haus verdammt in die Höhe.«

Kapitel 17

Am nächsten Morgen saßen die Spätaufsteher unter den Pensionsgästen immer noch am Frühstückstisch, als unerwartet Brooks Kelling hereinschneite, quietschvergnügt und munter wie ein Eichhörnchen. »Ich dachte, ich schau' auf meinem Morgenspaziergang bei euch herein«, erklärte er. »Wo ist denn Porter-Smith?«

»Arbeiten.« Sarah reichte ihm eine Tasse Kaffee. »Die meisten Leute müssen nämlich jeden Morgen pünktlich zur Arbeit erscheinen, weißt du.«

»Und ich dachte immer, bei Buchhaltern wäre das anders. Vielen Dank, Theonia, die Muffins sehen köstlich aus. Ich wollte Porter-Smith eigentlich nur ein paar von den Fotos zeigen, die ich mit meiner Minikamera unter besonders erschwerten Bedingungen gemacht habe. Gestern abend haben wir uns nämlich über Fotografie unterhalten.«

»Könnten Sie nicht uns die Aufnahmen zeigen?« schlug Mrs. Sorpende vor.

»Aber gern.« Mit der Fingerfertigkeit eines Zauberkünstlers zog er die Fotos aus ihrem Haar und reichte sie herum.

»Was ist denn das hier?« fragte Max Bittersohn, der zu dieser frühen Stunde selten in Bestform war. »Ein Säckchen mit Murmeln?«

»Sie halten das Bild falsch herum. Das ist ein Nest mit Schildkröteneiern.«

»Wo ist denn die Mutterschildkröte?« fragte Mrs. Sorpende.

»Macht sich irgendwo einen schönen Lenz. Schildkröten sind lausige Mütter. Sie legen sich hin, tun, was sie tun müssen, und machen sich danach sofort wieder aus dem Staub.«

»Klingt wie Lydia Ouspenska«, sagte Bittersohn.

»Und ihre Babys sehen sie niemals wieder.« Mrs. Sorpende ignorierte derartige zweideutige Anspielungen einfach, ganz wie es sich gehört. »Wie traurig.«

»Hier ist ein Baby, für das seine Mutter sicher nur schwer mütterliche Gefühle entwickeln konnte«, bemerkte Sarah. »Wer ist dieser abscheuliche Mann, Brooks? Ein Verwandter von uns? Er kommt mir irgendwie bekannt vor.«

Cousin Brooks, der weitsichtig war, nahm das winzige Foto, hielt es auf Armlänge von sich und betrachtete es. »Du hast recht, du kennst ihn wirklich. Es ist Brown, der Wächter aus der Kapelle. Das Bild wollte ich Porter-Smith unbedingt zeigen, denn ich habe es im Licht einer einzigen 60-Watt-Birne unten im Umkleideraum gemacht.«

»Wo er das Abbeizmittel getrunken hat?«

»Genau. Aber selbstverständlich vorher. Teufel auch! Sarah, gib mir mal bitte eben die Bilder.« Brooks kramte in dem Stapel, zog ein Foto heraus und legte es neben das Bild von Brown. »Werfen Sie mal einen Blick auf das hier, Bittersohn.«

»Ich werd' verrückt! Haben Sie vielleicht ein Vergrößerungsglas, Kelling?«

»Natürlich.« Cousin Brooks zauberte ein kleines Vergrößerungsglas aus seiner Jackentasche hervor. Gemeinsam verglichen die beiden Männer die Gesichter auf den Fotos.

Sarah verrenkte sich den Hals, um auch etwas zu sehen. »Aber das ist ja das Bild, das du von diesem sogenannten Dr. Ruy Lopez gemacht hast. Wenn er nicht so viel dünner wäre und diesen albernen Bart nicht hätte, könnte man ihn fast für Brown halten. Was für ein merkwürdiger Zufall.«

»Zufall, so ein Blödsinn!« sagte Bittersohn galant. »Kelling, kann ich die Fotos behalten?«

»Mit Vergnügen, mein Junge. Kann ich sonst noch etwas tun?«

»Verdammt viel sogar! Graben Sie alles aus, was Sie über Browns Vorgeschichte finden können. Überprüfen Sie Fitzroys Alibis. Und seien Sie um Himmels willen vorsichtig! Ich möchte nicht, daß Ihnen jemand Ihre bevorzugte Flasche mit Abbeizmittel präpariert.«

»So etwas habe ich nicht. Brauche ich auch gar nicht. Ich treffe Sie dann um ein Uhr zum Lunch im Burnt Bagle in der Longwood Avenue. Dann bekommen Sie einen Zwischenbericht. Vorausgesetzt natürlich, daß es etwas zu berichten gibt. Theonia, vergessen Sie unsere Verabredung nicht!«

»Wie könnte ich? Ich sehe dem Vortrag über ›Das Leben des Regenwurms‹ schon mit großer Freude entgegen.«

Brooks entfernte sich in Hochstimmung. Die schöne Theonia machte sich auf den Weg in ihre Teestube. Sarah half Mariposa mit dem Frühstücksgeschirr. Bittersohn verschwand Gott weiß wohin. Gegen halb drei, als Sarah gerade das Silber polierte und Mariposa in die Stadt gegangen war, um sich eine neue Dienstkleidung zuzulegen, weil sie genug davon hatte, nur in Orange und Rot herumzulaufen, erschien Bittersohn mit einem Topf weißer Hyazinthen in der Hand und einem zufriedenen Lächeln auf dem Gesicht.

»Für Sie, Madam.«

»Ah, als Seelentröster? Wie lieb!« Sie gab ihm den Kuß, von dem er offenbar dachte, er habe ihn verdient. »Hast du was über Brown herausgefunden?«

»Er war vorbestraft. Zwei Jahre für schweren Raub. Er hätte eigentlich mehr bekommen müssen, aber seine Familie ist einflußreich.«

»Ich hätte nicht gedacht, daß er aus einer derartigen Familie stammt.«

»Ganz die eingebildete ›weiße angelsächsische Protestantin‹! Es gibt zwei Arten von Einfluß. Seine Familie hat die andere.«

»Du meinst, sie sind von der Mafia oder so etwas? Wie heißen sie denn wirklich? Doch sicher nicht Brown?«

»Nein, Lupezziz.«

»Hieß so nicht der Richter, der damals wegen Bestechlichkeit angeklagt wurde?«

»Ja, der gehörte auch zum Clan. Man hat den Fall dann aus Mangel an Beweisen nicht weiterverfolgt. Wie üblich. Die Familie ist recht unternehmungslustig und hält zusammen, wenn es hart auf hart kommt. Ich nehme an, deshalb mußte Brown einen neuen Namen annehmen. Er hatte einen Fleck auf seiner weißen Weste, weil er sich hatte erwischen lassen, aber sie beschäftigten ihn offenbar mit Gelegenheitsjobs. Ich würde gern wissen, ob seine Arbeit bei Madam auch eine Familienmission war, und warum Nick ausgerechnet Browns Neffen als auswärtigen Experten ausgewählt hat.«

»Wie kannst du das denn herausfinden?«

»Wer weiß? Vielleicht sollte ich mich von Lydia Ouspenska verführen lassen.«

»Du kannst sie ja zum Abendessen mitbringen, wenn du danach nicht zu erschöpft bist.«

»Sehr lustig.«

Er zerzauste ihr das Haar, mit dem sie sich am Morgen besonders viel Mühe gegeben hatte, und ging, wobei er wieder einmal so aussah, als müsse er mit aller Macht gegen einen Orkan ankämpfen. Sarah kämmte sich das Haar, putzte das Silber fertig, bereitete das Abendessen vor und entschied, daß ihr ein bißchen frische Luft sicher nicht schaden würde. Sie hatte vor, ein wenig am Esplanade-Park entlangzuschlendern, und machte sich auf den Weg in Richtung Charles Street.

Aus alter Gewohnheit warf sie einen Blick in Mr. Hayres Schaufenster. Die Staffordshire-Möpse waren verschwunden. Der neue Blickfang war eine Ikone, die sehr schön und sehr alt aussah. Ob sie es wirklich war? Sarah preßte ihre zierliche Nase gegen die Scheibe und betrachtete das beeindruckende kleine Kunstwerk, bis sie sich ganz sicher war, daß es sich wirklich um Lydia Ouspenskas neuestes Meisterwerk handelte. Einer Eingebung folgend, öffnete sie die Ladentür.

»Guten Tag, Mr. Hayre.«

»Ach, Sie sind es, Mrs. Kelling. Lange Zeit nicht gesehen.«

»Stimmt. Ich war zu solvent, um zu verkaufen, und zu arm, um zu kaufen. Aber ich konnte einfach der Versuchung nicht widerstehen, mich nach der Ikone im Schaufenster zu erkundigen.«

»Ein ganz besonders schönes Stück«, rief Mr. Hayre. »Haben Sie gesehen, wie wunderbar es erhalten ist?«

»Ja, wirklich. Es sieht ganz so aus, als ob es erst gestern gemalt worden wäre«, antwortete Sarah mit Unschuldsmiene.

»Nicht wahr?« Der Antiquitätenhändler nahm die Ikone vorsichtig aus dem Schaufenster und drehte sie bewundernd in seinen feisten Händen. »Eigentlich gehört sie in ein Museum.«

»Daran habe ich auch schon gedacht. Ich nehme an, Sie verlangen dafür einen schwindelerregenden Preis?«

»Also, für eine Stammkundin des Hauses wie Sie –«

»Hallo, Jack.« Eine schlanke, dunkle Gestalt war lautlos von der Straße ins Geschäft geglitten. »Hallo, Mrs. Kelling.«

Sarah und Hayre zuckten zusammen. In Bill Jones' braunem, feingeschnittenem Gesicht blitzten weiße Zähne.

»Wie geht's denn so, Bill?« sagte Hayre mit einem Anflug von Nervosität. »Ich wußte gar nicht, daß Sie Mrs. Kelling kennen.«

»Aber sicher doch. Sie hat ein kleines Techtelmechtel mit Max Bittersohn.«

»Mr. Bittersohn ist ein Pensionsgast von mir«, erklärte Sarah kühl. »Kennen Sie ihn, Mr. Hayre?«

»Ja, wir kennen uns.« Der Antiquitätenhändler legte die Ikone hinter die Registrierkasse und war plötzlich sehr mit seinen diversen Kunstschätzen beschäftigt.

Sarah verstand den Wink und verabschiedete sich. »Da ich ja eigentlich nichts kaufen will, möchte ich Ihre Zeit nicht länger in Anspruch nehmen. Auf Wiedersehen, Mr. Hayre, Mr. Jones.«

Doch als sie die Tür erreichte, war Bill Jones bereits an ihrer Seite. »Darf ich Sie zu einem Drink einladen?« fragte er kaum hörbar.

Sarah fiel kein besonderer Grund ein, die Einladung abzulehnen, statt dessen aber einer, der möglicherweise dafür sprach, sie anzunehmen. »Oh ja«, erwiderte sie. »Gern. Aber ich habe nur wenig Zeit«, fügte sie sicherheitshalber noch rasch hinzu. »Könnten wir gleich hier in die Bar gehen?«

»Klaro.«

Ein paar Minuten später saßen sie bereits auf den dunkelsten Plätzen in der entlegensten Ecke der obskursten Bar in der gesamten Charles Street. Bill wurde erstaunlich schnell bedient. Sarah nippte an ihrem Daiquiri und lächelte.

»Das ist aber eine angenehme Überraschung. Wie nett von Ihnen, mich einzuladen. Warum wollte Mr. Hayre mich übrigens so schnell loswerden?«

Bill zuckte die Achseln bis zu den Augenbrauen, gestikulierte mit seinen erstaunlich kleinen Händen und lehnte sich über den Tisch zu ihr herüber. »Jack ist ein komischer Kerl«, teilte er ihr vertraulich mit.

»Jedenfalls ist er ein echter Geschäftsmann. Ich habe ihm vor einigen Monaten ein paar Sachen verkauft, als ich ziemlich dringend Bargeld brauchte, und ich könnte schwören, daß er bestimmt pro Stück 1 000 Prozent Gewinn erzielt hat.«

»Klaro«, hauchte der Künstler. Er begann mit der Kuppe eines seiner wohlgeformten, aber schmutzigen Finger Bilder in die Luft zu malen. »Kaum vorstellbar, daß Sie in Geldnot geraten könnten.«

»Was meinen Sie wohl, warum ich eine Pension habe?«

»Warum macht man überhaupt irgend etwas?«

»Wahrscheinlich, weil uns keine befriedigendere Alternative einfällt.«

»Ah!« Bill lehnte sich noch weiter über den Tisch, wobei seine riesigen schwarzen Augen im Halbdunkel funkelten. »Aber warum fällt uns keine ein?«

»Ich nehme an, das hängt von den besonderen Umständen, der Konditionierung in der Kindheit, der Persönlichkeit und anderen Faktoren ab.«

»Ge-nau!«

»Irgendwie ist es schon merkwürdig, daß ich beschlossen habe, in Boston zu bleiben und die Pension aufzumachen. Ich hätte auch alles der Bank überlassen können und das Geld, das ich zusammenkratzen konnte, nehmen und mich nach Pago Pago oder Saskatchewan absetzen können.«

»Oder nach Griechenland.«

Sarah mußte über seinen Enthusiasmus lachen. »Oder nach Indien.«

»Ich glaube, Indien wäre nichts für Sie. Ich war schon mal da.« Er malte noch mehr Luftbilder. »Da passen Sie nicht wirklich gut hin.«

»Wo passe ich denn Ihrer Meinung nach hin?«

»Oh-h, vielleicht nach Paris? Ich meine, Sie sind –«, er vollendete mit beiden Händen einige bemerkenswert ausdrucksstarke Zeichnungen in der Luft. »Das war natürlich als Kompliment gemeint.«

»Vielen Dank, Bill. Ich darf Sie doch Bill nennen, nicht wahr?« Vielleicht lag es an ihrem Drink, jedenfalls amüsierte sie sich köstlich.

»Klaro«, murmelte er, »Sarah.«

Sie lächelten sich verstohlen zu, wie es unter diesen Umständen angebracht schien.

»Maxie ist ein Glückspilz«, flüsterte Bill.

»Bill, ich habe Ihnen bereits gesagt –« Sarah gab auf. Warum sollte man einem durch und durch ehrlichen Mann etwas vorlügen? Sie wechselte das Thema. »Sie kennen doch die Gräfin Ouspenska, nicht?«

»Kennt die nicht jeder?«

»Max will sie heute nachmittag besuchen.«

»He-y-y!« Bill legte seine Hand auf Sarahs Hand. Ihre Hände waren ungefähr gleich groß, dabei hatte schon Sarah immer Schwierigkeiten, passende Handschuhe für sich zu finden, weil ihre Hände sehr zierlich waren. »Sie machen sich doch nicht etwa Sorgen wegen Maxie und der alten Lydia?«

»Natürlich nicht.« Sarah fragte sich, ob sie ihre Hand wegziehen sollte, aber sie entschied schließlich, daß Bills Hand so klein war, daß sie nicht zählte. »Es sei denn, sie beschließt, ihn mit vorgehaltener Waffe zu verführen. Aber das wäre doch schrecklich gefährlich, nicht? Und ist es nicht inzwischen auch verboten?«

»Max zu verführen?«

»Nein, eine Waffe bei sich zu tragen.«

»Was für eine Waffe?«

»Ihre eigene, nehme ich an. Ich hoffe, sie hat dafür einen Waffenschein.«

Bill wand sich wie ein Aal. »Woraus schließen Sie, daß Lydia eine Waffe hat?«

»Ich habe sie gesehen.«

»Wann?«

Für Bill Jones klang diese Frage erstaunlich abrupt. Sarah fühlte sich plötzlich nicht mehr angenehm entspannt. Angenommen, sie erzählte Bill davon, wie sie zusammen mit Max zu Lupe gegangen war, nachdem sie Bernie und der Gräfin von Hayres Antiquitätenladen aus gefolgt waren? Angenommen, Bill verriet es Hayre, und Hayre erzählte es Nick Fieringer? Oder sonst jemandem? Am besten wechselte sie das Thema.

»Mal überlegen – wann war das? Ich habe die Gräfin zum ersten Mal getroffen, als ich in Dolores Tawnes Atelier war. Dort hat sie mich zu sich eingeladen. Die beiden sind nämlich Nachbarn in den Fenway-Studios, wie Sie vielleicht wissen. Dann ist sie vor zwei Tagen abends bei mir zu Hause gewesen. Wahrscheinlich habe ich die Waffe in ihrer Handtasche gesehen, als sie den Lippenstift benutzt hat oder so. Sie hat immer eine Riesentasche dabei. Jedenfalls habe ich natürlich kein Wort über den Revolver gesagt, und ich kann mich auch nicht erinnern, daß sonst jemand eine Bemerkung darüber gemacht hat, also waren wir vielleicht doch in ihrer Wohnung, als ich den Revolver gesehen habe. Nein, vielen Dank, ich kann jetzt nichts mehr trinken. Ich gehe besser nach Hause und höre, wie es Max ergangen ist. Ach je, das hätte ich nicht sagen sollen. Ich kann die Gräfin nämlich wirklich gut leiden, und ich bin auch wirklich kein bißchen eifersüchtig, ganz ehrlich nicht, aber sie schwärmt eben ständig von ihrem umwerfenden Max. Haben Sie Lust, mich nach Hause zu begleiten und auf einen kleinen Sherry hereinzukommen?«

»Danke, aber ich muß noch was erledigen«, murmelte Bill. »Aber vielleicht haben Sie Lust, mich später in meiner Bude zu besuchen?«

»Ich weiß noch nicht, was Max heute abend vorhat.«

»Wer hat denn irgend etwas von Max gesagt?«

Sarah errötete und zeigte ihre Grübchen. »Oh, aber das geht doch wirklich nicht. Trotzdem ist es sehr lieb von Ihnen, mich einzuladen. Und vielen Dank für den Drink.«

Sie trennten sich an der Tür. Sarah ging die Mount Vernon Street hinauf. Sie sah nur noch, wie Bill Jones den Weg in Richtung Cambridge Street Station einschlug, wobei er sich eng an die Häuserwände drückte.

Kapitel 18

Sie kam wieder zu spät nach Hause, allerdings nicht so spät wie an dem Tag, als sie in ihrer Bluse steckengeblieben war. Sie betrat das Haus durch die Hintertür und machte sich dann an die Zubereitung des Abendessens, während Mariposa in der Bibliothek die Drinks servierte. Sie schnibbelte und rührte gerade wie verrückt, als Bittersohn, vor Sorge außer sich, hereinstürmte.

»Würdest du mir bitte verraten, wo zum Teufel du gesteckt hast?«

»Ich war mit einem charmanten Herrn etwas trinken.«

»Ich habe schon gedacht, dir sei etwas passiert.«

»Da muß ich dich leider enttäuschen.«

Einen Moment lang schäumte er still vor sich hin und bemerkte dann eine Spur zu beiläufig: »Ich nehme an, es war dein Onkel Jem.«

»Nein, es war Bill Jones, wenn du es genau wissen willst.«

»Was hast du denn mit Bill Jones zu tun?«

»Habe ich dir doch gerade gesagt, wir waren zusammen etwas trinken.«

»Und warum?«

»Weil er mich eingeladen hat.«

»Tatsächlich?«

»Wir haben uns in Mr. Hayres Antiquitätenladen getroffen.«

»Sarah, um Himmels willen, was hast du denn da gewollt?«

»Ich habe eine echte frühbyzantinische Ikone von Lydia Ouspenska bewundert. Wie ist euer Rendezvous denn gelaufen? Oder war es etwa nicht schön?«

»Hör auf, ja? Ich habe sie zum Essen mitgebracht, genau wie du vorgeschlagen hast. Du bist wirklich eine tolle Gastgeberin, das muß man dir lassen!«

»Ich bin sicher, Mrs. Sorpende hat alles im Griff.«

»Was hatte Bill denn zu erzählen?« verlangte Bittersohn zu wissen, nachdem er einen Moment wütend geschwiegen hatte.

Sarah lächelte geheimnisvoll. »Eine ganze Menge.«

»Hat er dir gesagt, daß die Ikone eine Fälschung ist?«

»Natürlich nicht.«

»Hast du es ihm gesagt?«

»Warum sollte ich? Ich bin sicher, daß er es sowieso weiß. Ich habe allerdings erwähnt, daß die Gräfin einen Revolver bei sich trägt.«

»Wie überaus klug von dir. Jetzt weiß er wenigstens, daß wir ihr nach Brookline gefolgt sind.«

»Aber nicht von mir. Ich habe ihm weisgemacht, daß ich die Waffe an dem Abend gesehen habe, als sie hier bei uns war.«

Bittersohn brummte: »Was hat er gesagt, als du es ihm erzählt hast?«

»Er war überrascht und geriet etwas aus der Fassung, glaube ich. Ich habe den heimlichen Verdacht, daß er gerade auf dem Weg zu ihr ist.«

»Wie soll er das denn anfangen? Sie ist hier!«

»Das weiß er doch nicht.«

»Warum hast du ihn dann nicht gleich mitgebracht, wenn du so gern mit ihm zusammen bist?«

»Ich habe ihn auf einen Sherry eingeladen, aber er mußte ja zur Gräfin. Warum machst du überhaupt so viel Wirbel um die Sache, wo ich doch sowieso schon so spät dran bin? Hat sich Ihre Hoheit zum Abendessen wenigstens feingemacht?«

»Und wie!«

»Dann geh zu ihr, und sag ihr, wie hübsch sie ist. Ich komme sofort nach.«

Sarah war inzwischen daran gewöhnt, sich in Windeseile umzuziehen. Etwa drei Minuten später schritt sie schon in die Bibliothek. »Gräfin Ouspenska, bitte verzeihen Sie mir, daß ich eben nicht da war, um Sie zu empfangen. Wir freuen uns sehr, daß Sie kommen konnten.«

»Ich freue mich auch«, rief Lydia und schenkte Mr. Porter-Smith ein strahlendes Lächeln. Sie hatte ein Gewand aus scharlachrotem Crêpe aus der Zeit um etwa 1935 an, das vorn tief und auf dem Rücken noch großzügiger ausgeschnitten war. Eine riesige Seidenanemone prangte auf ihrer linken Hüfte. Sie trug

Armbänder bis zu den Ellbogen und Ohrringe bis zum Schlüsselbein. Mit all ihrem Rouge sah sie großartig aus.

Als Charles verkündete, das Abendessen sei fertig, schritt sie würdevoll am Arm von Porter-Smith, für den sie offenbar eine Schwäche entwickelt hatte, ins Eßzimmer. Der elegante junge Mensch hatte sich in ein neues Madras-Dinnerjackett mit einem heiteren gelb-grünen Karomuster geworfen. Die beiden strahlten nur so um die Wette, daß einem davon schwindelig wurde. Sogar Professor Ormsbys Augen schweiften für einige Augenblicke von Mrs. Sorpendes eindrucksvollen Kurven hinüber zur Gräfin, doch sie war zu mager für seinen Geschmack, und so kehrte sein Blick bald wieder zu seinem Ausgangspunkt zurück.

Lydia Ouspenska war in absoluter Hochform. Sie lachte schallend über jeden Witz, besonders wenn sie ihn selbst gemacht hatte. Sie nahm sich großzügig von allem, was Charles reichte. Plötzlich jedoch hielt sie die Hand vor den Mund und erhob sich schwankend.

Charles hatte sie bereits aus dem Eßzimmer geführt, bevor die anderen überhaupt begriffen hatten, was passiert war. Sarah erhob sich, um ihr zu folgen, doch Mr. Porter-Smith war schneller. »Wenn Sie erlauben, Mrs. Kelling, gehe ich. Ich habe den Fortgeschrittenenkurs in Erster Hilfe besucht.«

»Das ist sehr nett von Ihnen, vielen Dank. Am besten bringen Sie die Gräfin in mein Schlafzimmer, wenn es geht. Und sagen Sie bitte Mariposa Bescheid, falls Charles es noch nicht getan hat.«

Da Sarah wußte, daß ihre tüchtigen Angestellten die Sache schon in den Griff bekommen würden, versuchte sie, weiter ihre Rolle als perfekte Gastgeberin zu spielen. Charles war rechtzeitig wieder zurück, um den Nachtisch zu servieren. Er berichtete, daß es der Gräfin bereits besser gehe, sie habe sich hingelegt, und Mariposa sei bei ihr. Aber als die Gruppe zum Kaffee in die Bibliothek hinübergegangen war, hielt Sarah es doch für besser, selbst nach oben zu laufen und nach dem Rechten zu sehen.

Charles, Mariposa und selbstverständlich auch der unerschütterliche Mr. Porter-Smith hatten die Gräfin höchst effektiv ins Bett verfrachtet. Jemand hatte sogar daran gedacht, die Tagesdecke zurückzuschlagen und ein sauberes Laken unter die Zudecke zu legen, bevor man sie in das Federbett gepackt hatte. Das extravagante rote Kleid lag ordentlich gefaltet über der Rückenlehne von Sarahs Sessel, die Armreifen waren auf dem Nachttisch gestapelt, und die Goldsandalen standen nebeneinander auf dem Bettvorleger. Lydia schlief nicht nur, sie schnarchte auch laut.

Sarah dachte an die höchst ungewöhnlichen Eßgewohnheiten der Gräfin und nahm an, daß es sich möglicherweise um eine kleine Magenverstimmung handelte. Ihr Verdauungstrakt mußte einen Schock davongetragen haben, als sie ihm plötzlich eine vollständige Mahlzeit zugemutet hatte. Sarah schloß die Tür und ging wieder nach unten, um sich etwas beruhigter ihrem Kaffee widmen zu können.

Ihre Pensionsgäste zeigten alle schrecklich viel Verständnis für den kleinen Zwischenfall. Mrs. Sorpende erzählte gerade eine rührende Geschichte, wie die arme Gräfin als kleines Kind aus dem Winterpalast hatte fliehen müssen, gnadenlos gehetzt von wilden Wölfen und Bolschewiken, und wie sie als zartes Kind arm und verlassen auf den Straßen von Istanbul oder einer ähnlich exotischen Stadt aufgewachsen war und dort ihre edelsteinbesetzten Ostereier verkaufen mußte, um sich Croissants und Brioches kaufen zu können. Es war eine wirklich fesselnde Geschichte, und Sarah tat es nur leid, daß die Gräfin sie nicht hören konnte. Trotzdem war sie erleichtert, als Mrs. Sorpende die Erzählung beendet hatte und sie wieder nach oben gehen und nach der Patientin sehen konnte. Sie war nicht besonders überrascht, als Max Bittersohn sie begleitete.

Lydia schien noch tiefer zu schlafen als zuvor, denn ihr Atem kam nur stoßweise und gurgelnd. »Völlig weggetreten«, sagte Max. »Bestimmt hat sie deinem Wein kräftig zugesprochen, als ich auf sie gewartet habe, weil sie sich noch umziehen wollte.«

»Wein?« fragte Sarah. »Ich habe doch bloß Lebensmittel geschickt.«

»Merkwürdig. Es stand aber eine Flasche auf dem Tisch neben der Treppe. Ich habe natürlich angenommen –« Er beugte sich über die schlafende Frau und sah plötzlich sehr besorgt aus.

Sarah schielte unter seinem Ellbogen durch. »Sie macht so merkwürdige Geräusche. Und unter der dicken Schicht Make-up kann man ihre richtige Farbe überhaupt nicht erkennen. Kannst du bitte das Töpfchen Cold Cream aus dem Badezimmer holen? Und ein Handtuch.«

Sie versuchte, ihr den Puls zu fühlen, doch Bittersohn war schon wieder mit der Cold Cream und ihrem besten spitzenverzierten Gästehandtuch zurückgeeilt. »Hier«, Sarah hielt ihm das leblose Handgelenk der Gräfin hin, »versuch du mal. Ich bin nicht besonders gut im Pulsfühlen.« Sie schmierte Cold Cream auf die angemalten Wangen der Gräfin und begann, das Make-up abzuwischen. Die Haut, die darunter zum Vorschein kam, hatte eine merkwürdig bläuliche Farbe. »Max, das sieht mir aber gar nicht gut aus.«

Er blickte sie finster an. »Der Puls ist so schwach, daß ich ihn kaum noch fühlen kann. Ruf Charlie, und sag ihm, er soll sofort ein Taxi bestellen.«

»Meinst du, es hätte irgendein langsam wirkendes Gift in dem Wein sein können?«

»Ich weiß es nicht, aber nach dem, was Brown zugestoßen ist, sollten wir besser kein Risiko eingehen.«

Sie wickelten die bewußtlose Frau in Decken und fuhren mit ihr zur Notaufnahme des Krankenhauses. Der diensthabende Assistenzarzt sah Lydias Farbe, kontrollierte ihren Herzschlag, kratzte sich am Kopf und ließ einen Stationsarzt holen. Dieser untersuchte sie ebenfalls, hob ein Augenlid an, betrachtete die Pupille und ließ einen medizinisch-technischen Assistenten kommen. Sarah und Max wurden mit Fragen überschüttet. Wo war die Gräfin gewesen? Was hatte sie gegessen? Hatte sie irgendwelche Krankheiten? Wer waren ihre nächsten Angehörigen?

Bei der letzten Frage brach Sarah in Tränen aus. »Können Sie uns nicht endlich sagen, was ihr fehlt?« schluchzte sie.

»Vielleicht handelt es sich um eine allergische Reaktion«, mutmaßte der Assistenzarzt.

»Vielleicht sollten wir ihr den Magen auspumpen und sie an ein Sauerstoffgerät anschließen«, meinte der Stationsarzt.

Die Gräfin Ouspenska wurde weggerollt, und Max und Sarah mußten die Fragen eines erschöpften Mannes in der Notaufnahme beantworten.

Als sie das hinter sich gebracht hatten, sagte Sarah: »Am besten, wir warten hier.«

»Es kann aber ziemlich lange dauern«, warnte er sie.

»Das ist mir egal. Ich fühle mich für sie verantwortlich. Vielleicht war es etwas, das ich gekocht habe.«

»Dann wären wir auch krank, meinst du nicht?«

»Aber wenn es eine Allergie ist?«

»Das glaubst du doch wohl selbst nicht.«

Die Stühle im Wartezimmer wurden immer unbequemer. Bittersohn wanderte in den Fluren auf und ab und brachte alles mögliche aus den Getränke- und Süßwarenautomaten mit, die er finden konnte: Kaffee, der kein Aroma hatte, muffige alte Cracker, die angeblich mit Erdnußbutter gefüllt waren, aber nach Schellack schmeckten, und Schokoladenriegel mit viel Zucker und künstlichen Aromastoffen. Sarah machte nicht einmal den Versuch, sie zu essen. Nach einer Weile fand sie ein Münztelefon und rief zu Hause an.

»Charles, geht es den anderen gut? Dann kann es ja eigentlich keine Lebensmittelvergiftung gewesen sein. Nein, man hat uns noch gar nichts gesagt. Ja, soweit ich weiß, ist sie noch – ich bin sicher, man wird hier alles Menschenmögliche für sie tun. Nein, warten Sie nicht auf mich. Ich habe meinen eigenen Schlüssel bei mir, und Mr. Bittersohn ist auch hier.«

Sie legte wieder auf und ging zu ihm zurück. »Zu Hause ist alles in Ordnung. Ich verstehe bloß nicht, warum es erst so spät gewirkt hat, wenn es wirklich Gift war. Sie war doch schon zwei Stunden bei uns, als ihr urplötzlich übel wurde. Sie hat dir doch hoffentlich nichts von dem Wein angeboten?«

»Nein. Sie wollte nur einen Tee machen, aber ich habe ihr gesagt, das sei nicht nötig.«

»Wie lange warst du in ihrem Atelier?«

»Etwa eine Stunde.«

»Und was hast du da getan?«

»Erzählt. Vielmehr zugehört, du kennst ja Lydia.«

»Worüber hat sie denn geredet?«

»Über das Leben, die Liebe, die Probleme einer kreativen Künstlerin, was weiß ich. Lydia war in einer merkwürdigen Stimmung. Welches Thema ich auch ansprach – immer wich sie aus und wurde kokett. Sie sagt, sie hat Nick Fieringer seit Jahren nicht gesehen, was ich für eine Lüge halte. Sie hat auch behauptet, daß Palmerston immer noch verrückt nach ihr ist, wobei ich verdammt gut weiß, daß es gelogen ist. Alles, was ich aus ihr herausbekommen habe, ist, daß der Mann in ihrem Bett in der besagten Nacht Bill Jones war, und das bedeutet nichts.«

»Warum nicht?«

»Weil Bill die halbe Zeit bei ihr schläft, das sagt sie jedenfalls. Seine Kumpel nehmen ständig seine Bude für irgend etwas in Beschlag. Wenn er müde ist und es zu spät ist, eine von seinen

Freundinnen zu stören, kommt er zu Lydia und kriecht bei ihr ins Bett. ›Ist aber rein plutonisch‹, sagt sie.«

»Jede Wette! Max, sollten wir nicht in ihr Atelier gehen und uns die Weinflasche schnappen, bevor es jemand anderes tut?«

»Wenn es wirklich Gift war, was sich ja nachweisen läßt, hat das sicher schon irgend jemand getan. Und wenn es kein Gift war, warum sollten wir die Flasche dann holen? Außerdem, mein anbetungswürdiger kleiner Wuschelkopf, nennt man das Unterdrückung von Beweismaterial.«

»Oh.«

Sie blieben noch eine Weile sitzen, dann fragte Sarah: »Hat Brooks irgend etwas über Mr. Fitzroy herausgefunden?«

»Hat er. An dem Sonntag, an dem Witherspoon getötet wurde, hat Fitzroy an einem Familientreffen mit etwa 87 anderen Fitzroys in Topsfield teilgenommen. An dem Montag, an dem Brown ermordet wurde, war Fitzroy jede verdammte Minute mit den Wächtern zusammen. Er hat ihnen nämlich die Hölle heiß gemacht, wie so etwas passieren konnte, während er weg war. Brooks nimmt stark an, daß er als Täter nicht in Betracht kommt, und ich stimme ihm zu. Sein Kontostand und sein Lebensstil stehen in völligem Einklang mit seiner Stellung, und sein Charakter ist so untadelig, daß man ihn nur bedauern kann.«

»Tut mir leid, Liebling.« Sarah streichelte seine Hand und machte sich auf die Suche nach der Damentoilette. Zuerst verbrachte sie eine geraume Zeit damit, sich frisch zu machen und ihre Haare in Ordnung zu bringen, geriet aber dann in Panik, weil sie befürchtete, den neuesten Bericht der Ärzte verpaßt zu haben, und rannte wieder hinaus auf den Flur, ohne die letzte Strähne festgesteckt zu haben.

»Warum frisierst du dich nicht fertig?« meinte Bittersohn.

Sie ging zurück und beendete ihr Werk. Dann saßen sie wieder nebeneinander auf dem Flur. Endlich fragte Sarah: »Wo ist sie denn gewesen, bevor du bei ihr warst?«

Bittersohn zuckte zusammen. »Wo war was?«

»Tut mir leid, ich habe nicht gewußt, daß du eingeschlafen warst.«

»War ich auch nicht«, sagte er verärgert. »Ich habe nachgedacht.«

»Worüber denn?«

»Mmh?«

Sarah hob eine Zeitung auf, die irgend jemand fortgeworfen hatte, und las einen Bericht über Leichen in einsamen Straßen. Bittersohns Kopf ruhte schwer, aber angenehm auf ihrer Schulter. Sie bettete ihn etwas bequemer, legte ihre Wange an sein dichtes, gewelltes dunkelbraunes Haar und löste das Kreuzworträtsel. Schließlich las sie den Sportteil und verfolgte den faszinierenden Gedanken, wie man einem Rennpferd wohl ein Handicap verpassen konnte, als der Assistenzarzt herauskam.

»Es war eine Mischung aus Arsen und Nembutal«, teilte er ihr mit. »Dr. Fingerford sagt, Sie sollen hier warten, bis die Polizei kommt.«

Kapitel 19

Inzwischen kannten Sarah und Max ungefähr jeden Polizisten in Boston. Als die uniformierten Beamten Moynahan und Maloney in ihrem Streifenwagen vorfuhren, sagten diese daher auch nur »Mein Gott, schon wieder ihr beiden!« und ließen die Zivilbeamten Fitzpatrick und Fitzgibbon holen. Das zweite Gespann meinte bei seiner Ankunft etwa dasselbe.

»Nun, Mrs. Kelling«, begann Fitzgibbon. »Bitte erzählen Sie uns doch, wie Sie dazu kamen, diese angebliche Gräfin Ouspenska einzuladen.«

»Ich habe sie erst vorige Woche durch Mrs. Tawne kennengelernt, eine Malerin, die mit meinem Cousin Brooks Kelling befreundet ist. Die Gräfin und Mrs. Tawne sind Nachbarn in den Fenway-Studios in der Ipswich Street. Mrs. Tawne hatte mich zum Tee gebeten. Als ich da war, schneite die Gräfin herein und lud mich zu sich in ihr Atelier ein. Dann hat sie uns neulich abends zu Hause besucht. Meine Pensionsgäste fanden sie alle sehr amüsant, also fragte ich Mr. Bittersohn, ob er sie heute abend zum Essen mitbringen wolle.«

»Eine alte Freundin von Ihnen, Bittersohn?« fragte Fitzpatrick.

»Wenn Sie das so meinen, wie ich vermute, lautet die Antwort nein. Ich kenne sie seit einigen Jahren flüchtig. Heute nachmittag habe ich erwähnt, daß ich Lydia treffen würde, und daraufhin hat mich Mrs. Kelling ganz spontan gebeten, sie doch einzuladen.«

»Das stimmt«, bestätigte Sarah. »Ich wußte nicht einmal genau, ob sie überhaupt kommen würde.«

»Was hat sie bei Ihnen zu sich genommen?«

»Nur das, was wir alle gegessen haben.« Sarah zählte die Gerichte auf. »Vor dem Abendessen treffen wir uns immer in der

Bibliothek. Ich selbst war zwar nicht dort, denn ich bin heute etwas später gekommen – kurz nachdem die Gräfin eingetroffen war –, aber man hat mir versichert, daß sie sofort dorthin geführt worden ist. Einige meiner Pensionsgäste waren ebenfalls schon anwesend. Sie bekam Sherry aus derselben Karaffe wie wir alle, und Horsd'œuvres vom selben Tablett. Beim Essen hat sie sich aus denselben Schüsseln bedient wie wir anderen auch. Die Gräfin schien äußerst gut aufgelegt zu sein und hat sehr viel gegessen. Ich wußte, daß sie unregelmäßige Eßgewohnheiten hat, also habe ich angenommen, sie hätte vielleicht zuviel und zu schnell gegessen, als ihr plötzlich übel wurde.«

»Hm. Bittersohn, wie lange waren Sie mit dieser Ouspenska vor dem Abendessen zusammen? Sind Sie gemeinsam mit ihr zu Mrs. Kellings Haus gegangen, oder wie?«

»Wir sind zusammen in meinem Wagen hingefahren. Vorher war ich etwa eine Stunde lang in ihrem Atelier.«

»Was haben Sie da gemacht?«

»Uns unterhalten. Sie ist zufällig Expertin für byzantinische Ikonen.«

»Was immer das ist. Haben Sie zusammen etwas getrunken oder so?«

»Nein. Ich habe eine Flasche Wein auf dem Tisch stehen sehen, aber sie hat mir nichts davon angeboten. Vielleicht hat sie etwas gegessen oder getrunken, als sie sich in ihrem hinteren Zimmer umgezogen hat.«

»Oder eine Tablette genommen«, warf Sarah ein.

»Wie kommen Sie denn auf Tabletten?« fragte Fitzgibbon.

»Das weiß ich auch nicht so genau. Es ist mir bloß gerade eingefallen, wahrscheinlich, weil sie nicht mehr ganz so jung ist. Ich habe nämlich ziemlich viele Tanten mittleren Alters, und die nehmen alle ständig Pillen für irgend etwas. Ihre Tanten etwa nicht?«

»Jesses, wirklich, da könnten Sie irgendwie recht haben. Meine Tante Theresa stellt auch jedesmal, wenn sie uns besucht, sechs verschiedene Pillendöschen gegen irgendwelche Beschwerden vor sich auf den Tisch. Und schluckt eine Pille nach der anderen, als wenn es Bonbons wären.«

Max hatte eine Tante Fruma, die das gleiche tat, und Fitzpatrick versuchte gerade, ihnen von seiner Tante Mary Margaret zu erzählen, als Fitzgibbon ihn unterbrach.

»Wer würde denn etwas über die Tabletten wissen? Diese Nachbarin, von der Sie da eben gesprochen haben, ist doch sicher eng mit ihr befreundet, wie?«

»Ich weiß nicht, ob man das wirklich als Freundschaft bezeichnen kann. Mrs. Tawne hat mir damals erzählt, die Gräfin habe die Gewohnheit, immer zu den Mahlzeiten bei ihr hereinzuplatzen; ich nehme also an, daß sie irgendwann sicher auch über ihre gesundheitlichen Probleme gesprochen hat, falls sie überhaupt welche hat. Die Gräfin ist nicht gerade das, was man als zurückhaltende Frau bezeichnen würde.«

»Dann sollten wir wohl besser hingehen und uns erkundigen.«

»So spät noch?« Sarah weinte fast vor Erschöpfung. »Mrs. Tawne ist auch nicht mehr die Jüngste, sie liegt bestimmt schon seit Stunden im Bett.«

»Ihr Pech«, sagte Fitzgibbon. »Aber für mich sieht die Sache nach einem Mordversuch aus, und vielleicht hatte Mrs. Tawne genug davon, sich anschnorren zu lassen. Wenn sie diese Ouspenska die ganze Zeit durchgefüttert hat, hatte sie ja wohl auch genug Gelegenheit, ihr was ins Essen zu mischen, oder nicht?«

»Möglich wäre es schon.« Sarah stieß einen tiefen Seufzer aus, folgte den beiden Detektiven hinaus zu deren Wagen und war dankbar dafür, daß sie sich auf Max Bittersohns Arm stützen konnte.

Wie sie erwartet hatte, war Dolores Tawne nicht gerade entzückt, aus dem Schlaf gerissen zu werden. Sie erschien in ihrer Ateliertür in einem rosafarbenen Plisseemorgenrock und hatte das Haar voller Lockenwickler aus Metall, von denen Sarah bisher gedacht hatte, daß sie heutzutage nur noch von Cousine Mabel benutzt würden.

»Es tut mir so schrecklich leid«, begann Sarah mit stockender Stimme.

»Na, das sollte man ja wohl auch erwarten, wenn man mitten in der Nacht mit einem Haufen Männer herumzieht und einen solchen Höllenlärm veranstaltet! Brooks hat mir zu verstehen gegeben, daß Sie eine anständige Frau wären.« Sie schüttelte drohend ihr lockenwicklerbewehrtes Haupt gegen Max.

Auch Fitzgibbon war müde. »Sind Sie Mrs. Dolores Tawne?« schnauzte er sie an.

»Die bin ich allerdings, und würden Sie jetzt wohl endlich die Freundlichkeit besitzen, mir mitzuteilen, was Sie –«

»Wir sind von der Polizei.« Er hielt ihr seinen Ausweis und seine Dienstmarke unter die Nase. »Würden Sie mir bitte sagen, wann Sie Ihre Nachbarin Mrs. Ouspenska zuletzt gesehen haben?«

»Ich vermute, Sie meinen die Dame, die sich selbst als Gräfin bezeichnet und, soweit ich weiß, immer noch eine Miss ist. Ich bezweifle sehr, daß sie sich je die Mühe gemacht hat, einen von ihren Kerlen zu heiraten. Warum wollen Sie das wissen?«

»Wir werden schon unsere Gründe haben, Mrs. Tawne. Würden Sie jetzt bitte unsere Frage beantworten?«

»Humph! Na ja, da bleibt mir wohl – lassen Sie mich mal nachdenken. Meistens platzt sie ja bei mir herein, wenn ich gegen vier Uhr meinen Tee trinke. War sie heute auch da? Nein, ich war heute nachmittag im Museum. Ich meine natürlich gestern nachmittag. Dann sind wir uns wohl irgendwann vorher hier auf dem – eh – den sanitären Anlagen begegnet. Wir haben nämlich beide kein eigenes Badezimmer. Es ist wirklich ein Jammer.«

»Was für einen Eindruck machte sie auf Sie? War sie so wie immer?« fragte Fitzpatrick.

»Es ging ihr nicht besonders gut, wie immer, falls Sie das meinen. Wenn eine Frau in ihrem Alter jede Nacht bis in die Puppen ausgeht und sich in schlechter Gesellschaft betrinkt, ist sie es selbst schuld. Wie oft habe ich ihr das schon gesagt!«

»Mit anderen Worten, sie hatte einen Kater?«

»So könnte man es nennen.«

»Würden Sie sagen, daß sie sehr depressiv war?«

»Sie ist immer deprimiert, jammert herum und klagt darüber, daß sie alt wird und nicht mehr schön genug ist. Dabei braucht sich eine anständige Frau doch höchstens darüber Sorgen zu machen, ob sie sauber und ordentlich angezogen ist.« Dolores zog den formlosen Morgenrock fester um ihre tonnenförmige Figur.

»Hat sie jemals in Ihrem Beisein von Selbstmord gesprochen?«

»Mindestens alle fünf Minuten. Ich finde es allerdings absolut geschmacklos, über so etwas auch noch Witze zu machen.«

»Was für Witze waren es denn?«

»Oh, russisches Roulett. Neulich hat sie behauptet, sie hätte eine neue Version erfunden. Sie wollte eine ihrer Magenkapseln mit Gift füllen und dann – aber jetzt sagen Sie mir doch zuerst mal, was Sie überhaupt wollen. Ich habe schließlich ein Recht, es zu erfahren.«

Fitzgibbon erzählte es ihr. »Die Gräfin Ouspenska liegt mit Arsenvergiftung im Krankenhaus, und wir würden gern wissen, wie es dazu gekommen ist.«

»Um Gottes willen! Dann bin ich ja schuld daran!«

»Wieso Sie?«

»Weil«, Dolores fuhr sich mit ihrer eckigen roten Hand über ihr eckiges rotes Gesicht, »ich nicht geglaubt habe, daß sie es ernst meinte. Ich dachte, es wäre bloß wieder einer ihrer dummen Späße. Ich hätte sie daran hindern müssen!«

»Wie hätten Sie das gekonnt?«

»Ich weiß es nicht. Ich hätte ihr vielleicht die Kapseln wegnehmen können.« Dolores ließ sich auf einen Stuhl fallen. »Ich weiß es auch nicht.«

»Nun beruhigen Sie sich doch wieder, Mrs. Tawne«, sagte Fitzpatrick, der ein mitfühlender Mensch war. »Sie können sich doch nicht die Schuld daran geben, wenn ein anderer Mensch beschließt, etwas derart Schwachsinniges zu inszenieren. Können Sie sich noch daran erinnern, was genau sie Ihnen über die Sache erzählt hat?«

»Soweit ich mich erinnere, hat sie gesagt, sie würde die Füllung aus einer ihrer Magenkapseln herausnehmen, sie hat nämlich immer schreckliche Probleme mit dem Magen, weil sie sich so falsch ernährt oder vielmehr weil sie sich überhaupt nicht ernährt. Na ja, jedenfalls hat sie gemeint, sie wollte eine Kapsel mit Gift füllen und dann wieder zu den anderen legen. So würde sie nicht wissen, wann sie das Gift zu sich nehmen würde. Es wäre viel lustiger, wenn es eine Überraschung wäre. Genau das hat sie gesagt: lustiger. Ich habe ihr gesagt, sie sollte aufhören, sich derart kindisch aufzuführen, aber sie hat mich nur ausgelacht.« Dolores brach in Tränen aus.

Sarah legte ihren Arm um die fleischigen Schultern. »Mrs. Tawne, nehmen Sie es sich doch bitte nicht so sehr zu Herzen. Vielleicht übersteht sie ja auch alles heil. Die Ärzte tun alles, was sie können. Warum machen Sie sich nicht eine schöne Tasse Tee und legen sich wieder ins Bett?«

»Genau«, sagte Fitzgibbon. »Wir verschwinden jetzt und lassen Sie schlafen. Wissen Sie, ob es eine Möglichkeit gibt, in das Atelier von Gräfin Ouspenska zu kommen?«

»Wahrscheinlich brauchen Sie nur die Tür aufzumachen. Meistens vergißt sie nämlich abzuschließen. Von hier aus ist es die zweite Tür rechts.«

Wie Dolores vorhergesagt hatte, war die Tür nicht abgeschlossen. Sie marschierten hinein. Bittersohn fand einen Lichtschalter und tauchte den Raum in das schwache Licht einer gelblichen 20-Watt-Birne.

»Jesses«, sagte Fitzgibbon. »Hier sieht es ja aus wie ein Trödelmarkt. Die muß wirklich ein bißchen verrückt sein.«

»Sie ist eine Künstlerin«, sagte Sarah. Irgendwie fühlte sie sich verpflichtet, die Gräfin in Schutz zu nehmen.

»Ach ja? Wo würde sie denn wohl Ihrer Meinung nach ihre Tabletten aufbewahren?«

»Sie könnten überall sein.« Sarah schaute sich in dem Chaos von Möbeln und Nippes um. »Ich würde sagen, neben dem Bett oder über dem Waschbecken. Dort hinten ist auch noch ein kleines Zimmer und so etwas wie eine Kochnische.«

Sie bahnten sich einen Weg durch das Durcheinander und fanden schließlich das Bett. Auf dem schmutzigen Kopfkissen ruhte sanft schlummernd der Lockenkopf von Bill Jones.

»Bill«, rief Fitzpatrick, »was machst du denn hier?«

Der Künstler warf die Decken zurück und richtete sich auf. Bis auf seine lavendelfarbenen Satinshorts war er unbekleidet. »Oh, hallo, Fitz. Hallo, Sarah. Hallo, Max. Was ist denn los?«

»Bist du ein Freund von dieser Ouspenska, Bill?« In Anbetracht der lavendelfarbenen Shorts schien Fitzpatricks Frage reichlich überflüssig.

»Klaro. Lydia ist eine alte Freundin von mir. Ein paar von den Jungs wollten heute nacht meine Bude benutzen. Ich brauchte sie ja selbst nicht«, fügte er mit einem fast unmerklichen Seitenblick auf Sarah hinzu. »Also hab' ich mich hier in die Falle gehauen. He, was soll denn eigentlich diese ganze Delegation? Ist mit Lydia alles in Ordnung?«

»Sie liegt im Massachusetts General Hospital mit einer Ladung Arsen im Magen.«

»Oh nei-i-n!«

»Hat sie dir jemals erzählt, daß sie russisches Roulett mit ihren Magenkapseln spielen wollte?«

»Klaro, aber he, du meinst, sie wollte mich nicht veralbern?«

»Das wird sich noch herausstellen. Kannst du dir vorstellen, wie sie an das Arsen gekommen sein könnte?«

»Kumpel, die Typen, mit denen sie immer herumläuft, könnten sich eine Wasserstoffbombe beschaffen.«

»Tatsächlich? Na, dann wäre das Problem ja schon mehr oder weniger geklärt. Deck dich lieber zu, Bill, sonst erkältest du dich noch. Bloß damit alles seine Richtigkeit hat, du weißt nicht zufällig, wo sie ihre Tabletten aufbewahrt hat, oder?«

»Direkt da vorn.«

Ein Fläschchen mit riesigen gelben und grünen Kapseln stand gut sichtbar auf der Anrichte. Fitzpatrick wickelte es vorsichtig in ein Papiertaschentuch und legte es in eine kleine Schachtel, die er aus der Tasche zog. »Kein Problem, eine von den Dingern auseinanderzunehmen und neu zu füllen. Die Gelatinekapsel braucht eine Weile, bis sie sich auflöst, besonders bei einem vollen Magen, also hätte sie die Wirkung nicht sofort gespürt. Arsen wirkt sowieso nicht besonders schnell. Das üppige Essen hat ihr möglicherweise das Leben gerettet. Außerdem hat ihr Magen offenbar dagegen rebelliert, so daß sie damit auch einen Teil des Giftes wieder losgeworden ist, bevor es überhaupt wirken konnte. Ich nehme an, sie hatte sich gedacht, das Nembutal würde sie betäuben, so daß sie die Schmerzen nicht fühlen würde, wenn das Arsen anfing zu wirken. Den Rest hier lassen wir im Labor untersuchen, damit die auch was zu tun haben.«

»Hör mal«, sagte Fitzgibbon, »und wie wäre es, wenn dieser Kerl hier die Knockout-Tropfen selbst präpariert hat? Vielleicht handelt es sich ja um ein Verbrechen aus Leidenschaft oder so.«

»Er ist doch der kleine Bruder von Pericles Jonubopoulos.«

»Oh! Das wußte ich nicht. Nichts für ungut, Kumpel.«

»Schon in Ordnung, Kumpel«, sagte Bill großzügig. »He, jetzt mal im Ernst, kommt Lydia wieder auf die Beine? Vielleicht sollte ich sie im Krankenhaus besuchen?«

»Man würde dich gar nicht zu ihr hereinlassen«, klärte ihn Bittersohn auf. »Sarah und ich durften auch nicht in ihr Zimmer. Sie ist sehr krank, denn ihre körperliche Verfassung war sowieso nicht besonders gut, aber der Arzt meinte, daß sie durchaus eine Überlebenschance hat.«

»Dann kann ich mich ja genausogut wieder in die Falle hauen. Nacht, Sarah. Nacht, Max. Nacht, Fitz. Nacht, Kumpel.« Der kleine Bruder von Pericles Jonubopoulos schenkte allen Anwesenden ein süßes Lächeln, zog das ehemals weiße Laken über seinen schlanken braunen Körper und legte sich wieder schlafen.

Sarah hielt den Mund, bis die beiden Fitze sie und Bittersohn an der Tulip Street abgesetzt hatten. Dann explodierte sie.

»Wie verdammt praktisch!«

»Ganz meine Meinung. Ich glaube, ich gehe zurück und unterhalte mich noch ein bißchen mit Bill.«

»Max, aber es ist doch so spät!«

»Ich hoffe nur, daß es nicht schon zu spät ist. Verflucht noch mal, Sarah, ich habe eine Heidenangst.«

»Dann laß es uns hinter uns bringen.«

»Vielleicht wäre es dir lieber, wenn ich nicht mitkommen würde. Dann könntest du ihn mit deinen weiblichen Tricks becircen.« Er legte seinen Arm um sie und lehnte seinen Kopf gegen ihren. »Wieso hat Bill dich denn Sarah genannt?«

»Das hat nichts zu bedeuten. Er weiß genau, daß ich ein kleines Techtelmechtel mit Max Bittersohn habe. Das hat er nämlich zu Mr. Hayre gesagt. Außerdem habe ich keinerlei Tricks mehr auf Lager. Du glaubst doch wohl nicht im Ernst, daß Bill versucht hat, Lydia Ouspenska zu ermorden?«

»Wie könnte ich das? Er ist doch schließlich der kleine Bruder von Pericles Jonubopoulos. Aber ich glaube schon, daß Bill etwas weiß. Bill ist am liebsten immer über alles informiert. Am besten, du gehst jetzt ins Haus und schläfst ein bißchen.«

»Nein, ich möchte lieber bei dir bleiben. Es ist so schrecklich, überall sterben Menschen, und die Polizei sagt nur, Pech gehabt, und verzieht sich wieder.«

»Der Polizei kannst du das nicht vorwerfen; sie weiß doch gar nicht, daß zwischen Lydia und den beiden Wächtern im Wilkins-Museum eine Verbindung besteht.«

»Und du hast es ihnen nicht erzählt, weil du alles selbst erledigen willst.«

»Von wollen kann da eigentlich nicht die Rede sein, aber ich muß es ja wohl, jetzt, wo Palmerston mir keine andere Wahl läßt. Das weißt du doch. Mal sehen, ob wir am Beacon Hill ein Taxi bekommen, wenn du noch so weit laufen kannst.«

»Ich bin inzwischen so müde, daß mir das auch nichts mehr ausmacht. Also los.« Sie gingen eine Zeitlang schweigend nebeneinander her, dann sagte Sarah: »Weißt du, derjenige, der das alles macht, muß wahnsinnig gut informiert sein. Er mußte von Witherspoons Schwindelanfällen wissen, von Browns versteckter Flasche und von Lydias neuestem Scherz über ihre Magenkapseln, aber das heißt wahrscheinlich überhaupt nichts, denn Brown war Lupes Onkel, Lupe ist Bernies Freund, Bernie ist mit Lydia befreundet, und Lydia ist die Nachbarin von Dolores Tawne. Irgendwie scheint hier jeder jeden zu kennen. Bernie hätte genausogut das Zeug in Lydias Kapsel füllen können, als sie zusammen waren, nicht?«

»Natürlich.«

»Wenn er es gewesen ist, hat ihn sicher Mr. Fieringer dazu angestiftet, oder?«

»Du könntest Nick ja selbst fragen«, sagte Bittersohn. »Da vorn geht er nämlich.«

Die schwerfällige Gestalt des Impresarios entfernte sich gerade von den Fenway-Studios, als Sarah und Max sich dem Gebäude näherten. Sie konnten sein gelbes Gesicht ganz deutlich im Licht der Eingangslampe über der Treppe sehen. Diesmal lächelte Nick ausnahmsweise nicht. Er beachtete sie überhaupt nicht, sondern bog um die Ecke und ging an der katholischen Kirche vorbei.

»Wohl auf dem Heimweg«, sagte Bittersohn. »Er hat ein Apartment in der Hemenway Street. Komm, wir gehen ins Haus.«

Sie gingen nach oben in den zweiten Stock, schlichen auf Zehenspitzen durch den Korridor mit seinen quietschenden Holzbohlen, der so angenehm nach Leinsamenöl und Terpentin roch, und öffneten die Tür von Lydia Ouspenskas Atelier. Aus dem dunklen Zimmer hörten sie Bill Jones' schläfrige Stimme fragen: »Was ist los, Nick? Was vergessen?«

Kapitel 20

»Nick ist schon weg«, sagte Bittersohn. »Wir sind es, Sarah und Max. Stört es dich, wenn wir kurz zu dir hereinkommen?«

»Nei-ein.« Bills weiche Stimme klang ein winziges bißchen gereizt, als er aufstand und das Licht anknipste, damit sie sich nicht das Genick brachen, wenn sie die Treppe von der Galerie herunterstiegen. »Ich hätte genausogut zu Hause bleiben können. Hier ist heute nacht bestimmt mehr los als in meiner eigenen Bude.«

»Tut mir leid, Bill. Das kommt davon, wenn man sich bei plutonischen Frauen in die Falle haut. Wie lange ist Nick denn geblieben?«

»Lange genug, um auf Wiedersehen zu sagen. Er wollte zu Lydia.«

»Hast du ihm von dem russischen Roulett erzählt?«

»Klaro. Warum nicht?«

»Und was hält er davon?«

Bill begann, Bilder in die Luft zu malen. »Nick sagt, das beweist mal wieder, daß keiner den anderen wirklich kennt.«

»Mit anderen Worten, er glaubt es auch nicht.«

»Was soll ich dazu sagen, Maxie? Wir haben alle nicht gedacht, daß sie es ernst meinte. Du kennst doch Lydia. Ich meine, so gut wie man jemanden überhaupt kennen kann.«

»So gut kenne ich sie bestimmt nicht, aber ich kenne sie trotzdem. Verdammt noch mal, Lydia hat sich heute abend köstlich amüsiert. Nicht wahr, Sarah?«

»Ganz bestimmt. Und keiner kann mir auch nur einen Augenblick lang weismachen, daß sie ernsthaft daran gedacht hat, sich umzubringen. Und wenn sie es doch getan haben sollte, dann hätte sie bestimmt keine Methode gewählt, die so schmerzhaft, unangenehm und unspektakulär ist wie Arsen. Sie hätte sich eher mitten im Boston Common hingehockt und mit einem Schwert von Iwan dem Schrecklichen Harakiri begangen oder etwas in dem Stil. Und sie hätte damit gewartet, bis sich ein Riesenpublikum um sie geschart hätte, das sie davon abhalten konnte.«

»Ge-nau«, sagte Bill.

»Dürfen wir uns hier ein bißchen umsehen?« fragte Bittersohn.

»Natürlich. Ist doch nicht meine Bude. Oh, he, vielleicht sollte ich mir 'ne Hose oder so was anziehen?«

»Warum gehen Sie nicht einfach wieder ins Bett?« schlug Sarah vor.

»Nei-in. Ich will sehen, wie Maxie ermittelt. Wie weißt du eigentlich, wann du einen Anhaltspunkt vor dir hast, Kumpel?«

»Wenn ich mit dem Schienbein dagegen stoße.« Bittersohn hielt ein noch unfertiges Bild in die Höhe und versuchte, mit einem wunderschönen Taschentuch aus irischem Leinen die Farbflecken von seiner teuren englischen Hose abzuwischen. »Was hältst du davon?«

Nur mit seinen lavendelfarbenen Shorts bekleidet, bahnte sich Bill auf seinen zierlichen, nackten Füßen einen Weg durch das vollgestellte Zimmer, indem er über das Durcheinander von Schemeln, Taburetts und Schirmständern kletterte, um einen genauen Blick auf die Leinwand werfen zu können. Er kratzte sich in den tiefschwarzen Locken. »Sieht ganz so aus wie zwei Drittel von einem Murillo.«

»Genau das ist es auch, Junge. Bei Madam gibt es genau denselben. Ungefähr das einzige Original, das noch da ist, wenigstens schien es am Sonntag noch ganz so, jedenfalls soweit ich sehen konnte. Aber es soll offenbar ebenfalls ausgetauscht werden.«

»Klaro, aber ein Murillo? Wer kauft denn schon einen heißen Murillo?«

»Irgend jemand findet sich wohl immer. Meinst du, daß Lydia das hier gemalt haben könnte?«

Bill begutachtete das Bild mit seinem Expertenblick. »Lydia ist wirklich gut, weißt du. Die Ikonen, die sie gemalt hat – das mit den Ikonen hast du doch sicher schon herausgefunden, nicht?«

»Sarah hat es entdeckt.«

»Sind sie nicht gut? Wie ich schon sagte, diese Ikonen sind echte Kunstwerke. Ich meine, jeder, der eine dieser Ikonen kauft, bekommt etwas für sein Geld, selbst wenn er nicht das gekauft hat, was er sich eigentlich vorgestellt hat. Aber das –« Bill zog den quastenverzierten Seidenschirm einer zierlichen Boudoirlampe heran und hielt das Licht näher an das Bild. »Maxie, kapierst du, was ich sagen will? Ich meine, schlecht ist die Arbeit hier auch nicht gerade.« Seine freie Hand machte schnelle Bewegungen in Richtung Leinwand. »Gekonnt. Aber Lydia ist eine Ikonenmalerin. Kapierst du, Maxie?«

Sogar Sarah kapierte. Die stark stilisierten Miniaturen mit ihren penibel ausgeführten einzelnen Bildelementen unterschieden sich zu sehr von der sinnlichen, lebhaften, süßlichen Schönheit des Murillo. Man sollte eigentlich erwarten, daß wenigstens Anflüge der strengen Feierlichkeit der byzantinischen Technik in allem, was Lydia malte, zu erkennen sein würden.

»Du warst doch der Meinung, daß die Kopien im Wilkins alle von ein und derselben Person gemalt worden sind«, hakte Bittersohn nach. »Ist dieses Bild auch von dieser Person?«

Bill drehte und wand sich wie ein Aal, malte noch mehr Bilder in die Luft und gefährdete damit seine locker sitzenden Satinshorts. »Das will mir nicht in den Schädel. Verstehst du, Maxie, wenn Lydia wirklich all diese Kopien gemalt hat, dann bedeutet das doch, daß sie seit über 30 Jahren ihren Mund gehalten hat. Ich meine damit, kannst du dir vorstellen, daß Lydia es schafft, ein Geheimnis auch nur länger als 30 Minuten für sich zu behalten? Sie hat doch auch ein Riesengeheimnis um Jack Hayre gemacht, und wie lange hat Sarah gebraucht, um es zu lüften?«

»Ich wußte, daß sie Ikonen fälschte, nachdem ich sie ungefähr eine halbe Stunde kannte, und daß Mr. Hayre sie verschiebt, oder wie man das nennt, als ich gestern eine in seinem Schaufenster stehen sah«, erwiderte Sarah. »Und dabei habe ich nicht einmal herumgeschnüffelt. Lydia hat sie mir freiwillig gezeigt. Sie war einfach stolz auf ihre Arbeit. Nun, das kann sie ja wohl auch sein, wenn man bedenkt, wie hervorragend sie vom Technischen her sind. Und was die Ikone betrifft, die stand mitten im Fenster. Ich konnte sie also kaum übersehen, oder?«

»Nei-ein.«

»Hier will offenbar jemand Lydia etwas in die Schuhe schieben«, sagte Bittersohn.

»Nicht schlecht, Maxie. Das wäre eine Möglichkeit.«

»Kennst du weitere?«

Bill zuckte die Achseln und blickte sehnsuchtsvoll auf das zerwühlte Bett.

»In Ordnung, Bill, ruh dich ein bißchen aus. Wir gehen dann ganz leise, wenn wir fertig sind.«

Weniger als eine Minute später schlief der kleine Bruder von Pericles Jonubopoulos tief und fest. Sarah und Max stöberten weiter.

»Guck mal, Max«, zischte Sarah.

In der obersten Schublade von Lydias Anrichte lag mitten in einem Durcheinander aus zerknüllten Schals, kaputten Strumpfhosen und einzelnen Handschuhen eine kleine Plastikphiole mit einer entsprechenden Warnung auf dem Etikett. Sie war mit einem weißen Pulver gefüllt gewesen, von dem jetzt etwa fünf Millimeter fehlten.

Bittersohn nahm die Phiole vorsichtig mit einem bunten Nylontaschentuch auf und steckte sie in seine Tasche. »Das gebe ich Fitz und Fitz. Zehn zu Null, daß es Arsen ist und daß es keine Fingerabdrücke darauf gibt.«

»Pst! Weck ihn nicht noch einmal auf.«

Bittersohn blickte auf den friedlich schlummernden Bill herab und rieb sich das Kinn, auf dem sich allmählich Stoppeln zeigten. »Du bist genau wie alle anderen. Jede Frau, der Bill begegnet, will ihn bemuttern, bevor sie merkt –«

»Den Rest kann ich mir schon denken, vielen Dank. Ich würde nicht einmal im Traum auf die Idee kommen, ihn zu bemuttern. Er ist wie einer dieser kleinen Spatzen, die man überall auf den Straßen sieht, nicht? Süß und doch robust und zweifellos in jedem Nest ein Ei. Kannst du mir sagen, warum wir den Murillo nicht bemerkt haben, als wir mit den beiden Polizisten hier waren?«

»Weil er sich da noch nicht hier befand, selbstverständlich.«

»Das also hat Nick Fieringer hier gewollt, als wir ihn aus dem Haus kommen sahen. Glaubst du, Mrs. Tawne hat ihn angerufen und ihm von der Gräfin erzählt? Wie hätte er es sonst herausbekommen können? Oder vielleicht hat Mr. Hayre das Haus beobachtet, als wir sie – nein, das klingt ziemlich albern, nicht? Am wahrscheinlichsten ist, daß er hergekommen ist, um das Arsen zu deponieren, und daß Bill ihm erzählt hat, daß sie schon im Krankenhaus ist. Dann ist er schnell dahin gelaufen, wo die

Kopien gemalt werden, und hat das Bild geholt, damit sie als Sündenbock dasteht, wenn sie doch sowieso stirbt.«

»Schon möglich. Warum gehen wir nicht und fragen ihn?«

»Du meinst, wir wecken ihn einfach auf und sagen: ›Entschuldigen Sie bitte die Störung, aber sind Sie zufällig ein Mörder?‹«

»Warum nicht? Er haust zufällig hier um die Ecke.«

Fieringer wohnte in einem dieser grauenvollen Apartmentblocks, die schmutzige Foyerböden aus Fliesenstücken in ausgefallenen Mustern und Eingangstüren mit einer dicken Lackschicht haben, die eigentlich verschlossen sein sollten, es aber meistens nicht sind. Im Inneren des Hauses gab es den üblichen scheußlichen kleinen Aufzug, der nach Urin stank. An die Wände hatte man mit Textmarkern und dem spitzen Ende von Hausschlüsseln Schmierereien und Obszönitäten geschrieben. Bittersohn drückte den Knopf für den dritten Stock. Der kleine Käfig ruckelte nach oben.

»Hätten wir denn nicht wenigstens vorher bei ihm klingeln sollen?« flüsterte Sarah.

»Ich denke, eine kleine Schocktherapie tut ihm ganz gut.«

Im Gegensatz zu Lydias Tür war Nicks Tür verschlossen. Bittersohn klopfte heftig gegen die Türfüllung. Nach geraumer Zeit hörten sie das Schlurfen von Pantoffeln und eine schläfrige Stimme, die »Wer ist da?« rief.

»Ich bin's, mach auf.« Bittersohns Stimme klang der von Bernie, dem Pianisten, verblüffend ähnlich.

Man hörte Ketten rasseln und Riegel knacken, dann öffnete sich die Tür. Im Pyjama sah Nick einfach unbeschreiblich scheußlich aus. Die zerknitterte Hose hing unter seinem fetten nackten Bauch, die aufgeknöpfte Jacke enthüllte einen spärlich behaarten Brustkorb mit zwei Hängebrüsten wie die einer alten Frau. Sein langes Haar stand ihm in fettigen Büscheln um die Halbglatze. Sein gelbes Gesicht mit den Hängebacken wirkte eingefallen. Einen Augenblick lang starrte er sie nur an. Dann verzog er sein Gesicht zu einem schmallippigen Grinsen und versuchte, mit einer Hand sein Haar glattzustreichen.

»Entschuldigt mich einen Augenblick«, nuschelte er. Er ließ die Tür angelehnt und kehrte ein paar Minuten später wieder zurück, diesmal ordentlich in einen Bademantel gehüllt, das Haar über die Halbglatze gekämmt, das übliche strahlende Grinsen im Gesicht.

»Jetzt hat er sein Gebiß wieder im Mund«, dachte Sarah. Sie wünschte, sie würde diesen Mann nicht so fürchterlich abstoßend finden.

Das stickige Einzimmerapartment sah eigentlich ziemlich ordentlich aus, abgesehen von der zerwühlten Couch, auf der Fieringer offenbar geschlafen hatte. Was den Raum so unbeschreiblich vollgestopft aussehen ließ, waren die vielen Bilder. Überall im Zimmer hingen und standen Fotos von bekannten, weniger bekannten und unbekannten Personen; sie waren mit Reißzwekken an die Wände geheftet oder standen eng gedrängt auf dem Tisch, dem Sekretär und dem Kaminsims aus imitiertem Marmor, unter dem sich überhaupt kein offener Kamin befand. Viele von ihnen hatten Widmungen: »Für Nick in Liebe«, »Für Nick mit den besten Wünschen«, »Für Nick«, »Für meinen guten Freund Nick«, »Für den lieben Nick« und noch einmal »Für Nick«, von irgendeinem Unbekannten in Riesenbuchstaben hingekritzelt. Auf einigen Bildern war auch der Impresario selbst mit seinem breiten Grinsen zu sehen, den Arm um eine widerwillige Schulter gelegt oder eine zögernd ausgestreckte Hand in der Pranke haltend. Es stimmte wirklich, er kannte tatsächlich jeden.

Bittersohn verschwendete keine Zeit für Höflichkeiten. »Ich vermute, du weißt, daß Lydia vergiftet worden ist?«

»Welche Lydia?«

»Spiel nicht den Dummen, Nick. Nummer drei von links auf dem Kaminsims.«

Tatsächlich stand dort ein Foto von Nick und Lydia, das offenbar vor Jahren in einem Nachtclub aufgenommen worden war. »Für meinen Liebling Nickie« hatte sie mit rotem Stift auf das Passepartout gekritzelt. Fieringer watschelte hinüber zum Kamin und sah sich das Bild lange an. Dann drehte er sich wieder um.

»Ja, ich weiß.«

»Wer hat es getan?«

»Sie selbst, als sie diese verrückten Spiele mit ihren Magenkapseln veranstaltet hat.«

»Und das glaubst du?«

Der beleibte Mann schluckte zweimal und zog den Gürtel seines Bademantels enger um seinen Hängebauch. »Das muß ich ja wohl, oder?«

»Keineswegs.«

»Maxie, du verstehst mich nicht.«

»Ich glaube doch.«

»Warum kommst du dann jetzt und läßt mich nicht in Ruhe? Warum kannst du einen alten Mann nicht ein wenig schlafen lassen?«

»Was hattest du vor einer halben Stunde in den Fenway-Studios zu suchen?«

»Ich habe Bernie gesucht. Er spielt morgen in meinem Konzert, und ich will, daß er nüchtern ist. Manchmal schläft er bei Lydia. Heute war allerdings Bill Jones da. Frag ihn doch selbst!«

»Was hattest du mitgenommen?«

»Mitgenommen? Was sollte ich denn mitgenommen haben? Was kann man denn da schon großartig mitnehmen?«

»Wo warst du, bevor du in Lydias Wohnung aufgetaucht bist?«

»Überall. Das Leben ist nicht leicht für einen alten Mann.«

Bittersohn reagierte nicht auf Nicks nervöses Lächeln. »Hast du Lupe gesehen?«

»Welchen Lupe?«

»Hat er dir nichts gegeben?«

»Lupe mir etwas gegeben? Eins kannst du mir glauben, Lupe nimmt nur, der gibt nie.«

»Was hattest du heute abend an?«

»Was ich anhatte?« Die Frage verwirrte Nick offenbar sehr. »Meinen Anzug selbstverständlich. Den auf dem Stuhl.« Eine graue Hose lag ordentlich gefaltet über dem Stuhlsitz, das dazugehörige Jackett hing über der Lehne. »Morgens bügle ich ihn immer auf, bevor ich ihn anziehe«, entschuldigte er sich bei Sarah.

Bittersohn nahm die Kleidungsstücke in die Hand und überprüfte sie Zentimeter für Zentimeter. Sarah versuchte, nicht hinzusehen. Die riesige Hose mit dem ausgebeulten Hosenboden und den Falten, die strahlenförmig vom Schritt ausgingen, und das billige Jackett mit den Schweißflecken unter den Achseln waren einfach zu ekelhaft. Es war derselbe Anzug, den er getragen hatte, als er schwitzend und Bier trinkend in Sarahs kleinem Wohnzimmer gesessen hatte. Wenn sie genauer nachdachte, war es sogar der einzige Anzug, in dem sie ihn je gesehen hatte, und wahrscheinlich besaß er auch nur den einen. Was zum Teufel tat er dann wohl mit dem ganzen Geld, das er offenbar verdiente?

»Wo ist das Hemd, das du anhattest?« fragte Bittersohn.

»Hängt im Badezimmer. Ich wasche es jeden Abend. Pflegeleicht, sehr praktisch«, erklärte er Sarah wieder.

Sie schämte sich zu Tode, hier zu sein. Der Anblick dieses feisten Menschen, der verzweifelt versuchte, sein Gesicht zu wahren und sich selbst weiszumachen, daß alle Welt ihn liebte, und der nur ein bißchen Schlaf finden wollte nach einer Nacht, die sich kein Mann seines Alters, egal aus welchem Grund auch immer, zumuten sollte, konnte einem schon das Herz brechen. Sie vermutete, daß Max Bittersohn genauso fühlte, doch er machte einfach stoisch weiter, untersuchte das feuchte Hemd, die zerknitterte Unterwäsche und schließlich Nicks fette Hände. Dann war er Gott sei Dank endlich zufrieden.

»In Ordnung, Nick.«

»Danke, lieber Freund«, sagte der Impresario mit der gleichen Art von Freundlichkeit, die Rigoletto vor den spottenden Höflingen zur Schau stellen mußte, nachdem sie seine Tochter gekidnappt hatten, »auch wenn ich keine Ahnung habe, was in Ordnung ist, bin ich doch froh, daß es in Ordnung ist.«

»Als du heute abend in Lydias Atelier warst, ist dir da ein unfertiges Bild aufgefallen?«

»In einem Atelier gibt es immer ein Bild, das noch nicht ganz fertig ist. Hätte ich es sehen müssen?«

»Es stand auf dem Boden in der Nähe der Stufen, gegen einen kleinen Tisch gelehnt.«

»In Lydias Atelier gibt es überall kleine Tische. Nein, mein Freund, ich habe es nicht gesehen.«

»Nick, am besten erzählst du mir endlich, was du weißt.«

»Was sollte ich denn wissen?«

»Jetzt reicht es, Nick. Zwei Wächter von Madam sind ermordet worden. Lydia ist das nächste Opfer, falls sie nicht durchkommt. Du weißt verdammt gut, daß das ganze Gift, das sie je zu sich genommen hat, billiger Fusel und schlechtes Essen war. Irgend jemand versucht, es so aussehen zu lassen, als ob sie die Malerin ist, die etwa 97 Prozent der Gemälde im Wilkins-Museum gefälscht und die Originale aus dem Land geschafft hat. Ich glaube, das könntest sehr wohl du gewesen sein.«

»Ich?« Fieringers gelbes Gesicht nahm den Farbton von schmutzigem Elfenbein an.

»Du warst genau zu den richtigen Zeiten an den richtigen Orten. Du kennst das Museum und die Routine dort wie deine eigene Westentasche. Du hast Witherspoon und Brown gekannt. Du bist ein ehemaliger Geliebter von Lydia.«

»Wer ist das nicht?« schrie der Impresario. »Max, ich schwöre dir bei der geheiligten Erinnerung an meine Mutter, ich habe mit den Bilddiebstählen nichts zu tun. Ich habe auch mit den Morden nichts zu tun. Das mit Lydia stimmt. Ich helfe ihr, ihre schönen Ikonen zu verkaufen. Ist es denn so schlimm, wenn man eine alte Freundin davor bewahrt, in der Gosse zu enden?«

»Wo hilfst du ihr denn, die Bilder zu verkaufen?«

»Ich habe sie mit Jack Hayre in der Charles Street zusammengebracht.« Der Schweiß rann von Nicks schlaffen Hängebacken. »Das ist alles, was ich getan habe. Sonst nichts. Sie ist die einzige schöne Frau, die jemals mit mir ins Bett gegangen ist.«

»Ist C. Edwald Palmerston auch mit dir ins Bett gegangen? Du hast doch diese Ruy-Lopez-Geschichte arrangiert.«

»Max, was hätte ich denn sonst tun sollen? Palmerston kommt angeschlichen und geht wie die Katze um den heißen Brei. Schließlich rückt er damit heraus, daß er die Diebstähle unter den Teppich kehren will, damit er sein Gesicht nicht verliert. Er will nicht, daß aus Palmerston dem großen Wohltäter Bostons plötzlich Palmerston der große Esel wird, der es zuläßt, daß man ihm ein Museum unter der Nase wegklaut. Es ist feige, es ist nicht besonders fein, nicht gentlemanlike, aber –«, er zuckte die Achseln, »es ist menschlich. Palmerston will einen falschen Kunstexperten, damit Bittersohn als Dummkopf dasteht und nicht er. Ein Jude, der noch nicht einmal die Harvard-Universität besucht hat, der ist entbehrlich. Ich habe also an Lupe gedacht, weil –«, er zuckte wieder die Achseln, »weil man bei krummen Sachen eben an Lupe denkt.«

»Ich verstehe. Ich bin also für dich genauso wie für Palmerston entbehrlich.«

»Max, ich bin doch genauso entbehrlich. Ich streue vielleicht anderen ein bißchen Sand in die Augen. Aber doch nicht mir selbst. Bin ich etwa Sol Hurok? Bin ich Boris Goldovsky? Nein, bin ich nicht. Ich bin nur der alte Nick, der gut genug ist, alle möglichen Gelegenheitsjobs zu übernehmen, der hier ein Bröckchen und da ein Bröckchen zugeworfen bekommt. Wer sind denn schon meine großen Künstler? Ein Säufer wie Bernie, eine mittelmäßige Schülerin mit Eltern, die genug Geld haben, um ihr den Sprung in eine tolle Karriere einfach zu kaufen – wenn man alt genug wird, sie noch zu erleben. Ich habe den Job im Wilkins-Museum all die Jahre nur deshalb behalten, weil Palmerston ein

Geizkragen ist und der alte Nick für wenig Geld arbeitet. Wenn ich nicht mache, was er will, verliere ich die Konzerte. Dann kann ich meine Künstler nirgendwo mehr auftreten lassen. Ich bin ein Nichts.«

Er sackte auf seine zerknitterte Hose und ließ seine Hände zwischen den Knien baumeln.

»Nick«, sagte Bittersohn leise, »ich hatte dich gebeten, mir zu sagen, was du weißt.«

»Max, ich habe es mir zur Gewohnheit gemacht, nichts zu wissen. Seit Jahren habe ich gedacht, daß irgend etwas nicht stimmt, und nicht hingesehen. Früher in der Schule in meiner Heimat hat uns der Lehrer immer drei idiotische Affen gezeigt. Nichts Schlechtes hören, nichts Schlechtes sehen, nichts Schlechtes sagen. Ha! Tolle Idee, Kindern das beizubringen! Bevor wir zwei und zwei zusammenzählen können, wissen wir doch, daß man nur am Leben bleibt, wenn man stiehlt, lügt und betrügt. Sicher, ich lüge auch. Aber jetzt lüge ich nicht, mein Freund. Ich weiß nichts, weil ich nämlich beschlossen habe, nichts zu wissen.«

»Und was vermutest du?«

»Vermuten?« Fieringer rollte das Wort auf der Zunge, als hörte er es zum ersten Mal. »Ich glaube, jemand hat seit Jahren wie die Made im Speck von Madams Schätzen gelebt. Sehe ich etwa so aus, als ob ich es wäre?«

»Sie hätten Ihr Geld ja auch verschenken können«, sagte Sarah leise. »An Ihre Freunde.«

»Hätte ich. Ich habe immer viel an andere gegeben. Aber am Ende war ich immer doch nur der häßliche, alte, fette Nick. Also habe ich damit aufgehört. Wenn ich nur den richtigen Weg wüßte, aber irgendwie finde ich ihn nie. Max, ich kann dir nicht helfen. Ich weiß nichts. Ich verdächtige niemanden. Ich bin ein alter Mann. Ich muß schlafen. Laßt mich jetzt bitte allein.« Ihm versagte die Stimme. »Bitte.«

Bittersohn wandte sich ab. »Komm, Sarah«, seufzte er, »wir gehen nach Hause.«

Kapitel 21

Am nächsten Tag erkundigte sich Sarah ungefähr sechsmal telefonisch im Krankenhaus nach dem Zustand der Gräfin. Um fünf Uhr nachmittags rief sie während des Plätzchenbackens von der Küche aus an. Lydia Ouspenska war zwar immer noch nicht bei Bewußtsein, aber sie lebte. Die Stationsschwester schien etwas anderes erwartet zu haben.

Sarah hatte gerade aufgelegt und knetete wieder ihren Plätzchenteig, als Brooks anrief. »Sarah«, zischte er, »bestell deinem jungen Herrn, daß sich in Madams Palazzo irgend etwas zusammenbraut. Ich liege hier auf der Lauer und versuche herauszufinden, was es ist.«

»Brooks«, keuchte Sarah, »das kannst du nicht machen!«

»Natürlich kann ich das. Ich beabsichtige, mich als Wasserspeier aus dem 15. Jahrhundert zu tarnen.«

»Du weißt gar nicht, was für ein Risiko du damit womöglich eingehst.«

»Vernünftige Männer gehen kein Risiko ein.«

»Vernünftige Männer tarnen sich auch nicht als Wasserspeier aus dem 15. Jahrhundert.«

»Sarah, ich habe keine Zeit zum Streiten. Sei so lieb und erklär Theonia, daß ich mit ihr heute abend nicht ins Museum of Science gehen kann.«

»Du kannst doch nicht so mit den Gefühlen einer ehrbaren Frau spielen.«

»Theonia wird das schon verstehen.«

»Das glaubst du! Einen Moment, ich sehe gerade Mr. Bittersohn durch den Hintereingang kommen.« Sie klopfte gegen die Fensterscheibe, winkte ihm zu, er solle nach oben kommen, und reichte ihm das Telefon. »Hier, und jetzt rede ihm die Sache um Himmels willen bloß wieder aus!«

»Wer ist es denn überhaupt?«

»Cousin Brooks. Er sagt, daß sich bei Madam irgend etwas tut und er sich als Wasserspeier aus dem 15. Jahrhundert tarnen will.«

»Bestimmt die einzig vernünftige Strategie.« Grinsend nahm Bittersohn den Hörer. »Hallo, X-9? Hier 007. Wie kann ich in das Gebäude kommen, ohne erwischt zu werden? Die Kohlenrutsche? In Ordnung. Klar! Natürlich, darauf können Sie wetten. Punkt neun Uhr. Roger, over und out.«

Er knallte den Hörer auf die Gabel. »Madam, sind Sie in der Lage, eine Expedition auszurüsten? Brooks wünscht Schinkenbrote und Rootbeer. Von einer Laterne im Glockenturm hat er zwar nichts gesagt, aber ich denke, schaden wird es auf keinen Fall.«

»Haltet einen Moment ein, edler Hairbreadth Harry! Warum neun Uhr?«

»Weil dort heute irgendeine Tanzveranstaltung stattfindet, die um acht Uhr vorbei sein soll, aber wahrscheinlich bis halb neun dauern wird, und Brooks annimmt, daß der ganze Zauber erst losgeht, wenn die Luft rein ist. Das gibt mir genug Zeit, zu Abend zu essen wie ein zivilisierter Mensch, bevor ich die Kohlenrutsche hinunterrausche.«

»In deinem guten Anzug?«

»Nicht doch, schöne Jungfer. Ich werde selbstverständlich meinen Kohlenrutschenanzug anziehen. Wie wär's, um es mit den unsterblichen Worten des Dichters Bobbie Burns zu sagen, mit einem liebevollen Kuß, bevor sich unsere Wege trennen?« Er wartete ihre Antwort erst gar nicht ab.

Es gelang ihr schließlich, sich zu befreien. »Loslassen, mein Herr! Diese Umarmung wurde unter Vorspiegelung falscher Tatsachen erschlichen! Was führt dich denn zu der Annahme, daß sich unsere Wege trennen?«

»Sarah, du kannst nicht mitkommen. Es könnte gefährlich werden.«

»Um es mit den unsterblichen Worten des Musikers Carrie Jacobs Bond zu sagen: Was macht denn das schon? An dem Tag, an dem du mich gezwungen hast, den Sari zu tragen, war ich schließlich auch in Gefahr, wegen Erregung öffentlichen Ärgernisses aufgrund unsittlicher Entblößung festgenommen zu werden, und da war es dir offenbar ziemlich egal. Und gestern abend war ich in Gefahr, von Bill Jones verführt zu werden –«

»Ach, tatsächlich?«

»Allerdings, zumindest bestand die Möglichkeit. Er hat mich immerhin auf seine Bude eingeladen, als wir zusammen etwas getrunken haben. Ich habe es nur mit knapper Not geschafft, mich zu retten, indem ich dankend abgelehnt habe.«

»Warum mußtest du ihm denn auch noch dafür danken?«

»Es schien mir die höflichste Form der Ablehnung zu sein. Immerhin hat er ja die Drinks bezahlt. Stell dir bloß vor, wenn ich angenommen hätte, dann hätte er den Jungs nicht seine Bude überlassen, und er selbst hätte nicht bei der armen Lydia Trost suchen müssen. Sie lebt übrigens noch, ich habe gerade mit der Stationsschwester telefoniert. Jetzt sprinte mal kurz nach unten, und hol Brooks das Rootbeer, während ich Mrs. Sorpende beibringe, daß sie versetzt wird.«

Mrs. Sorpende nahm den Schlag tapfer auf, indem sie die alte Redensart zitierte: »Wenn die Pflicht gemahnt ›Du mußt‹, die Jugend ruft, ›Ich will‹« und der Empfindung Ausdruck gab, daß Mr. Brooks Kelling einen herrlich jugendlichen Tatendrang besitze. Sarah mußte dem zustimmen, fragte sich allerdings, in welche Katastrophe dieser Überschwang ihres Cousins jetzt schon wieder führen würde.

Nach dem Abendessen verschwand sie pünktlich nach einer halben Stunde, die sie mit ihren Gästen gemeinsam verbrachte, in ihr Schlafzimmer und zog sich eine alte Hose und Jacke an, die sie sonst immer für Arbeiten wie die Reinigung der Rohre in Ireson's Landing trug. Sie schlich die Hintertreppe hinunter, holte Brooks' Schinkensandwiches, das Rootbeer und einen Flaschenöffner aus der Küche und traf Bittersohn heimlich auf dem Weg hinter dem Haus. Er hatte seinen Wagen dabei, und sie fuhren auf dem schnellsten Weg zum Palazzo. Punkt neun Uhr kauerten sie vor einem kleinen länglichen Fenster im Fundament des Palazzos, das glücklicherweise von einer hohen Ligusterhecke abgeschirmt wurde.

»Hier wären wir, mein Schatz.« Bittersohn stieß gegen den Fensterriegel, und das Fenster schwang lautlos nach innen. »Am besten gehe ich zuerst, damit ich dich fangen kann, falls die Kohlenschütte nicht ganz bis nach unten reichen sollte. Bist du sicher, daß du es schaffst?«

»Das soll wohl ein Witz sein«, konterte Sarah verächtlich. »Ich würde sogar kopfüber auf dem Bauch runterrutschen, wenn das Rootbeer nicht wäre.«

»Das wäre dir zuzutrauen!« Er steckte seine langen Beine in die kleine Öffnung, legte sich flach auf den Boden und verschwand in der Dunkelheit. Sarah hörte, wie er hinunterrutschte und mit einem dumpfen Geräusch unten ankam. »Der Nächste, bitte«, ertönte es gedämpft.

Sarah steckte die Füße durch das Fenster, wie sie es bei ihm gesehen hatte, murmelte hysterisch »Wenn Cousine Mabel mich jetzt sehen könnte!«, hielt das Sandwichpaket noch etwas fester und schob sich durch die Öffnung.

Eine Sekunde später befand sie sich mitsamt Rootbeer und allem anderen in Bittersohns Armen. »Bist du in Ordnung?« flüsterte er.

»Ja, alles klar. Wo ist denn Brooks?«

»Hier bin ich schon«, zischte ihr Cousin. »Hast du auch die Sandwiches mitgebracht?«

»Habe ich, außerdem die herzlichsten Wünsche für ein gutes Gelingen von Mrs. Sorpende, auch wenn es ihr leid tut, daß sie jetzt die Regenwürmer verpaßt. Hast du Hunger?«

»Wie ein Wolf, aber ich möchte nicht unbedingt hier im Kohlenkeller essen. Ist mir zu staubig hier. Folgt mir, und seid mucksmäuschenstill!«

Sie schlichen lautlos wie Indianer auf Fußsohlen hinter Brooks die Kellertreppe hoch, durchquerten den Donatello-Flügel und gingen geradewegs zum großen Treppenhaus. »Wir müssen es riskieren«, hauchte Brooks, »einen anderen Weg gibt es nicht.«

»Wohin gehen wir überhaupt?« flüsterte Bittersohn.

»Zweiter Stock. Pst!«

Er schob sie in die schützende Sicherheit eines Chorgestühls, das angeblich aus einer Kathedrale stammte, als sie auch schon laute Schritte auf dem Kachelboden näherkommen hörten. Der Wächter ging in einer Entfernung von knapp zwei Metern an ihnen vorbei und verschwand durch die Tür zum Kellergeschoß, das sie gerade verlassen hatten.

»Perfektes Timing!« Brooks kicherte leise. »Jetzt nichts wie los. Bleibt ganz nah am Geländer.«

Er raste die Treppe hoch wie einst Großonkel Nathan Kelling den San-Juan-Hügel gestürmt hatte, Max und Sarah direkt hinter sich.

Sie erreichten den Tizian-Saal ohne Zwischenfall. »Und jetzt«, sagte Brooks mit leiser, aber fester Stimme, »essen wir die Sandwiches. Wir sind für genau 16 Minuten und 32 Sekunden sicher. Ah, du hast ja sogar an den Flaschenöffner gedacht. Will sonst noch jemand Rootbeer?«

»Ich hätte lieber gewußt, was überhaupt los ist«, sagte Bittersohn.

»Ich auch«, erwiderte Brooks, den Mund voll Schinken. »Ich kann nur sagen, daß Dr. Aguinaldo Ruy Lopez heute nachmittag wieder hier war, und zwar in einer anderen Verkleidung. Auskundschaften, ob die Luft rein ist, nennt man das wohl, glaube ich. Er hatte einen merkwürdig aussehenden Kerl bei sich, und aus einer unüberlegten Äußerung, die dieser Typ von sich gab und die ich zufällig mithörte, habe ich dann geschlossen, daß sie planen, heute nacht im Museum einzubrechen. Ich weiß nicht, was sie vorhaben, aber was es auch ist, es wird auf jeden Fall hier im Tizian-Saal stattfinden.«

Brooks erfrischte sich mit einem kräftigen Schluck Rootbeer und verteilte seine Streitkräfte. »Sarah, du gehst wieder in die Sänfte im Großen Salon. Bleib auf dem Posten, und paß genau auf. Sobald du irgend etwas im Treppenhaus bemerkst, halte deine Hand an das hintere Fenster und schwenke mein Taschentuch hier. Es hat ein Monogramm aus Leuchtbuchstaben. Bittersohn, Sie legen sich hinter dieser nachgemachten Ritterrüstung in der Ecke neben der Tür auf die Lauer.«

»Oui, mon capitaine. Und wo werden Sie sein?«

»Da oben.« Brooks zeigte auf den riesigen Rauchabzug über dem offenen italienischen Kamin aus dem 15. Jahrhundert.

»Das ist ja lebensgefährlich!« protestierte Sarah.

»Nein, ist es nicht. Ich habe heute mittag schon geprobt.« Er kletterte flink wie ein Rhesusaffe mittleren Alters an den Schnitzereien hoch. »Könnt ihr mich noch sehen?«

»Du paßt perfekt zum übrigen Dekor.«

»Gut. Also, wißt ihr jetzt, was ihr zu tun habt?«

»Nein. Was sollen wir denn machen, wenn sie kommen?«

»Wir verlassen uns ganz auf unsere spontane Inspiration. Würdet ihr mir bitte noch ein Sandwich hochreichen?«

»Ich hoffe, sie können uns nicht am Geruch der Lebensmittel aufspüren«, murmelte Sarah.

»Ich glaube, bei Schinken ist das kein Problem. Pastrami allerdings wäre wohl ein echtes Risiko. Könnte ich vielleicht auch noch das restliche Rootbeer haben? Braves Mädchen! Nimm die

Tüte mit in die Sänfte, und paß auf, daß du nicht mit dem Papier raschelst. So, und jetzt alles auf die Plätze!«

Sarah begab sich hastig in die Sänfte, setzte sich genauso hin wie an dem Tag, als sie hier ihren Sari wieder festgesteckt hatte, und betete, daß der Staub in den Kissen sie nicht dazu bringen würde, im falschen Moment zu niesen. Als sich die Minuten allerdings endlos hinzogen, stellte sie fest, daß sie nach Herzenslust hätte niesen können, ohne daß es irgend etwas ausgemacht hätte. Nach einer Ewigkeit oder auch zweien stapfte der Wächter auf seiner Runde vorbei, ohne auch nur einen Blick auf die Sänfte zu werfen. Sarah griff verstohlen in ihre Tasche, zog das letzte Schinkensandwich heraus und aß es.

Wenigstens war es in der Sänfte relativ warm, und der Sitz war auch nicht allzu hart. Bei der stickigen Luft und weil sie sich wegen der Ereignisse der vorigen Nacht erschöpft fühlte, fiel es ihr schwer, die Augen offenzuhalten. Sie lehnte sich nur einen Moment entspannt gegen die muffigen Kissen, spürte, wie sie nach unten rutschte, und fuhr mit einem Ruck wieder in die Höhe. War sie etwa eingeschlafen? Der arme Max war inzwischen vor Nervosität wahrscheinlich beinahe geplatzt.

Doch dann hörte sie laute Schritte im Treppenhaus, und eine Stimme sagte irgendwo unten: »Wie ich schon gesagt habe, Mann, das reinste Kinderspiel!«

Kapitel 22

Sarah hielt Cousin Brooks' Leuchtmonogramm gegen das staubige Glas und winkte verzweifelt, doch bestimmt hatten die beiden Männer im Tizian-Saal den Lärm im Treppenhaus ebenfalls gehört. Die Eindringlinge machten nicht einmal den Versuch, leise zu sein. Sie mußten sich ziemlich sicher sein, daß sie von dem Wächter nichts zu befürchten hatten. Entweder sie hatten ihn gefesselt oder – Sarah betete zu Gott, daß sie ihn nur gefesselt hatten.

Die beiden trugen eine Art Lampe, die einen gelblichen Schein verbreitete, und jetzt konnte Sarah auch erkennen, wer sie waren. Der eine war Lupe, wie sie erwartet hatte. Der andere war Bengo, der Maler, der Rembrandts Katze verpatzt hatte. Bengo schwankte unter dem Gewicht von etwas, das wie ein riesiger Koffer aussah. Lupe schleppte eine Unmenge von langen, dünnen, stabartigen Objekten, deren obere Enden wie große Tropfen aussahen. Wollten sie etwa eine abstrakte Skulptur aufstellen? Oder handelte es sich lediglich um irgendeinen geschmacklosen Witz?

Nein, so etwas würden die beiden nicht nur zum Spaß machen. Das paßte so gar nicht zu Lupe. Außerdem gingen sie in den Tizian-Saal, genau wie Brooks vermutet hatte. Im Schein des trüben Lichts konnte Sarah erkennen, wie sich ein Schatten von der Rüstung löste und hinter den beiden herschlich. Ihr Herz erstarrte. Sie war nur noch in der Lage zu denken: »Ich muß ihn wirklich schrecklich lieben, sonst würde ich doch nicht so furchtbare Angst um ihn haben.«

Und wenn sie nun Waffen hatten? Oder wenn es Cousin Brooks in den Sinn kam, wie Tarzan aus den mittelalterlichen Schnitzereien auf sie zu springen, und er sie verfehlte? Sarah konnte sich nur zu genau daran erinnern, wie Joe Witherspoons Körper ausgesehen hatte, als er vor ihren Augen heruntergestürzt und in den Hyazinthen gelandet war. Doch alle Wasserspeier blieben an ihren Plätzen, und sie beruhigte sich wieder ein wenig.

Was hatten die beiden bloß vor? Sie hörte dumpfe Schläge, Krachen und heftige Wortwechsel in einem veralteten Slang, der hauptsächlich aus den Worten »eh«, »Mann«, »Mensch« und »kapierste« bestand. Sie konnte das gelbe Licht hin und her tanzen sehen. Es mußte eine ganz normale Taschenlampe sein, über deren Glas irgend etwas gespannt war, damit der Schein von draußen weniger deutlich zu sehen war. Allmählich wurde ihre Neugier stärker als ihre Vorsicht. Sarah öffnete langsam die gut geölte Tür und stieg vorsichtig aus der Sänfte. Ihr Fuß stieß gegen die Papiertüte, und sie zuckte erschreckt zurück, doch das Papierrascheln war offenbar viel zu leise, um in dem Lärm, den Lupe und Bengo machten, überhaupt wahrgenommen zu werden.

Sie war nicht die einzige, der das Stillsitzen zuviel geworden war. Langsam und lautlos löste sich eine der Plastiken von dem riesigen Rauchabzug und kletterte nach unten. Cousin Brooks hatte einmal behauptet, er könne sich auf einen halben Meter Entfernung an eine Einsiedlerdrossel, den scheuesten aller Vögel, heranschleichen, ohne daß sie auch nur mit einer Schwanzfeder zuckte. Jetzt glaubte sie ihm. Wenn er in Aktion trat, würde sie es ihm gleichtun.

Dankbar für ihre dunkle Kleidung, die alten Turnschuhe und die schwärzliche Staubschicht, die sich bei dem Ausflug auf der Kohlenrutsche an ihr festgesetzt hatte, glitt sie in den Tizian-Saal. Brooks drehte weder den Kopf, noch zeigte er irgendein Zeichen von Überraschung, doch er griff nach ihrem Ellbogen und lenkte sie in den Schatten des riesigen offenen Kamins. Jetzt konnte sie die ganze Szenerie sozusagen von einem Logenplatz aus überblikken.

Der Tizian-Saal wurde gerade in ein Fotostudio verwandelt. Die birnenartigen Objekte waren in Wirklichkeit Spotlampen auf Metallstativen und standen jetzt im Halbkreis vor Tizians riesigem Bild mit der Schändung Lucretias. Eine Profi-Kamera, die offenbar in dem großen Koffer gesteckt hatte, befand sich vor dem Bild. Momentan war Lupes Kopf unter einer schwarzen Kapuze verschwunden, und Bengo strahlte mit dem gedämpften Licht seiner Taschenlampe die Leinwand an.

Jetzt kam Lupes Kopf unter dem Tuch zum Vorschein. »In Ordnung, Mann, scharf genug. Kapierste jetzt endlich, warum wir all das Zeug aus dem Fotogeschäft geklaut haben?«

»Mensch, du hast so viel Hirn, daß es schon weh tut«, erwiderte Bengo voll Bewunderung und Ehrfurcht. »Wie kann ein einziger Typ bloß so viel in der Birne haben, Mann?«

»Wer hat, der hat. So, Mann, jetzt laß uns aber mal schnell ein paar geile, lebensechte Bilder in bester Farbe von der fetten Tussie mit den Riesentitten machen. Und du malst dann 'ne Kopie auf die große Leinwand, die wir auf Leroys Speicher gerade auf alt trimmen.«

»Schon kapiert, Mann. Und dann verkaufen wir die Kopie.«

»Von wegen, Mensch! Dann kommen wir mit der Kopie zurück, spannen das Ding hier in den Rahmen und klauen uns den echten Tizian.«

»Junge, Junge«, flüsterte Bengo bewundernd. »Du bist wirklich echt schrill!«

»Du sagst es, Mann. Steck die Dinger in die Wand, und mach das Licht an. Und dann warten wir auf das Vögelchen.«

»Und wenn die Bullen das Licht durchs Fenster sehen?«

»Na und? Wir sind schon längst wieder abgezischt, bevor die Bullen überhaupt die Türklinke gefunden haben. Und jetzt steck endlich die verdammten Dinger ein, Mann.«

»Wie denn, eh?«

»In die Steckdosen. So bescheuert kann doch kein Mensch sein!«

»Ich kann aber keine Steckdosen finden, Mann!«

»Was soll denn das schon wieder, du kannst keine finden? Sogar in Leroys Bude gibt's doch Steckdosen.«

Brooks zog Sarah näher an den Kamin heran, während die Taschenlampe der Verschwörer nervös über die Wände tanzte. Sarah fühlte, wie sein drahtiger kleiner Körper zitterte, und dachte zuerst, daß ihm die Nerven durchgegangen seien, doch dann erkannte sie, daß ihr Cousin sich vor Lachen kaum noch halten konnte, und verstand plötzlich auch den Grund seiner Heiterkeit.

Als der Palazzo erbaut worden war, hatte Madam Wilkins als notwendiges Zugeständnis an die harten Winter in Boston zwar einen Kohlenofen installieren lassen, in anderen Punkten jedoch auf absoluter Authentizität bestanden. Wenn die Medici kein elektrisches Licht gehabt hatten, wollte sie auch keins.

Brooks gelang es schließlich, sich zusammenzunehmen, dann räusperte er sich und trat ins Licht. »Bengo hat vollkommen recht, Dr. Ruy Lopez. Hier gibt es tatsächlich keine Steckdosen. Aber keine Sorge, ich habe alle nötigen Vorkehrungen getroffen.«

Die Explosion seiner winzigen Leuchtpistole überraschte die beiden so sehr, daß sie mit offenem Mund dastanden. Jetzt sprang auch Bittersohn aus dem Dunkel und packte sie mit einem doppelten Polizeigriff. Lupe versuchte verzweifelt ohne Erfolg, sich zu befreien. Bengo dagegen gelang es, sich Bittersohn zu entwinden, denn er hatte seit Monaten nicht gebadet und war so speckig, daß er ohne weiteres davonschlüpfen konnte.

»Nimm die Kamera«, brüllte Lupe.

Sarah stieß einen Schrei aus, als Bengo auf Brooks losschoß, doch dieser einfallsreiche Gentleman streckte lediglich seinen Fuß aus, woraufhin sein Angreifer der Länge nach auf den authentischen venezianischen Fußbodenkacheln landete. Sie hob die Taschenlampe auf, die ebenfalls zu Boden gefallen war, zog den alten Socken herunter, den die beiden über das Glas gezogen hatten, und sorgte für besseres Licht. Jetzt konnte sie sehen, wie Max Bittersohn Lupe 20 Zentimeter über dem Boden festhielt und ihn so lange schüttelte, bis er keinen Widerstand mehr leistete. Brooks hockte gemütlich auf Bengos Schulterblättern und hielt eine kleine Schachtel Streichhölzer in der Hand.

»Sei so lieb, Sarah, und zünde die Kerzen in den Leuchtern an. Es wäre schön, wenn wir ein bißchen mehr Licht hätten, während wir uns über die Ereignisse des Abends unterhalten.«

»Ich sag' keinen Ton«, keuchte Bengo.

»Aber ich«, sagte Lupe. »Was immer Sie auch zu hören wünschen, Gentlemen, ich singe wie das kleine Vögelchen im Amfalulabaum. Vielleicht können wir ja irgendwie ins Geschäft kommen.«

»Dazu werden Sie wohl kaum in der Lage sein.« Bittersohn schüttelte Lupe noch einmal kräftig und ließ ihn dann auf den Boden plumpsen.

Jetzt konnte der Geschüttelte endlich einen Blick auf den Mann werfen, der ihn erwischt hatte.

»Sie?« keuchte er. »Ein Bulle? Mensch, das ist echt nicht fair.«

»Pech gehabt, Freundchen. Jetzt rück mal raus, was du weißt. Wer hat dich angestiftet?«

»Keiner, Mann.«

»Bist du dir da wirklich sicher?«

»Mann, wenn es hier jemanden zu verpfeifen gäbe, würde ich das nicht sofort machen? Es war bloß so 'ne Inspiration von mir. Echt. Ist mir bloß so eingefallen, Mann.«

»Ist dir das eingefallen, als du diesen Dr. Aguinaldo Ruy Lopez gespielt hast, damit Mr. Bittersohn wie ein Trottel dastehen sollte?«

Lupe lächelte und schwieg.

»Wer hat dich für diese Ruy-Lopez-Geschichte engagiert?«

»Was kriege ich, wenn ich auspacke?«

»Frag lieber, was du kriegst, wenn du es nicht tust!«

»Mann, Sie müssen nicht gleich heftig werden. Ich hab' gesagt, ich singe, oder etwa nicht? Es war Lunchless.«

»Wer ist denn Lunchless?«

»Na, eben Lunchless. Mann, Sie kennen ihn auch. So ein fetter, alter Typ mit Noten. Bernies Babysitter.«

»Meinst du damit etwa Nicholas Fieringer, der die Konzerte organisiert, bei denen Bernie spielt?«

»Hab' ich doch gerade gesagt, Mensch. Lunchless kommt also angedackelt und sagt, wie wär's, hast du nicht Lust, 'ne Stange Geld zu machen? Ich sage, klar doch. Banknoten waren schon immer meine Lieblingsnoten, Mann.«

»Hat Fieringer dir erzählt, warum du diese Rolle spielen solltest?«

»Mensch, wen interessiert denn das schon? Wenn mir einer 'nen Batzen Geld verspricht, falls ich mir 'n Hals wasche und ein bißchen Spanisch quatsche, stell' ich doch keine Fragen, Mann.«

»Selbst wenn du dazu in das Haus kommen mußtest, in dem kurz zuvor dein eigener Onkel ermordet wurde?«

Lupe zuckte die Achseln. »Mensch, einem geschenkten Gaul schaut man eben nicht ins Maul, oder?«

»Was hat dich denn veranlaßt, deine alten Prinzipien aufzugeben und diesmal ein Original statt einer Kopie verkaufen zu wollen?«

»Hab' ich ja gerade schon gesagt, ist mir eben so eingefallen, Mann.«

»Ist dir denn nicht in den Sinn gekommen, daß es vielleicht schwierig werden könnte, einen heißen Tizian loszuwerden?«

»Mann, die Hehler in dieser Stadt hier sind so clever, die könnten sogar die ›Old Ironsides‹ verscheuern, wenn jemand auf Fregatten steht.«

»Wer zum Beispiel?«

»Ich hätte schon jemand gefunden.«

»Vielleicht hätte dein Onkel dir helfen können, wenn er nicht in demselben Umkleideraum kaltgemacht worden wäre, in dem ihr vorhin wahrscheinlich den Wächter umgebracht habt.«

»Mann, ich hab' noch nie jemanden alle gemacht. Ist nicht mein Stil, Mensch. Den haben wir bloß gefesselt und ins Klo gesperrt, ehrlich.«

»Wehe, wenn du lügst, Freundchen. Für wen hat dein Onkel gearbeitet?«

»Wie ich schon gesagt hab', Mann, wen interessiert das schon?«

»Mich beispielsweise. Wann hat dein Onkel dir mitgeteilt, was sich hier abgespielt hat?«

»Mann, der hat mir gar nichts mitgeteilt.«

»Dein Pech. Du hättest von der Information bestimmt profitieren können.«

»Wieso?« fragte Lupe gespannt.

»Du hättest zum Beispiel erfahren, daß dieser echte Tizian, den ihr gerade klauen wolltet, schon längst geklaut worden ist. Das hier ist nämlich nichts weiter als eine Fälschung, Mann.«

Bengo, der immer noch unter Brooks lag, hob seinen Kopf und blickte seinen genialen Anführer an. »Mann«, sagte er, »du bist echt schrill.«

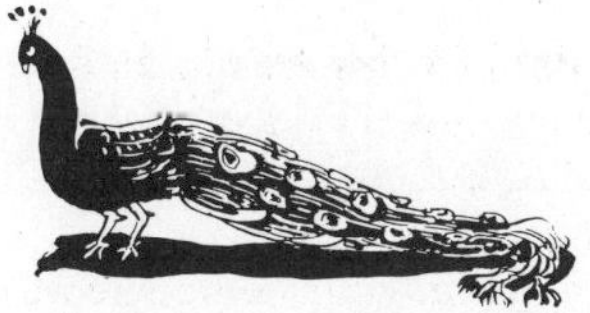

Kapitel 23

»Jetzt kann Palmerston unmöglich die Geschichte mit den gestohlenen Bildern vertuschen«, sagte Bittersohn mit verständlicher Befriedigung. Er und Sarah waren auf dem Weg zurück zur Tulip Street, nachdem sie Brooks und den Wächter, den sie tatsächlich wutentbrannt, ansonsten aber unversehrt in der Toilette gefunden hatten, bei Lupe und Bengo zurückgelassen hatten, damit sie die beiden Gauner der Polizei übergeben und ihre wohlverdienten Lorbeeren ernten konnten.

»Ich weiß«, erwiderte Sarah schläfrig. »Lupe wird alles ausposaunen. Er scheint der Meinung zu sein, daß er jetzt als unschuldiges Opfer dasteht, nur weil der Tizian bereits von jemand anderem gestohlen wurde. Ich würde gern wissen, was ihm blüht.«

»Er wird mit einer Anklage wegen Einbruch, Körperverletzung und versuchtem Raub rechnen müssen.« Bittersohns Worte wurden halb erstickt von einem herzhaften Gähnen. »Mit seinen Beziehungen wird er sich allerdings bestimmt irgendwie herausreden.«

»Er wird behaupten, daß Bengo ihn dazu gezwungen hat.«

»Genau. So, da wären wir. Trautes Heim, Glück allein. Bist du auch so müde, mein Spätzchen?«

»Echt total erledigt, wie Lupe sagen würde. Diese Hippies von vorgestern geben einem immer so ein merkwürdiges Déjà-vu-Gefühl, findest du nicht? Ich kann mich noch genau daran erinnern, wie meine Mutter sich darüber aufgeregt hat, daß sie angeblich auf dem Bürgersteig Unzucht trieben, und wie wütend sie dann wurde, als ich sie fragte, was Unzucht sei. Ach herrje, gerade hat jemand das Licht in der Bibliothek angemacht. Dabei habe ich Charles doch eingeschärft, daß er nicht auf uns warten soll.«

Aber Charles war schon an der Tür, bevor Sarah ihren Schlüssel ins Schlüsselloch stecken konnte, und er sah in seinem Hausmantel so hinreißend aus wie der Held in einem Stück von Noël Pierce Coward.

»Gegrüßet seid Ihr, edler Herr«, sagte Bittersohn. »Sagt an, was ist geschehen?«

»Das Krankenhaus hat Bescheid gesagt, daß die Gräfin Ouspenska wieder bei Bewußtsein ist.«

»Verdammt! Dann hätte ich den Wagen besser nicht abstellen sollen!«

»So spät können wir sie sowieso nicht mehr im Krankenhaus besuchen«, protestierte Sarah. »Sie werden uns nicht zu ihr lassen.«

»Oh doch, das werden sie. Ich habe dem Direktor mal einen Gefallen erwiesen.«

»Sie und Ihre Beziehungen! In Ordnung, Charles, rufen Sie uns ein Taxi.«

»Sie gedenken doch wohl nicht etwa, das Massachusetts General Hospital in dieser Kleidung aufzusuchen, Madam?« erkundigte sich der Butler frostig.

»Warum nicht?«

»Sie und Mr. Bittersohn sehen beide aus, wenn ich mir die Freiheit gestatten darf, das zu sagen, als ob Sie in einem Kohleneimer herumgekrochen wären.«

»Wenn man es genau bedenkt, haben Sie durchaus recht. Also gut, dann warten Sie noch fünf Minuten.«

Nachdem sie sich in aller Eile frischgemacht und umgezogen hatten, fühlten sich die beiden wieder etwas besser. Eine Viertelstunde später wurden sie, immer noch übermüdet, ansonsten aber wieder durchaus präsentabel, von einer reichlich unfreundlichen Nachtschwester empfangen und in das Privatzimmer geführt, das Bittersohn für die Gräfin Ouspenska organisiert hatte.

Lydia sah furchtbar aus. Ihre Haut war aschfahl und spannte sich so straff über ihre hohen Wangenknochen, daß sie zu platzen drohte. Ihre Augen glühten wie zwei schwarze Löcher, und ihr Mund wirkte wie ein schieferblauer Strich. Trotzdem versuchte sie zu lächeln. »Hallo, ihr Schönen«, flüsterte sie. »Ich verstehe, Party zu verderben, was?«

Sarah küßte sie auf die grauen Wangen und nahm die eiskalten Hände der Gräfin in ihre eigenen. »Wir sind so dankbar, daß

Sie–« begann sie, nahm sich aber sofort zusammen. Wenn Lydia noch nicht wußte, in welcher Gefahr sie geschwebt hatte, war jetzt sicher nicht der geeignete Zeitpunkt, es ihr mitzuteilen. »Wenn Sie wieder gesund genug sind, um uns zu besuchen, können wir alles nachholen.«

»Ist gut. Das ich werde diesmal wirklich auskosten.«

»Ganz bestimmt, Lydia«, sagte Bittersohn, befangen wie die meisten Männer in einem Krankenzimmer. Er schob einen Stuhl für Sarah ans Bett und drückte sie sanft auf den Sitz. »Haben sie dir schon erzählt, was passiert ist?«

»Sie fragen, wie konnte ich machen solche Wahnsinnstat. Welche Wahnsinnstat meinen sie, Max?«

»Sie nehmen an, daß du dir selbst eine Mischung aus Nembutal und Arsen verabreicht hast, als du mit deinen Magenkapseln russisches Roulett gespielt hast.«

»Aber ich habe nicht! Das ich habe niemals getan! War nur Spaß, damit gute alte Dolores sich aufregt. Hat sie gesagt, ich habe genommen Gift?«

»Sie sagt lediglich, du habest ihr erzählt, daß du es vorhattest.«

»Dolores glaubt alles, auch wenn ich nur mache Spaß. Keine Phantasie. Muß schrecklich sein, Künstlerin zu sein ohne Phantasie.« Lydia ging es offensichtlich immer noch sehr schlecht. Sie schien sich jedoch für ihre eigenen schrecklichen Erlebnisse nicht weiter zu interessieren, denn sie redete weiter über ihre Nachbarin.

»Seit ich kenne Dolores, und das ist schon seit vielen Jahren, sie arbeitet, immer sie arbeitet. Wenn sie nicht bei Madam häßliches Porzellan abstaubt, sie malt in Atelier mit Tür zu, und niemand darf auch nur Blick werfen auf Meisterwerke. Ich sage: ›Zeig mir großes Werk, das du malst. Immer arbeiten und arbeiten.‹ Sie zeigt mir Stilleben mit totem Vogel. Nicht mal lebendiger Vogel, der flötet, wenn sie malt. Ist immer Stilleben, das nie fertig wird. Gestern ich habe sie noch geärgert damit. War gestern? Oder nicht gestern? Ich habe vergessen, wann ich–« Ihre Stimme wurde immer schwächer, und die Schwester schickte sie aus dem Zimmer.

»Das mit dem Bild stimmt«, sagte Sarah. »Es stand auf Dolores' Staffelei, als ich zum Tee bei ihr war. Max, glaubst du etwa, daß –?«

»Komm, wir gehen.« Bittersohn schüchterte die Schwester mit allerlei detaillierten und angsterregenden Instruktionen ein und zog Sarah zu den Aufzügen.

»Wie konnte ich bloß so dämlich sein?« jammerte Sarah. »Es war doch die ganze Zeit sonnenklar. Dolores ist eine hervorragende Kopistin, sie hat mir Fotos von einigen Porträts gezeigt, die sie nach Fotografien angefertigt hat, und man konnte Original und Kopie kaum unterscheiden. Außerdem war es für sie überhaupt kein Problem, sich die Bilder aus dem Museum zu holen und wieder zurückzubringen. Sie brauchte nur zu sagen, daß sie das Original in ihrem Atelier benötigte, um den Firnis zu erneuern oder so, und hängte dann die Kopie ins Museum.«

»Ich habe sie ganz am Anfang in Verdacht gehabt«, gab Bittersohn verlegen zu, »aber diese Möglichkeit schien mir einfach so verdammt offensichtlich, daß ich nicht glauben konnte, daß die Erklärung so einfach war. Außerdem bringen einen ihre kräftigen Fesseln irgendwie aus dem Konzept.«

»Ich weiß. Sie ist das Salz der Erde. Ist das hier die Eingangshalle? Sag mal, Max, siehst du auch, was ich sehe?«

Ein gepflegter kleiner Mann mit sorgfältig pomadisiertem grauem Haar saß in der Nähe des Haupteingangs.

»Hallo, Frühaufsteher«, sagte Max.

»Guten Morgen, Kinder«, erwiderte Cousin Brooks. »Ich habe Ihre Privatnummer angerufen, Bittersohn, um Ihnen mitzuteilen, daß Lupe und Bengo sicher hinter Schloß und Riegel sitzen. Charles hat abgehoben und mir erzählt, daß Sie hier sind, also bin ich hergekommen. Ich war sowieso in der Nähe, das Gefängnis ist nämlich nur um die Ecke. Wie geht's Lydia?«

»Sie ist noch sehr schwach, aber auf dem Weg der Besserung. Die Jungs sind also gut untergebracht?«

»Es kann natürlich sein, daß Lupe es geschafft hat, sich wieder herauszureden, was mich nicht mal wundern würde. Was liegt als nächstes an?«

»Wir wollten gerade Dolores Tawne einen kleinen Besuch abstatten. Übrigens, Kelling, was ich Sie noch fragen wollte, Sie hegen doch hoffentlich keine – eh –«

»Zärtlichen Gefühle für sie, meinen Sie? Keineswegs. Wo wir gerade davon reden«, Cousin Brooks lächelte liebevoll in die Nacht, als sie das Krankenhaus verließen, um sich wieder einmal auf die Suche nach einem Taxi zu machen, »ich bin zu dem Schluß gekommen, daß ich mich zu einer ganz anderen Frau hingezogen fühle. Wie die Kanadagans bin ich nämlich von Natur aus monogam. Ich bin allen Bindungen aus dem Weg gegangen, bis ich endlich das Bedürfnis hatte, mich für immer zu paaren. Und jetzt bin ich fest entschlossen, mich einfangen und beringen zu lassen.«

»Herzlichen Glückwunsch! Wann soll denn der Nestbau beginnen?«

»Das weiß ich nicht. Ich habe Theonia meine Absichten noch nicht unterbreitet.«

»Findest du nicht, daß sie es als eine der ersten erfahren sollte?« fragte Sarah.

»Ach, verflucht! Ich werde sie schon fragen, sobald sich die richtige Gelegenheit dazu bietet. Ich kann doch nicht einfach auf sie herunterstoßen wie ein Habicht auf ein Huhn.«

»Warum nicht? Sie läßt sich bestimmt gern im Sturm erobern.«

»Schade, daß es nicht noch mehr Frauen ihrer Art gibt«, sagte Bittersohn und schob Sarah stürmisch in ein Taxi, das für sie angehalten hatte. »Ist es Ihnen je in den Sinn gekommen, Kelling, daß Dolores Tawne möglicherweise für die ganzen Fälschungen in Madams Palazzo verantwortlich sein könnte?«

»Dolores? Ist das Ihr Ernst? Sie kann doch nicht – oh, doch, sie kann durchaus! Das würde allerdings eine ganze Reihe erschrekkender Möglichkeiten eröffnen. Sollte das nämlich zutreffen, wäre ich sogar ihr Komplize gewesen, denn ich habe mindestens 30 von den Wilkins-Rahmen für sie kopiert. Sie hat jedesmal behauptet, sie brauchte sie, um Porträts, die sie gemalt hatte, zu rahmen.«

»Haben Sie je eines dieser Porträts gesehen?«

»Nein, noch nie. Sie hat es mir nie angeboten, und ich habe sie nie gebeten, sie mir zu zeigen. Die einzige Arbeit von ihr, die ich je zu Gesicht bekommen habe, war ein halbfertiges Stilleben, an dem sie vor ewigen Zeiten mal gearbeitet hat. Es gibt darauf einen ausgestopften Fasan, den ich als die lächerlichste taxidermische Fehlleistung bezeichnen würde, die ich mir in meinem ganzen Leben je ansehen mußte. Ich habe sie auf diverse Fehler aufmerksam gemacht, woraufhin sie stinksauer wurde. Ich habe immer geglaubt, daß sie mir deshalb keins ihrer Bilder mehr gezeigt hat.«

»Würden Sie auch vor Gericht aussagen, daß Dolores Sie gebeten hat, die Rahmen für sie anzufertigen?«

»Ich kenne doch meine Bürgerpflicht, Bittersohn. Verflucht noch eins! Das erinnert mich daran, wie ich zum ersten Mal eine rote Prachtmeise in der Mauser gesehen habe. Ich hätte glatt schwören können, daß sie plötzlich zu einer völlig anderen Unterart gehörte!« Brooks schüttelte traurig sein gepflegtes Haupt und sagte kein einziges Wort mehr, bis sie ihr inzwischen wohlvertrautes Ziel in der Ipswich Street erreicht hatten.

Zum zweiten Mal wurde ihnen innerhalb von zwei aufeinanderfolgenden Nächten der Genuß zuteil, Mrs. Tawnes Plisseegewand und Metallwickler bewundern zu dürfen. Diesmal war sie sogar noch ärgerlicher als beim letzten Mal.

»Ach, du bist es, Brooks«, sagte sie naserümpfend. »Ich muß sagen, ich habe dich bisher immer für einen rücksichtsvollen Menschen gehalten, auch wenn deine Cousine und ihr Kavalier es nicht sind. Was wollt ihr denn diesmal?«

»Wir wollten Ihnen nur gratulieren«, sagte der Kavalier, »zu der hervorragenden Arbeit, die Sie geleistet haben, als Sie die Gemälde im Wilkins-Museum kopiert haben.«

Bittersohn hatte zwar mit einer Reaktion gerechnet, jedoch keinesfalls mit der, die Dolores Tawne jetzt zeigte. Es hätte nicht viel gefehlt, und sie hätte ihn geküßt.

»Oh, vielen Dank, Mr. Bittersohn! Ich muß schon sagen, aus dem Munde eines so bekannten Kunstexperten ist das wirklich ein Kompliment. Bitte entschuldigen Sie, daß ich vorhin ein wenig kurz angebunden war, aber ich hatte ja keine Ahnung – aber kommen Sie doch bitte herein, so kommen Sie doch! Ich setze nur schnell den Kessel auf. Ich bin sofort wieder zurück.«

Und schon eilte sie davon und ließ den berühmten Kunstexperten völlig entgeistert an der Tür stehen. Sarah gab ihm einen Stups. »Jetzt geh schon rein, du Dummkopf!« Sie selbst stieg vor ihnen die Treppe von der Galerie ins Atelier hinunter und machte dabei höfliche Konversation. Die Männer ließen sich nervös auf den Stuhlkanten nieder und sahen immer noch ziemlich verblüfft aus, während Dolores sich in der Küche zu schaffen machte.

Wenige Minuten später kam sie mit einem übervollen Tablett zurück und entschuldigte sich, daß sie ihnen nicht mehr anbieten konnte. »Wenn ich gewußt hätte, daß Sie kommen würden, hätte ich natürlich etwas Besonderes vorbereitet. Sie müssen unbedingt die Schokoladenmarshmallows mit Kokosflocken versuchen, Mr. Bittersohn.«

Max erbleichte und nahm sich einen einfachen Cracker. »Vielen Dank, ich fange lieber hiermit an«, murmelte er.

»Wir wissen, daß wir Sie so spät nicht belästigen sollten«, sprudelte Sarah hervor, »aber wir waren im Krankenhaus bei Gräfin Ouspenska. Es geht ihr schon viel besser, und wir dachten, es würde Sie bestimmt interessieren.«

Doch Dolores rückte lediglich ihre Wickler zurecht und lächelte geistesabwesend. »Das ist ja schön. Aber jetzt zu meinen Bildern, Mr. Bittersohn. Sie können sich gar nicht vorstellen, was ein Lob von einem wirklichen Experten für mich bedeutet. Wenn ich selbst das einmal sagen darf« – und das tat sie dann auch lang und breit. Sie unterbrach sich lediglich, um die Tassen nachzufüllen und ihren sprachlosen Zuhörern weitere Köstlichkeiten aufzudrängen. Die Masse an technischen Details, die sie herunterspulte, war einfach überwältigend. Es stellte sich heraus, daß Dolores eine richtige Autorität war, was das Kopieren alter Meister betraf, daß sie ungeheuer stolz auf ihre Arbeit war und daß sie nichts Schlimmes in dem sah, was sie getan hatte. Alles, was sie wirklich bedauerte, war die Tatsache, daß sie die ganze Zeit gezwungen gewesen war, anonym zu bleiben.

»Jede Künstlerin braucht Anerkennung«, seufzte sie. »Ich habe so oft dabeigestanden und gehört, wie die Besucher meine Werke bewunderten, und ich mußte mir jedesmal mehr oder weniger auf die Zunge beißen, um ihnen nicht zu sagen, daß sie keinen echten Rubens oder Rembrandt, sondern eine Dolores Tawne vor sich hatten. Aber nicht jedem Maler wird schließlich die Ehre zuteil, mit Rembrandt verwechselt zu werden.« Sie kicherte und nahm sich einen weiteren Marshmallow mit Kokosflocken.

»Über die mangelnde Anerkennung brauchen Sie sich nicht mehr lange zu sorgen«, sagte Bittersohn. »Ich wette, daß es im Museum bald nur so wimmelt vor Fernsehkameras und daß Ihr Name in jeder Zeitung stehen wird.«

»Das wäre wunderbar!« Ihre Gastgeberin blickte verträumt über den Rand eines Kekses. »Aber ich befürchte, das wird erst Wirklichkeit werden, wenn ich längst nicht mehr unter den Lebenden weile. Absolute Verschwiegenheit ist immer unsere Parole gewesen, wie Sie sicher inzwischen wissen.«

»Ja, das hat man uns ebenfalls nachdrücklich eingeschärft.«

»Ich muß schon sagen, es wundert mich wirklich, daß er Sie drei eingeweiht hat, obwohl ich natürlich darüber informiert war, daß er mit Ihnen in Verbindung stand. Ich vermute, es blieb ihm am Ende wohl nichts anderes übrig, als es Ihnen zu sagen, wegen der Sache mit Witherspoon und Brown. Das war tatsächlich ein merkwürdiger Zufall, das muß ich schon zugeben. Ich hätte nie gedacht, daß Brown so sehr an dem alten Joe hing. Aber wer kann schon einem anderen Menschen ins Herz schauen, wie es immer im Vorspann der alten Shadow-Hörspiele hieß. Seit Sonntag sitze ich wie auf heißen Kohlen. Wir haben immer befürchtet, daß irgend jemand irgendwann einmal die Echtheit der Kopien in Frage stellen würde, was ich persönlich allerdings nicht für sehr wahrscheinlich halte. Aber er hat auch oft zu mir gesagt, daß die falschen Menschen, wenn sie erst einmal davon erfahren würden, unsere Motive völlig mißverstehen würden. Manche Leute denken nämlich immer nur das Schlimmste, wissen Sie.«

Kapitel 24

Sarah redete einfach auf gut Glück weiter. »Fremde Menschen kennen Sie ja auch nicht so gut wie wir, Mrs. Tawne. Wenn man Ihnen erst die Gelegenheit gibt, die Sache zu erklären, lassen sich alle Mißverständnisse bestimmt leicht aus dem Weg räumen. Ich habe schon die ganze Zeit überlegt, wie Sie persönlich das Ganze in einfachen Worten erklären würden.«

»Darüber habe ich, ehrlich gesagt, noch nie nachgedacht. Ich habe nicht damit gerechnet, daß man mich irgendwann einmal danach fragen würde.« Dolores fand die Vorstellung offensichtlich höchst schmeichelhaft.

»Aber warum sollte man das nicht? Ich persönlich finde es sowieso nicht besonders fair, daß Sie die ganze Zeit gezwungen waren, im Hintergrund zu bleiben. Finden Sie nicht auch, Mr. Bittersohn?«

»Ich bin ganz Ihrer Meinung«, sagte Max. »Was meinen Sie dazu, Kelling?«

»Mir ist das alles schleierhaft«, erwiderte Brooks wahrheitsgemäß. »Du blühst doch sonst nicht gerade als Veilchen im Verborgenen, Dolores.«

»Ich hoffe doch sehr, daß mein Pflichtgefühl stärker ist als meine persönliche Eitelkeit, Brooks. Nein, ich werde auf keinen Fall eine offizielle Erklärung abgeben, bevor er mir nicht die entsprechenden Instruktionen gibt. Ich habe seit 32 Jahren ohne zu fragen alles getan, was er von mir verlangt hat. Nichts liegt mir ferner, als plötzlich ins Scheinwerferlicht zu treten und die ganze Aufmerksamkeit auf mich zu lenken, vor allem jetzt nicht, wo unser großes Werk so gut wie beendet ist.«

»Was meinst du denn mit ›unser‹?« fragte Brooks. »Du hast uns doch gerade erzählt, daß du alles ganz allein gemacht hast.«

»Jeder einzelne Pinselstrich auf jedem dieser großartigen Meisterwerke ist einzig und allein von mir«, sagte die Künstlerin mit Stolz, »aber er hat stets großen Wert darauf gelegt, daß wir als Team arbeiten. ›Sie führen die Arbeit aus, und ich übernehme die Verantwortung‹, sagt er immer. Und ich bin stolz, behaupten zu dürfen, daß sein Interesse in all den vielen Jahren trotz seiner vielen Verpflichtungen niemals nachgelassen hat. Nicht einmal eine Sekunde lang.«

Dolores geriet jetzt richtig in Fahrt. »Ich muß ehrlich sagen, daß ich ohne sein Vertrauen, seinen unerschütterlichen Glauben und ohne seine fortwährende Unterstützung und Inspiration niemals das erreicht hätte, was ich jetzt erreicht habe. Immer wenn mich der Mut verließ, hat er mich wieder aufgerichtet. ›Ich weiß, daß Sie unser großartiges Werk niemals im Stich lassen werden‹, hat er wieder und wieder gesagt. Ihm habe ich es zu verdanken, daß ich stark genug war, meine Mission zu erfüllen.«

»Bravo!« rief Bittersohn. »Ich hoffe nur, Mrs. Tawne, daß Mr. C. Edwald Palmerston seiner Anerkennung nicht nur verbal, sondern auch in – eh – finanzieller Hinsicht Ausdruck verliehen hat.«

»Er war stets so großzügig, wie es das begrenzte Budget des Museums zuläßt«, sagte Dolores förmlich. »Und er hat sogar noch mehr getan. Er bezahlt nämlich auch mein gesamtes Arbeitsmaterial aus eigener Tasche. Ich wette, davon hat er Ihnen nichts erzählt.«

»Nein«, erwiderte Bittersohn. »Das hat er wirklich nicht.«

»Das ist wieder einmal typisch für ihn. Gute Taten müssen im Verborgenen geschehen, das ist sein Motto. Ich wette, er hat auch nicht gesagt, daß er selbst für die Instandhaltung der Sicherheitsanlage aufkommt.«

»Kaum zu glauben.«

»Aber die reine Wahrheit. Und es ist bestimmt nicht billig, mit all den Luftfeuchtigkeits- und Temperaturreglern, der hermetischen Abriegelung, ganz zu schweigen von den ursprünglichen Kosten für den Bau der Anlage.«

»Was?« unterbrach Brooks. »Wovon redest du überhaupt?«

»Aber er muß euch doch von unserer Sicherheitsanlage erzählt haben! Darauf basiert doch schließlich unser gesamtes Projekt. Das ist ja«, Dolores wurde wieder feierlich, »die enorme Verantwortung, die Mr. Palmerston auf sich genommen hat, als er damals Vorsitzender des Treuhandausschusses wurde. Madam Wilkins' Originalsammlung ist geschützt vor den Unbilden der Zeit, vor Umweltverschmutzung und klimatischen Veränderungen, und das unter wissenschaftlich kontrollierten Bedingungen in einer staubfreien, bombensicheren, strahlensicheren, mottensicheren Sicherheitsanlage, während im Museum die identischen Kopien der Bilder hängen. Es wäre selbstverständlich alles andere als ratsam«, sagte sie in einem etwas sachlicheren Ton, »die Öffentlichkeit so ohne weiteres darüber zu unterrichten, daß die Bilder Kopien sind, also haben wir sie heimlich alle der Reihe nach ersetzt, sobald ich die Kopien angefertigt hatte, und niemand hat etwas bemerkt. Kein einziges Mal in den ganzen 32 Jahren hat auch nur ein Mensch etwas gemerkt.«

Ein Schatten huschte über ihr breites Gesicht. »Das heißt, so lange nicht, bis dieser alte Dummkopf Witherspoon angefangen hat zu jammern, daß sich seine Liebste verändert hätte. Das war zwar direkt, nachdem wir die Bilder ausgetauscht hatten, aber Joe kann unmöglich etwas gemerkt haben. Diesen Tizian halte ich nämlich für mein Meisterwerk. Ich wette, daß ich härter an der Kopie gearbeitet habe als Tizian an dem Original, und wenn mir jemand auch nur einen Fehler daran nachweisen kann, fresse ich meine Palette.«

»Der Tizian ist das wertvollste Gemälde der ganzen Sammlung, nicht?« fragte Bittersohn.

»Allerdings. Das unbestrittene Glanzstück. Wir haben es uns bis zum Schluß aufgehoben, weil wir uns, ehrlich gesagt, beinahe nicht getraut hätten, es in Angriff zu nehmen. Es ist so groß, und es ist ein Bild, das sich die Leute wirklich genau ansehen, wenn Sie wissen, was ich meine. Mr. Palmerston war furchtbar nervös. ›Diesmal müssen Sie sich selbst übertreffen‹, hat er mir immer wieder gesagt.«

»Und das ist Ihnen auch wirklich gelungen, Mrs. Tawne. Erstaunlich, daß Witherspoon trotzdem den Unterschied gemerkt hat.«

»Das ist absolut unmöglich! Er war einfach nur ein bißchen verkalkt, weil er schon so alt war, das ist alles.«

»Wußte Mr. Palmerston, daß Joe den anderen Wächtern erzählte, daß das Bild sich verändert hatte?«

»Es gibt nur sehr wenig im Palazzo, worüber Mr. Palmerston nicht informiert ist. Selbstverständlich hat er davon gewußt. Ich selbst habe es ihm erzählt.«

»Dann muß es doch für Sie beide beinah eine Erleichterung gewesen sein, wenn man einmal so sagen darf, als Witherspoon einen Kopfsprung vom Balkon machte.«

»Ich muß offen zugeben, daß ich ihm nicht viele Tränen nachgeweint habe, als ich davon erfuhr, obwohl ich nicht gerade begeistert über die negativen Schlagzeilen für das Museum war. Und als ich erfuhr, daß dieser verdammte Dummkopf Brown die Situation noch verschlimmert hatte, indem er sich mit seiner Geschichte von dem angeblichen Raubüberfall völlig lächerlich gemacht hat, bin ich fast verrückt geworden. Ausgerechnet an einem solchen Tag! Wenn ich da gewesen wäre, weiß ich wirklich nicht, was ich getan hätte. Möglicherweise wäre ich versucht gewesen, ihn dem alten Joe hinterherzustoßen, und damit wären wir sie beide los gewesen.«

»Sie waren also zu dem Zeitpunkt, als es passierte, gar nicht im Palazzo?«

»Nein. Wenn Sie es genau wissen wollen, ich war bei Jimmy und habe ihm den Kopf mit Eis gekühlt, damit er wenigstens am folgenden Montag wieder einigermaßen in der Lage war zu arbeiten. Leider ist es kein Geheimnis, daß mein Bruder sich ab und zu ein wenig zuviel zumutet. Sonntag nacht hat er irgendwo ein paar Dollars aufgetrieben und ohne mein Wissen eine Sauftour veranstaltet. Wenn ich rechtzeitig herausgefunden hätte, daß er Geld hatte –«

»Woher hatte er denn das Geld?«

»Mr. Palmerston hat es ihm versehentlich gegeben. Jimmy erledigt ab und zu kleinere Arbeiten für ihn, und Mr. Palmerston besteht immer darauf, ihn dafür zu bezahlen, obwohl ich ihm schon tausendmal erzählt habe, daß ich es nicht für gut halte.«

»Weiß er denn nicht, daß Ihr Bruder das Geld vertrinkt, sobald er es in die Finger bekommt?«

»Ich vermute, er hofft immer noch, daß Jimmy sich bessert«, seufzte Mrs. Tawne. »Da er selbst ein absolutes Beispiel an Rechtschaffenheit ist, übersieht er oft die Schwächen der anderen. Er hat für Jimmy stets großes Verständnis gezeigt. Mr. Palmerston ist nämlich ein wirklicher Philanthrop, müssen Sie wissen.«

Sarah riskierte noch einmal ihr Glück. »Er hat uns mehr oder weniger zu verstehen gegeben, daß die Idee mit der Sicherheitsanlage von Ihnen stammte.«

Dolores strahlte. »Ist das nicht wieder typisch für ihn? Nein, es war ganz und gar seine eigene Idee. Aber ich habe ihm natürlich bei der Ausarbeitung der Einzelheiten mit Rat und Tat zur Seite gestanden«, fügte sie rasch hinzu.

»Dann haben Sie sicher den Standort gewählt?«

»Nein, das hat er auch selbst entschieden. Es mag Ihnen zwar merkwürdig vorkommen, aber ich weiß noch nicht einmal, wo genau sich der Bau befindet. Er war stets der Meinung, daß es besser wäre, wenn ich mit diesem Teil des Projektes möglichst wenig belastet würde. ›Auf Ihren Schultern lastet schon genug‹, sagt er immer. ›Ich werde Sie doch nicht mit unnötigen Problemen behelligen!‹ Er hat vollstes Verständnis für den unerträglichen Druck, der auf einer kreativen Künstlerin lastet.«

»Dann waren Sie selbst noch nie in der Sicherheitsanlage?«

»Nein, niemals.«

»Sie bringen also lediglich die Bilder hierher und kopieren sie, und er nimmt das Original wieder mit, und Sie haben mit der ganzen Sache nichts mehr zu tun?«

»So könnte man in aller Kürze sagen, Mrs. Kelling. Natürlich habe ich die Originale nicht die ganze Zeit über hier bei mir im Atelier, wenn ich daran arbeite. Ich fotografiere sie, fertige Skizzen an und mache mir genaue Notizen, und dann arbeite ich hauptsächlich nach diesen Vorlagen. Da ich eigene Schlüssel zum Palazzo besitze, kann ich jederzeit kurz vorbeischauen und Vergleiche anstellen, wenn es nötig ist. Wenn ich mit meiner Arbeit fertig bin, tauscht einer von uns beiden die Bilder aus. Wenn es sich allerdings um ein so wichtiges Gemälde wie den Tizian handelt, tun wir es gemeinsam.«

»Und das ist dann alles?«

»Nun ja, nicht ganz.« Dolores lächelte affektiert. »Nachdem wir die Arbeit hinter uns gebracht haben, treffen wir uns hier bei mir und veranstalten eine kleine private Feier. Ich mache uns eine nette Kleinigkeit zu essen, Mr. Palmerston stiftet eine Flasche Sekt, und wir bringen einen Toast aus auf das Gelingen unserer großen Aufgabe. Dann hält er eine kleine Rede darüber, wie zukünftige Generationen es uns einmal danken werden, daß wir die unbezahlbaren Kunstschätze vor den Unbilden der Zeit gerettet haben und dergleichen. Leider kann außer mir keiner seine wunderbaren Ansprachen hören, was natürlich sehr schade ist. Ich habe ihm daher auch schon vorgeschlagen, sie auf Tonband aufzunehmen und zu den Gemälden in die Sicherheitsanlage zu legen, aber er will davon partout nichts wissen. Wahre Größe und Bescheidenheit gehen eben Hand in Hand, wie ich ihm schon so oft gesagt habe.«

Das war mehr, als Brooks Kelling ertragen konnte. »Eine wahre Schweinerei ist das«, schnaubte er. »Der alte Bock hat dich seit 32 Jahren hinters Licht geführt, und du hast dich vor lauter Verliebtheit verdammt noch mal von ihm blenden lassen.«

»Ich wäre dir dankbar, wenn du mir diese Bemerkung näher erläutern würdest, Brooks Kelling«, erwiderte Mrs. Tawne drohend.

Bittersohn intervenierte. »Vielleicht erklärt das hier mehr als Kellings Worte.« Er zeigte ihr Bill Jones' Liste, die inzwischen schon recht abgegriffen aussah. »Wenn Sie sich dieses Verzeichnis anschauen, Mrs. Tawne, werden Sie sehen, wo, wann und für annähernd welche Summe jedes der Originale, die Sie kopiert haben, verkauft worden ist.«

Dolores starrte sprachlos auf das Blatt. »Aber – das ist doch völlig verrückt! Die Bilder sind in der Sicherheitsanlage!«

»Der Sicherheitsanlage, die Sie selbst nie gesehen haben und von der Sie nicht einmal wissen, wo sie sich befindet? Ich befürchte, sie existiert lediglich in C. Edwald Palmerstons Vorstellung, Mrs. Tawne.«

»Mit anderen Worten, Dolores«, sagte Brooks brutal, »er hat dich die ganze Zeit nur an der Nase herumgeführt.«

»Das glaube ich euch nicht. Das kann er nicht getan haben. So etwas hätte er niemals getan! Mr. Palmerston ist ein ehrbarer, grundanständiger Mann! Er ist ein Philanthrop!«

»Den Teufel ist er!«

»Und außerdem«, Mrs. Tawne war derart bestürzt und verwirrt, daß sie einem nur leid tun konnte, »warum hätte er mir so etwas Schreckliches antun sollen?«

»Aus Geldgier«, erklärte Bittersohn.

»Mr. Palmerston braucht kein Geld. Er ist ein wohlhabender Mann. Er ist immer sehr freigiebig, wenn es um eine gute Sache geht.«

»Das bezweifle ich nicht, weil es ihn nämlich keinen Pfennig kostet. Sie sollten wissen, daß Mr. Palmerston noch andere kostspielige Neigungen hat.«

»Was zum Beispiel?«

»Vor allem Frauen.«

»Frauen? Da müssen Sie sich irren. Mr. Palmerston bestimmt nicht.«

»Ich befürchte, Sie kennen den Mann weniger gut, als Sie annehmen, Mrs. Tawne. Er hat Sie 32 Jahre lang für sich schuften lassen, damit er sich seine teuren Freundinnen leisten konnte.«

»Wen beispielsweise?« Dolores wollte immer noch nicht aufgeben. »Wenn Sie etwa diese Schlampe Ouspenska meinen –«

»Sie hat tatsächlich auch einmal zu diesen Frauen gehört. Als sie noch jung und schön war, natürlich. So mag er sie nämlich am liebsten. Nicht wahr, Mrs. Kelling?«

Bittersohn gab Sarah heimlich einen Stups. Mit gesenktem Blick ging sie auf sein Stichwort ein.

»Sie müssen verstehen, Mrs. Tawne, daß ich immer ein sehr behütetes Leben geführt habe. Ich habe einfach nicht begriffen, was er mit mir im Sinn hatte, bis er – aber wie hätte sich ein dummes junges Mädchen auch dagegen wehren können? Jeden Tag Orchideen, teure Restaurants, Schmuck, Zobelpelze, Wochenendtrips nach Monte Carlo –«

»Sie lügen«, widersprach Dolores schwach. »Das ist alles nichts weiter als ein übler Scherz.«

»Mrs. Tawne, welche betrogene Frau würde über so etwas lügen?« Sarah schlug die Hände vor ihr Gesicht.

»Wie – viele – andere?«

Sarah zuckte müde die Achseln. »Das kann ich nicht genau sagen. Und er selbst bestimmt auch nicht.«

»Und bei allen – Orchideen, Schmuck, Zobel, Flüge nach Monte Carlo?«

»Ich glaube, in der letzten Zeit war es Tahiti.«

»Tahiti? Und ich male mir die Seele aus dem Leib für ein oder zwei Flaschen billigen Sekt im Jahr?«

Dolores verfärbte sich erst ziegelrot, dann kalkweiß. Sie sank auf ihren Stuhl zurück und starrte tränenblind auf den farbbekleckstеn Fußboden ihres Ateliers. »Du hast vollkommen recht, Brooks«, sagte sie. »Ich bin nichts weiter als eine verdammte alte Närrin.«

Kapitel 25

Dolores wäre Palmerston fast mit Lockenwicklern und Morgenmantel entgegengetreten, wenn Brooks sie nicht ermahnt hätte, sich ihrem Alter entsprechend zu benehmen und sich erst einmal ordentlich anzuziehen. Sie kochte immer noch wie ein Vulkan kurz vor dem Ausbruch, als sie als erste die elegante Treppe zu C. Edwalds altem Stadthaus hinaufeilte.

Als ihnen ein hübsches junges Hausmädchen in einem sexy Négligé die Tür öffnete, war sie nicht mehr zu halten. Flammend vor heiligem Zorn stürmte sie ins Haus, Max und Brooks auf den Fersen und das Hausmädchen, das die Hände rang und in weinerlichem Ton fragte, was sie denn wollten, im Schlepptau.

Sarah verpaßte den ersten Teil der Gegenüberstellung, weil Bittersohn sie beauftragt hatte, ein Telefon zu suchen und Fitzpatrick und Fitzgibbon anzurufen. Als sie schließlich das Schlachtfeld erreichte, das leicht zu lokalisieren war, da man im Grunde nur dem schrillen Geschrei von Dolores Tawne zu folgen brauchte, das alle anderen Stimmen übertönte, saß Palmerston aufrecht im Bett und hielt mit der einen Hand verschämt das Federbett bis oben ans Kinn gezogen, während er mit der anderen nach seinem Gebiß und seiner Brille tastete, wobei er zahnlos und offenbar ohne viel Erfolg versuchte, sich zu verteidigen.

»Aber Mrs. Tawne«, murmelte er, »ich habe stets aus humanitären Motiven gehandelt.«

»Von wegen humanitär!« schrie die von ihm hintergangene Dolores empört. »Bestimmt haben Sie dieser kleinen Schlampe hier auch einen Zobelmantel gekauft!«

Das Hausmädchen begann laut zu schluchzen. »Es ist bloß Bi-Bisamratte.«

»Na also!«

»Aber meine liebe Dolores –«

»Nennen Sie mich nicht Dolores! Ich war nie eines Ihrer aufgetakelten Weiber, also versuchen Sie jetzt nicht, so zu tun, als ob dem so wäre! Nur weil ich mir nicht das Gesicht anmale und keine Kleider trage, die bis zum B-Bauchnabel ausgeschnitten sind –« Jetzt brach auch sie in Tränen aus.

Bittersohn schob sie sanft zur Seite. »Sie können ruhig alles zugeben, Palmerston. Die Polizei wird jeden Moment hier eintreffen. Lydia Ouspenska hat das Arsen und Nembutal überlebt, das Sie ihr in die Magenkapsel gefüllt haben. Sie ist bei Bewußtsein und kann sprechen. Mrs. Tawne wird alles ausspucken, was sie über Ihren Betrug mit den gefälschten Bildern weiß, und den Bericht von Bill Jones, in dem alles darüber steht, wann und wo Sie Bilder losgeworden sind, haben wir ebenfalls. Außerdem nehme ich an, daß bestimmt ein oder zwei Hehler bereit sein werden, Sie zu identifizieren, wenn man ihnen dafür Straffreiheit zusichert. Vielleicht kann uns Mrs. Tawne auch etwas über den unvollendeten Murillo sagen, der urplötzlich gestern abend im Atelier von Gräfin Ouspenska aufgetaucht ist.«

»Da ist er also!« stieß Dolores hervor. »Gestern abend hat er Nick Fieringer vorbeigeschickt, um das Bild zu holen. Ich konnte mir überhaupt nicht vorstellen, warum. Ich habe Nick noch eingeschärft, unbedingt vorsichtig mit dem Bild umzugehen, weil die Farbe nicht ganz trocken war. Ich hoffe, er hat sich daran gehalten!«

»Das hat er tatsächlich«, sagte Bittersohn. »Schade, daß Sie so gewissenhaft waren, Mrs. Tawne, sonst wären wir schon viel eher hinter die Sache gekommen. Was den Grund betrifft, aus dem das Bild fortgeschafft wurde, nehme ich an, daß damit der Versuch gemacht werden sollte, der Gräfin die Fälschung unterzuschieben. Sie sollte sterben, wissen Sie. Palmerston nahm zweifellos an, daß sie zu diesem Zeitpunkt bereits tot war und den Irrtum nicht mehr klären konnte. Sie hatten ihm doch sicher von Lydias Scherz, mit den Magenkapseln russisches Roulett zu spielen, erzählt, nicht wahr?«

»Ja. Ja, ich habe ihm davon erzählt. Und er hätte mich um die Anerkennung der Arbeit für 32 Jahre gebracht, bloß um seine eigene schmutzige Haut zu retten?«

»Warum nicht? Zu diesem Zeitpunkt hatte er sich im Museum nahezu alles unter den Nagel gerissen, und allmählich wurde ihm die ganze Sache bei Madam ein wenig zu riskant. Irgendwie mußte er sich schließlich aus der Affäre ziehen, sonst hätte die Menschheit ja einen der letzten großen Wohltäter verloren. Übrigens wird Nick Fieringer auch auspacken, Palmerston. Er hat mir bereits erklärt, wie Sie ihn dazu gebracht haben, Dr. Aguinaldo Ruy Lopez zu engagieren. Ihr Angestellter Mr. Kelling hatte bereits das Vergnügen, Lopez vor einer Stunde im Gefängnis abzuliefern. Fieringer kann der Polizei von dem Murillo berichten und von der Phiole Arsen, die er in Ihrem Auftrag in Lydia Ouspenskas Schublade deponiert hat.«

Palmerstons Lippen zuckten verräterisch, was Bittersohn nicht entging. »Ich verstehe. Sie selbst haben also das Arsen an dem Abend, als Sie Lydia bei Mrs. Kelling getroffen und nach Hause gebracht haben, in die Schublade gelegt. Aber das sind unwichtige Einzelheiten. Wir wissen, daß Jimmy Agnew Samstag abend Geld von Ihnen bekommen hat, weil er sich betrinken und am folgenden Sonntag nicht bei der Arbeit erscheinen sollte, damit Sie sich leichter in der Sänfte auf dem Balkon verstecken konnten, ohne Aufsehen zu erregen. Es muß Ihnen ziemlich zu schaffen gemacht haben, daß Ihre treue Vertraute Mrs. Tawne so schnell einen Ersatz für ihn auftreiben konnte, doch Sie führten Ihren Plan dennoch aus und hatten Glück. Sie hatten mit Brown abgesprochen, Witherspoon irgendwie auf den Balkon zu locken, so daß Sie aus der Sänfte springen und ihn über die Brüstung stoßen konnten. Sie hatten erwartet, daß er schreien oder um Hilfe rufen würde, und hatten daher Brown beauftragt, in der Kapelle einen Raubüberfall vorzutäuschen, damit die Aufmerksamkeit sich nicht auf den Großen Salon konzentrieren würde und Sie sich unbemerkt wieder davonmachen konnten. Am folgenden Tag brachten Sie auch Brown um, damit er den Mund hielt, indem Sie ihm Abbeizmittel und eine Prise Rattengift in die Whiskeyflasche füllten.«

»Ich bestreite alles!« schrie Palmerston.

»Das wird Ihnen absolut nichts nützen«, sagte Brooks Kelling. »Sie haben zwar daran gedacht, Ihre Fingerabdrücke von der Flasche mit dem Abbeizmittel abzuwischen, doch Sie haben das Rattengift vergessen, und das habe ich unter meiner Werkbank gefunden.«

Endlich gelang es Palmerston, sich sein Gebiß in den Mund zu schieben, woraufhin er sofort wütend seine künstlichen Zähne gegen seinen Ersatzwächter bleckte. »Kelling«, zischte er, »Sie sind entlassen!«

Inzwischen waren auch Fitzpatrick und Fitzgibbon eingetroffen. Es war allerdings einiges an Überredungskunst nötig, bis sie endlich bereit waren, einen derart ehrbaren Bürger wie C. Edwald Palmerston wegen Verdacht auf schweren Diebstahl, Mord, versuchten Mord und Unterschlagung anvertrauter Güter abzuführen, aber Bittersohn konnte sie schließlich doch überzeugen.

Als Sarah, Max und Brooks endlich wieder in der Tulip Street eintrafen, begann es bereits hell zu werden. Da Brooks verständliche Skrupel hatte, seine Pensionswirtin zu dieser Stunde zu wecken, bot Sarah ihm an, auf der Couch in der Bibliothek zu schlafen. Die drei standen recht spät auf. Nur Mrs. Sorpende saß noch am Frühstückstisch, als sie schließlich wieder auf der Bildfläche erschienen. Sie verdiente eine Erklärung, die sie auch bekam.

»Ich kann es kaum fassen«, sinnierte Sarah, nachdem sie ihr die Geschichte in groben Zügen erzählt hatten. »Wenn ich nur daran denke, wie oft Palmerston Großonkel Frederick die Schau gestohlen hat mit seinen Riesenspenden an das Heim für straffällig gewordene Witwen oder was weiß ich.«

»Nicht zu vergessen all die Orchideen und Zobel, mit denen er dich beglückt hat«, sagte Brooks gedehnt. Er sonnte sich wie ein Kater in den bewundernden Blicken von Mrs. Sorpende, die offenbar eine Schwäche für verwegene Helden und romantische Abenteurer hatte.

»Ich habe wirklich das Blaue vom Himmel gelogen. Aber es schien mir die einzige Möglichkeit, Dolores mit der Wahrheit zu konfrontieren, und schließlich ist er ja auch ein ekelhafter alter Lüstling. Leila Lackridge hat das schon immer behauptet, obwohl ich es ihr damals nicht glauben wollte. Die arme Dolores, wahrscheinlich war sie in ihn verliebt. Die Polizei hat doch nicht irgend etwas Schreckliches mit ihr vor, oder?«

»Was soll ihr schon großartig passieren? Wir können aussagen, daß sie böswillig getäuscht wurde, und sie wird selbstverständlich Zeugin der Anklage sein. Eins ist allerdings bestimmt sicher: Sie wird durch diesen Prozeß berühmter werden, als sie es sich in ihren kühnsten Träumen ausgemalt hat«, antwortete Max.

»Das denke ich auch! Das ist ja bestimmt der größte Kunstschwindel aller Zeiten. Ob die anderen Treuhänder wohl etwas unternehmen, um die Originale zurückzubekommen?«

»Das werde ich bald herausfinden. Man hat mich nämlich gebeten, heute nachmittag einer Krisensitzung in Madams Palazzo beizuwohnen.«

»Oh«, sagte Sarah enttäuscht.

Bittersohn sah sie neugierig an. »Was haben Sie denn?«

»Ach, gar nichts. Ich dachte nur, daß sie Ihnen jetzt sicher den Job anbieten werden und – na ja, Sie wissen ja, daß ich keinen Wagen mehr habe, und ich hatte geplant, den größten Teil des Sommers draußen in Ireson's Landing zu verbringen. Da ich weiß, daß Ihre Familie dort lebt, hatte ich gehofft, daß Sie mich hin und wieder dorthin mitnehmen könnten, doch wenn Sie natürlich den ganzen Sommer unterwegs sind –«

»Oh, ich glaube nicht, daß ich in der nächsten Zeit viel unterwegs sein werde. Sicher läßt sich eine Sache wie diese nicht einfach von heute auf morgen organisieren, wissen Sie. Wir finden bestimmt irgendeine Lösung.«

Er lächelte, und Sarahs Wangen nahmen einen zarten Rosaton an, was ihr ausgezeichnet stand. Sie würden ganz bestimmt eine Lösung finden.

»Meinen Sie, das Museum wird jetzt geschlossen?« fragte Mrs. Sorpende.

»Es wäre klüger, wenn es geöffnet bliebe und man Eintrittsgeld verlangen würde, damit die Wiederbeschaffung finanziert werden kann«, erwiderte Brooks. »Die Fälschungen ziehen bestimmt mehr Leute an als die Originale, wenigstens bis die Gemüter sich wieder beruhigt haben. Es ist wirklich merkwürdig, wenn man sich vorstellt, daß all das überhaupt nicht passiert wäre, wenn Palmerston nicht Bammel bekommen hätte, weil Witherspoon irgendwelche Veränderungen an seiner Liebsten bemerkt hat. Den alten Joe hätte nämlich sonst kein Mensch ernstgenommen.«

»So macht Gewissen Feige aus uns allen«, bemerkte Mrs. Sorpende, die gern in Zitatenbüchern schmökerte.

»Genau«, stimmte Bittersohn ihr zu. »Palmerstons lebhafte Phantasie hat ihn schließlich ins Verderben gestürzt. Merkwürdig, nicht? Wenn man ihn so ansieht, kann man kaum glauben, daß er imstande ist, an irgend etwas anderes zu denken als an den Dow-Jones-Index. Aber diese Geschichte mit der Sicherheitsanlage zu erfinden und so überzeugend auszuschmücken, daß er Mrs. Tawne damit all die Jahre hinters Licht führen konnte, ist schon irgendwie genial.«

»Und seine Toasts beim Sekt und die schönen Ansprachen«, seufzte Sarah. »Die Frau tut mir wirklich leid. Daß er die arme Dolores so hart für sich schuften ließ, nur um selbst den großen Wohltäter spielen zu können und gleichzeitig Unmengen von Geld an irgendwelche Frauen zu verschwenden, denen er völlig egal war, finde ich viel schlimmer als alles andere, was er verbrochen hat. Im Grunde ist er nicht besser als ein –« Sarah war immer noch zu sehr von ihrer guten Bostoner Kinderstube geprägt, um klipp und klar zu sagen, wofür sie Palmerston hielt.

»Ist ja auch egal. Und jetzt, wo du deine Stelle verloren hast, könntest du, Brooks, eigentlich gut hier einziehen und Mrs. Sorpende helfen, die Pension zu führen, wenn ich in Ireson's Landing bin und mich landwirtschaftlich betätige. Mr. Lomax und ich wollen nämlich einen Riesengarten anlegen und genug anpflanzen, damit wir ausreichend Vorräte für den nächsten Winter haben. Und Sie, Mrs. Sorpende, könnten doch die alberne Stelle in der Teestube aufgeben und hier für mich das Ruder übernehmen, finden Sie nicht?«

»Ich vermute, die Stelle gibt mich früher oder später auf. Das ganze Unternehmen ist nicht gerade erfolgreich. Sie wissen, ich wäre wirklich überglücklich, wenn ich Ihnen in jeder Beziehung helfen könnte, liebe Mrs. Kelling.«

»Und was soll ich tun?« fragte Brooks.

»Erst einmal würde ich von dir eine mordsmäßig hohe Miete verlangen, die du dir sicher leisten kannst. Und dann könntest du all die kleinen Arbeiten verrichten, die Alexander früher immer erledigt hat, beispielsweise die alten Siebchen in den Wasserhähnen auswechseln, die Wände streichen, die undichte Stelle im Dachfenster flicken und die Jalousien reparieren, damit sie endlich richtig funktionieren. Ich habe nie gewußt, wieviel Basteleien erforderlich sind, um ein altes Haus instandzuhalten. Alles fällt auseinander, und ich kann mir keine Handwerker leisten. Wir brauchen dich hier, Brooks.«

»Schön und gut, aber wie fände es denn Theonia, mich ständig um sich zu haben? Ich habe immerhin dabei geholfen, Palmerston hinter Schloß und Riegel zu bringen, und«, er warf ihr einen prüfenden Blick unter den gepflegten grauen Augenbrauen zu, »er war ihr doch immerhin sehr zugetan.«

Mrs. Sorpende fing einen Tropfen von der Tülle der Kaffeekanne mit einem Silberlöffel auf. »Ich muß gestehen, daß ich für Mr. Palmerston keinerlei Mitleid empfinde«, erwiderte sie in ihrer königlichsten Art, »nicht nur aufgrund seiner feigen Vergehen, sondern vor allem wegen seines ungehörigen Benehmens mir gegenüber.«

»Wie bitte? Was hat er denn getan?«

»Auf der Heimfahrt vom Museum hat er mir in seiner unrechtmäßig erworbenen Limousine einen Vorschlag gemacht, den ich nur als höchst anstößig bezeichnen kann.«

»Der dreckige Schweinehund!« rief Brooks. »Warum haben Sie mir nichts davon gesagt, Theonia? Ich hätte es dem Kerl schon gezeigt!«

Mrs. Sorpende schenkte ihrem Kavalier einen derart zärtlichen Blick, daß dieser beinahe seine Kaffeetasse verschluckt hätte. Während er noch hustete und stammelte, kam Mariposa mit der Morgenzeitung ins Zimmer.

»He, hört euch das mal an!« rief sie fröhlich.

Alle drängten sich um die Zeitung. Der Leitartikel handelte von Palmerstons Verhaftung, doch es gab eine weitere Schlagzeile auf der Titelseite: NEUER SKANDAL IM PALAZZO. Auf dem dazugehörigen Foto waren zwei Polizisten in Uniform, Lupe, Bengo und der Wächter, den sie in der Toilette eingesperrt gefunden hatten, zu sehen, in ihrer Mitte aber strahlte Brooks wie eine Katze, die es sich gerade heldenmütig versagt hatte, einen Kanarienvogel zu verspeisen.

Sarah fing an, den Artikel laut vorzulesen. »Durch die Wachsamkeit und den Mut des Museumswächters Alexander B. Kelling – Brooks, ich hatte ja total vergessen, daß dein Vorname auch Alexander ist!«

»Selbstverständlich heiße ich auch Alexander. Jedes vierte männliche Kind in unserer Familie bekommt diesen Namen irgendwo verpaßt, das ist seit Urzeiten immer so gewesen. Darum benutze ich ihn auch nie. Warum starrst du mich denn so an?«

»Ich dachte nur, daß in dem Fall auch dann noch eine Mrs. Alexander Kelling diese Pension führen könnte, wenn ich – wenn ich mich verändern würde und du heiraten würdest.«

»Das ist gut möglich, vorausgesetzt, ich ziehe mir irgendwo eine Frau an Land.«

»Cousine Theonia hat gesagt, sie will in jeder Beziehung helfen. Das hast du doch gesagt, nicht wahr, Cousine Theonia?«

Ein unendlich zartes Lächeln zeigte sich auf Theonia Sorpendes würdevollem Gesicht. Eine ganze Weile saß sie völlig unbeweglich auf ihrem Stuhl, den silbernen Teelöffel noch in der Hand. Dann sagte sie mit ihrer melodischen Stimme: »Wie du weißt, Cousine Sarah, bin ich immer überglücklich, wenn ich dir und deinen Lieben behilflich sein kann.«

»Verdammt noch mal, Theonia«, sprudelte Brooks hervor, »sie hat dich doch nicht gebeten, ein verfluchtes Tischtuch zu flicken. Bedeute ich dir denn wirklich nicht mehr als irgendeine Arbeit oder Pflichtübung?«

Wie eine Brieftaube, die in ihren heimatlichen Schlag zurückkehrt, flatterte eine weiße Hand mit höchst attraktiven Grübchen in den erwartungsvollen Griff von Brooks Kellings Händen. »Soll ich dir wirklich sagen«, gurrte Theonia Sorpende, »was du mir bedeutest?«

Sarah erhob sich und winkte Max und Mariposa aus dem Eßzimmer. Als sie den Raum verließen, hörten sie leises, freudiges Trommeln, das wie das Flattern von Flügeln auf einem hohlen Ast klang. Es war das Balzritual des Rauhfußhahns. Cousin Brooks hielt um Theonias Hand an.

Nachwort

»Totus mundus agit historionem« – Die ganze Welt agiert als Schauspieler, stand einst in Shakespeares Globe-Theater. Dies gilt im besonderen Maße für den Detektivroman, den Gilbert Keith Chesterton, der frühe Meister und kenntnisreiche Kritiker des Genres, einmal eine »Komödie der Masken, nicht der Gesichter« genannt hat.

In stärkerem Maße als für Charlotte MacLeods Serie um das angesehene landwirtschaftliche Balaclava-College (*Schlaf in himmlischer Ruh'*, DuMont's Kriminal-Bibliothek 1001, und die Folgebände) gilt für ihre Bostoner Serie um die schöne Sarah Kelling und ihren detektivischen Berater Max Bittersohn (*Die Familiengruft*, DuMont's Kriminal-Bibliothek 1012; *Der Rauchsalon*, DuMont's Kriminal-Bibliothek 1022), daß die Alltagswelt mehr und mehr zur Kulisse wird und der Bereich dahinter meist Unerfreuliches offenbart. Schließlich fallen die Masken, die fast alle Personen im Detektivroman tragen, eine nach der anderen, bis auch der letzte zum Schluß meist gewaltsam demaskiert wird.

Das begann im ersten Roman in Sarah Kellings eigenem Haus, einem der vornehmsten in Bostons Nobelwohngegend Beacon Hill, als in der Familiengruft die sprichwörtliche »Leiche im Keller« gefunden wird und sich herausstellt, daß das Leben in eben diesem Haus seit Jahren darin bestand, mühsam die Fassade zu wahren. Der traditionelle Reichtum aller Zweige der Kellings war bei den Alexander Kellings längst dahin, und daß man überhaupt den Schein wahren konnte, lag an einer Eigentümlichkeit, die dem Leser Charlotte MacLeods von Band zu Band eindringlicher vor Augen geführt wird: Die Bostoner Aristokratie, gleichgültig wie reich sie ist und wie spendenfreudig sie für das öffentliche Wohl eintritt, zeichnet sich privat ausnahmslos durch einen immensen Geiz aus. Da gibt es keinen, der nicht einen heimlichen Triumph empfände, wenn er eine Autofahrt, eine Übernachtung oder ein Abendessen umsonst bekommt. In diesen Kreisen gilt es nicht als Sottise, sondern als doppeltes Kompliment, wenn ein Onkel seiner Nichte sagt, das Kleid, in dem er schon ihre Mutter immer bewundert habe, stehe ihr besonders gut.

Band für Band entwickelt sich die Entlarvung und Enthüllung von Scheinwelten. Hatte Sarah Kelling im ersten Band unwissend in einer solchen gelebt, so gründet sie im *Rauchsalon* selbst eine: Um das Stadthaus und den Sommersitz der Familie, die bis über die Dächer mit juristisch zweifelhaften Hypotheken belastet sind, bis zu einem Gerichtsentscheid halten zu können, wandelt Sarah den Familiensitz in eine vornehme Pension um, in der fast nichts mehr »wirklich« ist: Der Butler ist nur darum der perfekteste Butler Bostons, weil er in Wirklichkeit ein meist arbeitsloser Schauspieler ist, der neben seinen Fabrikjobs abends gern einige Stunden den Butler mimt. Die angebliche Köchin gibt es überhaupt nicht; sie wird – ohne daß es die Gäste merken – von Sarah selbst gespielt. Und wie sich bald herausstellt, sind auch einige Gäste nicht das, was sie zu sein vorgeben.

Dies gilt vor allem mehr und mehr für den Pensionsgast Max Bittersohn, der in Sarahs Herzen längst nicht mehr den Status eines Mieters einnimmt und der nach außen hin doch immer vehementer als solcher vorgestellt wird, um den Bostoner Klatsch zu unterbinden. Wie einst Dorothy L. Sayers die diffizile Liebesbeziehung zwischen Lord Peter Wimsey und Harriet Vane über viele Detektivromane hinweg entwickelte, so schreibt Charlotte MacLeod die nicht minder komplizierte Liebe zwischen Max und Sarah von Band zu Band fort. Zum einen droht die unterschiedliche Herkunft das Glück zu gefährden, aber Sarah ist selbstbewußt genug, nichts auf die Vorurteile ihrer »white anglo-saxon protestant«-Umgebung zu geben. Wer hier in Yale war, hält Harvard für die falsche Universität, wie umgekehrt der Absolvent von Harvard Yale verachtet – von einer Boston University, an der der jüdische Aufsteiger Max Bittersohn promoviert hat, scheint man in diesen Kreisen nie etwas gehört zu haben. Wie übrigens die weitverzweigte Bittersohn-Sippe einschließlich der dominanten jüdischen Mama auf die Bostoner Aristokratin reagieren wird, bleibt der Entwicklung späterer Bände vorbehalten ... Einstweilen ist es noch die Erinnerung an den hochherzigen, gutaussehenden, eher väterlichen ersten Mann von Sarah, der gewaltsam zu Tode gekommen war, die eine letzte Übereinkunft unmöglich macht, wenn auch durch einen glücklich-unglücklichen Zufall zwischen Max und Sarah immerhin schon vorletzte Hüllen fallen.

Zwei Verbrechensserien im eigenen Haus haben die beiden schon als erfolgreiches Detektivteam ausgewiesen, so daß sie jetzt für Morde »draußen« bereit zu sein scheinen. Zu Beginn von *Madam Wilkins' Palazzo (The Palace Guard)* sind sie in eben diesem Palazzo anläßlich einer musikalischen Matinee – Max Bittersohn sucht zur Zeit den Weg zum Herzen seiner »Pensionswirtin« über Theater- und Konzertkarten, die sonst verfallen würden, was eine Kelling nie dulden könnte. Im *Palazzo* setzt sich die Scheinwelt, die wir in den ersten Bänden schon kennengelernt haben, gesteigert fort. Mit ihm hat Charlotte MacLeod die protzig-hyperbolische Überbietung des realen Isabella Stewart Gardner Museum in Boston geschaffen, das eine exzentrische Millionärin Anfang des Jahrhunderts im Stil eines venezianischen Palazzo für ihre in der ganzen Welt zusammengerafften Kunstschätze erbaute. MacLeods fiktive Millionärswitwe Eugenia Callista Wilkins wollte ihre reale Rivalin übertreffen; daher kaufte sie weltweit noch wahlloser und baute noch aufwendiger, so daß bei der Eröffnung 1911 eine boshafte Mrs. Alexander Kelling – scharfzüngig wie unsere Heldin Sarah Alexander Kelling – das Ergebnis mit einem babylonischen Bordell verglich. Fortan mußte Eugenia Wilkins mit dem Spitznamen einer »Madam«, eben einer Bordellwirtin, leben, fortan herrschte aber auch Feindschaft zwischen Mrs. Wilkins und den Kellings.

Das inzwischen in den Besitz der Stadt Boston übergegangene kulturelle Erbstück ist eine Scheinwelt, wie Amerikaner sie lieben – vom New Yorker Museum The Cloisters, aus authentischen europäischen Klosterbausteinen erbaut, über Hearst Castle in San Simeon mit seiner immerhin original erhaltenen Innenausstattung und das J. Paul Getty Museum mit seinen echten Schätzen im Gehäuse einer gigantisch überdimensionierten pompejanischen Villa bis hin zum kalifornischen Disneyland, wo alles falsch ist. Der Schein erstreckt sich beim Palazzo jedoch nicht nur auf den Baustil, sondern auch auf die angehäuften Kunstschätze: Das Gemälde von Romney ist mit Sicherheit eine Kopie, wie Sarah sofort weiß, da sich das Original seit Generationen im Kelling-Besitz befindet und zur Zeit bei einer ihrer Tanten hängt. Diese Fälschung wird sich wohl schon die nicht sehr kenntnisreiche Eugenia Wilkins andrehen haben lassen; aber Bittersohns nun mißtrauisch gewordenem Blick entgeht es nicht, daß inzwischen auch die seinerzeit unumstrittenen Originale durch Fälschungen ersetzt worden sein müssen – nahezu keines der Wilkinsschen Bilder ist echt. Als dann unmittelbar nach der Matinee einer der Wächter vor Sarahs und Max' Augen von einem Balkon zu Tode stürzt, entwickelt sich ein dem Kunsthistoriker und Detektiv Max Bittersohn auf den Leib geschriebener Fall. Wieder einmal bewahrheitet sich das Gesetz, daß der Detektiv einerseits und Verbrechen und Verbrecher andererseits in all den unterschiedlichen historischen Ausprägungen des Detektivromans stets unverbrüchlich aufeinander bezogen und miteinander verwandt sind.

Als hilfreich für die nun wegen des Mordes und der Fälschungen erforderlichen Ermittlungen erweist es sich, daß zufällig einer von Sarahs vielen Onkeln siebten Grades als Museumswärter im Palazzo aushilft. Sein dank des Legats einer Großtante finanziell gesichertes Leben hat er hauptsächlich mit der Anbetung stattlicher energischer Damen und der Beobachtung aller einheimischer Vögel einschließlich ihrer Balzrituale verbracht, worüber er die eigene Paarungszeit verpaßt hat. Auch beim Museum ist er auf die Bitte einer ebensolchen Dame hin eingesprungen, wofür er sich aber als echter Kelling durchaus bezahlen läßt. Schließlich ist ein Dollar ein Dollar, und keine Art von Arbeit schändet.

Mit seiner Hilfe dringen Sarah und Max – bisweilen wortwörtlich – immer tiefer in die Scheinwelt des Museums ein und stoßen dabei auf die seltsamsten Existenzen, vom dummen und aufgeblasenen Vorsitzenden, der nur einen Skandal vertuschen und seinen Ruf als Wohltäter der Menschheit wahren will, über eine sich ehrenamtlich für das Museum aufopfernde Hilfskuratorin und -restauratorin, eine falsche russische Gräfin, die echte alte byzantinische Ikonen malt, und einen aus Europa emigrierten Impresario, der so wenig in der englischen Sprache wie im neuen Land zu Hause ist, bis hin zu einer Künstlerboheme, von der man günstig echte Mondrians, Toulouse-Lautrecs oder, wenn man ein paar Tage wartet, sogar echte Rembrandts kaufen kann, wobei die Expertise im Kaufpreis inbegriffen ist.

Viele Masken fallen, bevor am Ende der Hauptverantwortliche entlarvt und die scheinbar heile Welt von *Madam Wilkins' Palazzo*, Bostons verehrungswürdigem Tempel des Kunst- und

Bürgersinns, gründlich zerstört ist. Doch die Verfasserin wäre nicht Charlotte MacLeod, ginge es dabei nicht auch mit der gebührenden Heiterkeit zu. So wohnen Max und Sarah einmal in Verkleidung einer offiziellen Führung bei und lauern ein anderes Mal zu nächtlicher Stunde im Museum einem Verbrecherduo auf, wobei Onkel Brooks Kelling sich als gotischer Wasserspeier getarnt in einem Renaissance-Kamin versteckt. Wer mit der Autorin vertraut ist, weiß, was sich bei ihr aus solchen Begebenheiten entwickelt, und wer ihre Situationskomik noch nicht kennt, wird sie hier zu seiner Befriedigung vorgeführt bekommen.

Volker Neuhaus

Alle Bände der Reihe »DuMont's Kriminal-Bibliothek«:

Band 1001 Charlotte MacLeod
»Schlaf in himmlischer Ruh'«

Band 1002 John Dickson Carr
Tod im Hexenwinkel

Band 1003 Phoebe Atwood Taylor
Kraft seines Wortes

Band 1004 Mary Roberts Rinehart
Die Wendeltreppe

Band 1005 Hampton Stone
Tod am Ententeich

Band 1006 S. S. van Dine
Der Mordfall Bischof

Band 1007 Charlotte MacLeod
». . . freu dich des Lebens«

Band 1008 Ellery Queen
Der mysteriöse Zylinder

Band 1009 Henry Fitzgerald Heard
Die Honigfalle

Band 1010 Phoebe Atwood Taylor
Ein Jegliches hat seine Zeit

Band 1011 Mary Roberts Rinehart
Der große Fehler

Band 1012 Charlotte MacLeod
Die Familiengruft

Band 1013 Josephine Tey
Der singende Sand

Band 1014 John Dickson Carr
Der Tote im Tower

Band 1015 Gypsy Rose Lee
Der Varieté-Mörder

Band 1016 Anne Perry
Der Würger von der Cater Street

Band 1017 Ellery Queen
Sherlock Holmes und Jack the Ripper

Band 1018 John Dickson Carr
Die schottische Selbstmord-Serie

Band 1019 Charlotte MacLeod
»Über Stock und Runenstein«

Band 1020 Mary Roberts Rinehart
Das Album

Band 1021 Phoebe Atwood Taylor
Wie ein Stich durchs Herz

Band 1022 Charlotte MacLeod
Der Rauchsalon

Band 1023 Henry Fitzgerald Heard
Anlage: Freiumschlag

Band 1024 C. W. Grafton
Das Wasser löscht das Feuer nicht

Band 1025 Anne Perry
Callander Square

Band 1026 Josephine Tey
Die verfolgte Unschuld

Band 1027 John Dickson Carr
Die Schädelburg

Band 1028 Leslie Thomas
Dangerous Davies, der letzte Detektiv

Band 1029 S. S. van Dine
Der Mordfall Greene

Band 1030 Timothy Holme
Tod in Verona

Band 1031 Charlotte MacLeod
»Der Kater läßt das Mausen nicht«

Band 1032 Phoebe Atwood Taylor
Wer gern in Freuden lebt . . .

Band 1033 Anne Perry
Nachts am Paragon Walk

Band 1034 John Dickson Carr
Fünf tödliche Schachteln

Band 1035 Charlotte MacLeod
Madam Wilkins' Palazzo

Band 1036 Josephine Tey
Wie ein Hauch im Wind

Band 1037 Charlotte MacLeod
Der Spiegel aus Bilbao

Band 1038 Patricia Moyes
». . . daß Mord nur noch ein Hirngespinst«

Band 1039 Timothy Holme
Satan und das Dolce Vita

Band 1040 Ellery Queen
Der Sarg der Griechen

Band 1041 Charlotte MacLeod
Kabeljau und Kaviar

Band 1042 John Dickson Carr
Der verschlossene Raum

Band 1043 Robert Robinson
Die toten Professoren

Band 1044 Anne Perry
Rutland Place